Arsène Lupin

20

Les Milliards
d'Arsène Lupin

Une aventure d'
Arsène Lupin

아르센 뤼팽 전집 20
아르센 뤼팽의 수십억 달러 외

1판 1쇄 펴냄 2016년 3월 15일
1판 3쇄 펴냄 2021년 4월 13일

지은이 모리스 르블랑
옮긴이 바른번역
감수   장경현, 나혁진
펴낸이 하진석
펴낸곳 코너스톤
주소   서울시 마포구 독막로 3길 51
전화   02-518-3919
ISBN 979-11-85546-83-4 04860

아르센 뤼팽
전집

20

Arsène Lupin

아르센 뤼팽의
수십억 달러 외

모리스 르블랑 지음 바른번역 옮김
장경현, 나혁진 감수

코너스토
Cornerstone

일러두기

이 작품은 잡지에 연재된 것을 작가 사후에 책으로 발간한 것이다. 그리하여 작가 모리스 르블랑은 평소처럼 작품을 손볼 수 없었고, 1941년 아셰트 출판사에서 첫 출간된 책 9장에는 일부 누락마저 있었다. 그러나 다행스럽게도, 뤼팽 애호가인 필리프 라데Philippe Radé에 의해 누락되었던 〈로토〉지 1939년 2월 3일자 에피소드가 공개되었다.

이 책에서는 누락되었던 에피소드를 모두 수록하였다.

차례

아르센 뤼팽의 수십억 달러

Arsène Lupin

1
폴 시너

미국 범죄학 부문 최대 일간지인 〈알로 폴리스〉의 창간인이
자 발행인인 제임스 맥 앨러미는 오후가 끝나갈 무렵에서야 편
집실에 들어섰다. 직원 몇 명에 둘러싸인 그는 전날 세 명의 어
린아이들을 상대로 저질러진 가증스러운 범죄에 관해, 아직까
진 막연하고 불확실한 수준이긴 하지만 자신의 의견을 피력했
다. 사건의 특수한 상황에 분개한 여론은 이미 이 사건을 '세쌍
둥이 살육 사건'이라는 끔찍한 명칭으로 부르고 있었다.

일반적인 아동 범죄와 전날 벌어진 살육 사건에 대해 얼마간
의견을 교환한 후, 제임스 맥 앨러미는 기자들 틈에서 열심히
귀를 기울이던 비서 퍼트리샤 존스턴을 돌아보며 말했다.

"퍼트리샤, 우편물 발송 시간이네. 편지들에 서명할 준비는
모두 되었나? 이제, 내 사무실로 건너갈까?"

"네, 준비되었습니다… 그런데….'"

퍼트리샤는 순간 말을 멈췄다. 무언가 낯선 소리에 귀를 기
울이는 듯하던 여자는 곧 말을 이었다.

"사무실에 누군가 있어요, 맥 앨러미 씨!"

발행인은 어깨를 한번 으쓱해 보이고는 이렇게 대꾸했다.

"누가 내 사무실에? 그건 불가능해! 대기실로 난 출입문이 빗장으로 잠겨 있거든."

"그러면 개인 전용 출입구는요?"

앨러미는 주머니에서 열쇠를 꺼내 보이며 웃었다.

"자, 보게. 열쇠는 내가 늘 몸에 지니고 있지. 엉뚱한 생각은 그만하게, 퍼트리샤…. 자, 일이나 하자고…. 기다리게 해서 미안하네, 필즈!"

그렇게 말하며 그는 자신의 말을 경청하던 사람 중 한 명의 어깨에 친근하게 손을 얹었다. 그 남자는 편집부 기자가 아니라 필즈라는 이름의 개인적인 친구로, 거의 매일 신문사로 앨러미를 보러 왔다.

변호사이자 공증인인 프레데릭 필즈가 대답했다.

"천천히 하게, 제임스 앨러미. 난 별로 급할 것도 없는 데다 우편물 발송 시간이 어떤 건지 나도 잘 알고 있으니."

앨러미는 기자들을 향해 외쳤다.

"자, 여러분, 퇴근 잘 하고 내일 봅시다. 이번 사건 취재에 다들 수고해주시오!"

발행인은 고갯짓으로 직원들과 인사를 나눈 뒤, 비서와 프레데릭 필즈를 데리고 편집실을 나와 복도 건너에 있는 사장실 문을 열었다.

우아한 가구들이 갖춰진 널찍한 방에는 아무도 없었다.

"자, 보게, 퍼트리샤. 이곳엔 아무도 없잖아."

"네… 하지만 사장님, 저 문은 아까까진 닫혀 있었는데 지금은 열려 있어요."

비서는 대답하면서 사장실에서 금고가 놓여 있는 작은 방으로 통하는 문을 가리켰다.

"퍼트리샤, 저 금고 있는 곳에서부터 내가 이따금 이용하는 거리로 연결되는 비밀 출입구까지 가는 데 200여 미터 길이의 통로와 계단이 있어. 게다가 그곳에는 문이 열세 개에 빗장과 자물쇠로 잠긴 철책이 다섯 개나 설치되어 있지. 누구도 그 길로 드나들 수 없다고."

퍼트리샤는 가느다란 눈썹을 살짝 찌푸리며 곰곰이 생각에 잠겼다. 운동으로 다져진 것으로 보이는 유연하고 균형 잡힌, 키가 훤칠하고 몸매가 호리호리한 여자였다. 이목구비가 다소 반듯하지 못한 작은 듯한 얼굴은 고전적 미녀라 할 수는 없었다. 하지만 화장기 없는 투명하고 깨끗한 피부, 선이 또렷하고 붉은 입술, 그 사이로 하얗게 반짝이는 치열이 눈에 띄는 커다란 입, 금색과 갈색이 어우러진 굽이치는 머릿결 아래로 지적으로 보이는 시원스레 넓은 이마, 풍성한 검은 속눈썹 사이에 자리한, 그윽한 청록색 두 눈동자가 비할 바 없는 매력을 발산하고 있었다. 특히 퍼트리샤가 진지한 모습을 보일 때면 그 매력은 한층 더 깊어지고 심지어 신비로운 분위기마저 띠었으며, 거침없이 즐거움을 표현할 때면 다소 어린아이 같은 면모까지 보였다. 여자의 온몸은 건강미가 넘쳐흘렀고, 육체와 정신의 균형, 에너지, 삶의 열정으로 충만했다. 퍼트리샤는 거짓말을 하거나 사람을 기만하지 않고, 호감과 신뢰를 갖게 하여 우정과 애정을 불러일으키는 유형의 여자였다.

퍼트리샤는 힐끗 눈길을 던져 방 안을 휘 둘러보고, 자신이 정리를 마치고 나온 이후에 뭔가 흐트러진 것은 없나 살펴보았다. 이는 맥 앨러미를 곁에서 보좌하면서 차츰 몸에 익힌, 이젠 반사작용이 되어버린 습관적 행동이었다.

그런데 한 가지가 눈길을 잡아끌었다.

책상 위에 놓인 메모장이 거꾸로 뒤집어져 있고, 그 위에 연필로 다음의 두 단어가 적혀 있었다. 하나는 폴Paule이라는 이름이고 다른 하나는 시너Sinner라는 성이었는데, 퍼트리샤는 그 성의 의미를 쉽사리 간파하기가 어려웠다. 여하간, 그 두 단어는 폴 시너Paule Sinner라는 여자 이름이었다.

맥 앨러미의 엄격한 생활 태도에 대해 잘 알고 있는 퍼트리샤는 이 남자의 인생에 여자가 끼어들 수 있으리라고는 단 한 순간도 생각하지 않았다. 게다가 사장실 책상에 공개적으로 그 흔적을 남긴다는 것은 도저히 있을 법한 일이 아니었다.

그렇다면 도대체 폴 시너가 의미하는 게 뭐란 말인가?

그런 비서를 바라보던 맥 앨러미는 빙긋이 웃으며 말했다.

"잘됐군, 퍼트리샤, 역시 그 어느 것도 자네 눈을 피해 갈 수 없나 보군! 허나, 설명은 간단하네. 오늘 한 번역가가 프랑스 소설을 한 권 가져왔는데 그 책의 제목이지. 꽤 흥미 있더군. 폴 시너는 그 소설의 여자 주인공 이름이야. 프랑스어 제목은 **폴라 페슈레스**(Paule la Pécheresse는 불어로 '죄악에 빠진 여자, 폴'이라는 의미로 이를 영어로 번역하면 Paule Sinner가 된다 - 옮긴이)로 좀 더 인상적이지."

퍼트리샤는 맥 앨러미가 정확한 해명을 하지 않고 있다는 인상을 받았다. 하지만 자신의 입장에서 달리 또 무얼 몰아붙여 물을 수 있으리.

그런데 바로 그 순간 갑자기 전기가 나가버리는 바람에 그들은 어둠 속에 갇히는 신세가 되어, 더 이상 깊이 생각할 겨를이 없었다.

"걱정 마세요, 퓨즈가 나간 거예요. 제가 좀 아니까 고쳐보겠습니다."

퍼트리샤가 사장을 안심시키며 말했다.

여자는 어둠 속을 더듬어 맥 앨러미의 사무실 전면에 있는, 사장실 전용 계단의 4층 층계참으로 연결된 대기실로 나아갔다. 1층에 불을 켜둔 전구들이 어둠 속에서 희미한 불빛을 발하고 있었다. 여자는 잡동사니를 보관하는 협소한 골방에서 6단짜리 사다리를 빼내와, 벽에 기대 펼쳐 세웠다. 사다리를 오르던 중 어둠 속 어디에선가 작은 소리가 들려왔고, 일순간 오싹한 공포가 심장을 조여들었다….

'그'가 그곳에 있었다. 분명했다. 먹잇감을 덮치려고 노리는 맹수처럼, 희미한 불빛 속에 몸을 숨긴 채, 그가 그곳에 있었다….

그는 미스터리하고 수상쩍은 위험한 존재였다. 한 번도 본적은 없었지만, 퍼트리샤는 그의 존재를 알고 있었다. 그는 맥 앨러미의 개인 비서로, 모습을 드러내지 않은 채 경호원이자 첩자, 무슨 일이든 처리하는 심부름꾼으로 온갖 은밀하면서 잡다한 여러 가지 일들을 도맡아 처리했다. 음험하고 위험한 수수께끼 같은 음침한 인물. 퍼트리샤는 항상 자신의 주변에서 그자의 존재와 탐욕스러운 눈길을 감지하고 있었다. 겁이 없다고 자부하는 퍼트리샤였지만 그자의 존재는 여자를 불안하게 했고 이따금 공포에 부들부들 떨게 만들었다.

여자는 사다리에 올라선 채, 가슴을 졸이며 귀를 기울였다…. 아니야, 아무것도 없어! 아마도 잘못 들었나 보다…. 퍼트리샤는 불안을 잠재우고 미소를 지으려 애쓰며 하던 일로 돌아갔다.

끊어진 퓨즈를 제거하고 새것으로 갈아 끼우고는 차단기를 수리했다. 마침내 반투명 유리로 반쯤 가려진 전구가 빛을 내뿜기 시작했다.

그 순간, 느닷없는 급습이 일어났다. 어둠 속에 매복해 있던 존재가 퍼트리샤 아래쪽으로 불쑥 튀어나온 것이다. 그러곤 두 손으로 젊은 여자의 무릎을 덥석 움켜쥐었다. 퍼트리샤는 사다리 위에서 비틀거리다가, 비명 한 번 내지르지 못하고 거의 기절한 사람 모양으로 미끄러져 떨어지고 말았다. 그 존재는 두 팔을 벌려 퍼트리샤를 받아 안고서는, 바닥에 눕혀 입도 뻥긋하지 못하고 손가락 하나 꼼짝달싹할 수 없는 상태로 짓눌렀다.

퍼트리샤는 의문의 공격자가 상당한 거구에 힘으로 어찌할 수 없는 완력의 소유자라는 것을 금세 알아챘다. 거의 반사적인 반응으로 발버둥을 쳐보려 했지만 허사였다. 공격자는 여자를 강한 힘으로 죄어 내리눌렀고, 그녀는 싸우기도 전에 이미 전의를 잃은 먹잇감과 같은 꼴이 되었다.

그 같은 자세에서 남자는 퍼트리샤의 귀에 대고 속삭였다.

"반항하지 마, 퍼트리샤. 그래 봤자 무슨 소용 있겠어? 소리지를 생각도 말고! 맥 앨러미 영감이 들을 수도 있잖아? 내가 당신을 품에 안고 있는 모습을 보면 영감이 뭐라 생각하겠어? 우리가 그렇고 그런 관계라고 생각하겠지. 어쩌면 그 생각이 맞을지도 모르지. 나와 당신, 우리 둘은 서로가 화합하게 될 테니까. 우리 둘 모두 야망을 이루고 싶어 하고, 돈을 벌고 권력을 손에 넣고 싶어 하지. 그것도 가능한 한 빨리 말이야. 하지만 퍼트리샤, 당신은 시간을 낭비하고 있어. 당신이 앨러미 영감 아들의 정부라고 해서 당신 수중에 뭔가 떨어지지는 않을 거야. 앨러미 주니어는 무능한 멍청이에 불과해. 사실 영감도 별반 다를 거 없지. 게다가 현재 영감은 친구 필즈와 함께 엄청난 일을 벌이려고 준비 중이야…. 그래… 신세를 망칠 수도 있는 일이지. 퍼트리샤, 당신과 나 우리 둘이 잘만 수를 쓴다면 6개월 안에 〈알로 폴리스〉 신문사가 우리 손안에 들어오게 돼. 그러면 우리 둘이 수십만 달러를 벌 수 있다고! 신문 정기 구독, 광고, 추문, 공갈 협박, 이 모두가 다 그 속에 있지. 어떻게 요리할지만 궁리하면 되는 거야. 그 분야에 대해선 내가 좀 잘 알지! 그런데 말이야, 당신을 사랑해, 퍼트리샤. 그게 바로 나의 힘이자 약점이지. 그러니 내가 사장이 되게 좀 도와줘. 온갖 범죄를 좌지우지하는 전지전능한 거물이 되어 당신과 함께 승전보를 울릴 수 있게 도와달란 말이야! 우리 둘이서 세상을 지배하는 거야. 내 말 이해하겠어? 내 제안을 받아들일 거지?"

놀라 제정신이 아닌 여자는 더듬거리며 대답했다.

"나를 풀어줘요… 일단 놔줘요. 나중에 자세히 얘기하기로 해요… 다음에요. 우리 이야기가 새어나갈 수 없을 때요. 지금은 당혹스러워요….”

“그럼, 우리가 합의했다는 증거가 필요해…. 내 제안에 대한 호의적인 대답 말이야…. 내게 입맞춤을 해줘. 그러면 놓아주겠어.”

퍼트리샤는 숨이 막힐 듯한 공포에 사로잡혔다. 남자에게서는 술 냄새가 풍겼다. 남자의 찌푸려진 얼굴이 바로 앞까지 와 있는 것이 느껴졌다. 열에 들뜬 남자의 입술이 여자의 목과 볼 위를 더듬어 안간힘으로 방향을 돌리려 하는 그녀의 입술을 찾고 있었다. 그러면서 여자의 귓가에 이렇게 속삭였다.

“사랑해, 퍼트리샤. 바로 이 사랑이 나와 당신 우리 둘의 협력 관계를 배가한다는 거 알고 있어? 앨러미 부자는 무능한 꼭두각시에 불과해…. 하지만 나는 당신의 야망을 잘 알고 있어. 나는 당신의 야망 그 이상을 현실로 만들어줄 수 있어. 나를 사랑해줘, 퍼트리샤. 세상에 나만큼 뛰어난 재능과 지능을 갖춘 사람은 없어. 나만큼 열정과 활력을 가진 사람은 없다고. 아! 퍼트리샤, 당신 흔들리고 있군. 내 말에 귀 기울이고 있는 거야. 동요하고 있는 거라고….”

사실이었다. 퍼트리샤는 화가 치밀고 혐오감이 일면서도 마음이 흔들리고 알 수 없이 현혹되고 있음을, 그리고 더할 나위 없이 무시무시한 결말로 이끌려가고 있음을 느꼈다.

남자는 어렴풋이 냉소를 지으며 말했다.

“자, 승낙한 거야, 퍼트리샤…. 더 이상 거부할 수 없어. 당신은 지금 위기에 처해 있어. 불쌍한 아가씨, 당신이 여자라서 그런 게 아니야. 그렇다고 생각하지는 마! 세상 누구든 내 앞에서는 그런 혼란과 좌절을 느끼거든. 나의 열정은 장애를 제압해서 극복하고 더 나아가서는 아예 무력하게 만들지… 그러곤 결국, 내 두 손에 자신의 운명을 맡기는 것에 행복감마저 느끼게 되지. 안 그래? 솔직히 털어놔…. 두려워하지 마. 나 그렇게 악랄한 놈 아니야. 비록 내 동료와 적들이(난 친구 따위는 없어) 나를 '냉혈한'이라고 부르지만 말이야…. 잔인하고 무자비하며 인정사정없는 놈이라는 뜻이지…."

퍼트리샤는 정신을 잃었다. 누가 그녀를 구해낼 수 있으랴!

그 순간 가차 없이 짓누르던 남자의 두 손이 스르르 풀렸다. 냉혈한은 몹시 고통스러운 듯 신음을 내뱉었다.

"뭐야? 당신 누구야?"

고통에 몸을 비틀며 냉혈한이 물었다.

빈정대는 말투의 낮은 목소리가 대답했다.

"필즈 씨의 운전기사이자 친구, 신사라고 하지. 필즈 씨가 롱아일랜드의 친척 집에 데려달라고 나에게 부탁했거든. 거기서 저녁 식사가 약속되어 있다고 하더군. 아마 그곳에서 잠자리에 들 수도 있고 말이야. 자, 이제 알겠어? 그래서 여길 지나가던 중인데 자네의 장광설이 들려오더군. 이것 봐, 냉혈한, 말 한번 잘하던데. 다만 자네가 모두의 위에 군림하고 있다고 생각하는 건 오산이야."

"그렇지 않아."

상대는 낮게 으르렁거렸다.

"그렇대도. 자네가 복종해야 할 주인이 있거든."

"복종해야 할 주인? 이름을 대…. 내가 복종해야 할 주인이 누구지? 아르센 뤼팽 정도면 모를까. 네가 혹시 아르센 뤼팽이라는 거냐?"

"나는 질문을 하는 사람이지, 질문을 받는 사람이 아니야."

냉혈한은 잠시 생각에 잠기더니 목이 타는 듯한 목소리로 중얼거렸다.

"요컨대, 아니란 법도 없지. 그자가 현재 뉴욕에 있고, 뭔지는 모르지만 앨러미와 필즈 일당과 음모를 꾸미고 있다는 건 나도 알고 있어. 그리고 이런 식으로 팔을 비트는 건 그자의 방식이지. 제아무리 장사라도 그자의 기술에는 당해낼 수가 없거든. 그래, 당신이 뤼팽인가?"

"이봐, 신경 꺼. 뤼팽이든 아니든 난 네 주인이니까 내 말에 복종해."

"나더러 복종하라고? 당신 미쳤군. 당신이 뤼팽이든 아니든 나야말로 신경 안 써! 필즈는 앨러미의 사무실에 있으니 거기로나 꺼져! 나 좀 귀찮게 하지 말고."

"우선, 저 여자를 풀어줘! 어서!"

"싫어!"

무자비한 손이 또다시 퍼트리샤를 짓눌렀다.

"이런! 딱하군그래. 다시 기술이 들어가는 수밖에…."

냉혈한은 공포와 고통에 가득 찬 신음 섞인 비명을 내질렀다. 마치 목숨이라도 빼앗기는 듯 보였다. 조여들던 그의 두 팔이 느슨해졌다. 냉혈한은 관절이 죄다 어긋난 꼭두각시 인형처럼 바닥에 벌렁 자빠졌다.

익명의 구원자는 퍼트리샤가 몸을 일으킬 수 있도록 도와주었다. 그에게 기댄 채 몸을 일으킨 퍼트리샤는 여전히 숨을 헐떡이고 사시나무처럼 몸을 떨며 중얼거렸다.

"조심하세요! 이 남자, 매우 위험해요."

"이자를 아십니까?"

"이름은 몰라요. 본 적도 없고요. 하지만 나를 미행하고 다녀요. 저자가 너무 무서워요!"

"앞으로 위급한 상황에는 나를 불러요. 당신 목소리가 미치는 곳에 있는 한, 내가 당신을 지켜주겠소. 자, 이 작은 은제 호루라기를 받아요. 그야말로 마법의 호루라기죠. 꽤 멀리까지 그 소리가 미치거든요…. 위험에 처했을 때 지체 말고 호루라기를 불어요. 내가 달려오겠소… 그리고 늘 냉혈한을 경계해야합니다. 그야말로 악당 중에 악당이지요. 내가 할 일은 당장 이자를 사법 당국에 넘기는 일입니다. 그런데 사람들은 이런 일을 소홀히 하지요. 뭔가 크게 잘못됐어요!"

남자는 매끈하게 잘생긴 얼굴에 사교적인 미소를 띠고는 늘씬하고 민첩한 몸을 숙이면서 퍼트리샤의 손에 정중한 예를 갖춰 입맞춤했다.

여자는 상대의 용모를 살피며 속삭이듯 물었다.

"당신이 정말 아르센 뤼팽인가요?"

"아무렴 어떻습니까! 그의 보호라면 받고 싶지 않으신가요?"

"오, 그렇지 않아요! 그저 알고 싶어서요…."

"불필요한 호기심입니다."

퍼트리샤는 더 이상 자세히 파고들어 묻지 않고 〈알로 폴리스) 사장실로 돌아갔다. 그러곤 시간이 지체된 것에 대해 몸이 불편했다며 양해를 구했다.

맥 앨러미가 걱정스러운 목소리로 물었다.

"이젠 괜찮나? 그래, 안색은 돌아온 것 같군."

그리고 어조를 바꿔 이렇게 덧붙였다.

"우리 얘기 좀 나누지. 긴히 할 말이 있네."

너무도 친절한 그 목소리에 퍼트리샤는 혼란한 생각을 떨쳐버리고 맑고 차분한 정신 상태를 회복했다. 그녀는 맥 앨러미가 권한 의자에 앉아, 마주 보고는 앨러미의 이야기를 기다렸다. 잠시 침묵한 후, 맥 앨러미가 입을 열었다.

"퍼트리샤, 10여 년 전 신문사에 입사한 이래 자네는 모든 하급 부서를 거쳐왔네. 자네는 5년 전 내가 자네를 사장 비서로 발탁한 이유를 알고 있나?"

"그야 제가 그 일에 적합하다고 판단하셨기 때문이 아닐까요, 사장님."

"당연하지, 하지만 자네만이 유일한 후보는 아니었네. 다른 이유가 있다네."

"어떤 이유인지 여쭤봐도 될까요?"

"우선, 자네는 아름답네. 나는 아름다움을 숭상하네. 내 친구 필즈 앞에서 이런 식으로 말한다고 기분 상해하지 말게. 우린 비밀이 없는 사이라네. 또 하나, 자네 인생에 우여곡절이 있다는 걸세. 내가 가까이서 지켜봐 온 그 우여곡절 말이야. 내 아들 헨리가 자네의 처지를 이용해서 자네에게 접근했지. 자네는 너무 어렸고 외톨이었어. 헨리는 결혼을 약속했고, 자네는 거절할 이유가 없었지. 그러곤 그 녀석은 자네를 농락하고는 버렸어. 어느 정도 돈만 주면 벗어날 수 있다고 생각한 거지. 하지만 자네는 그 모든 것을 거절했네. 그러고는 헨리는 권력 있는 집안의 돈 많은 젊은 여자와 결혼을 했고."

얼굴이 빨개진 퍼트리샤는 두 손으로 얼굴을 감싸 쥐고는 더듬거리며 말했다.

"그만, 그만하세요, 앨러미 씨. 제 지난 불찰이 너무나 부끄러워요! 죽어버렸어야 하는 건데….."

"죽다니, 그것도 그깟 파렴치한 녀석 때문에?"

"아드님에 대해 그런 식으로 말씀하시지 마세요, 부탁이에요….."

"아직도 녀석을 사랑하나?"

"아니요. 하지만 용서했어요."

앨러미는 격한 몸짓을 하며 말했다.

"나는 결코 용서한 적 없어. 모든 잘못은 내 아들놈의 몫이야! 바로 그 이유로 내가 자네를 곁으로 불러들인 거야."

"일종의 보상이었던 건가요?"

"그래."

퍼트리샤는 얼굴을 들어 사장을 똑바로 바라보며 신랄한 목소리로 말했다.

"만약 알았더라면 거절했을 거예요. 아드님이 건넨 돈을 거절했듯이 말이에요."

"그랬다면 자네가 어떻게 살았겠는가?"

"늘 그랬듯 일하며 살았겠죠….. 여기서 일을 마치고 저녁에는 또 다른 곳에서 일을 하고 아침 출근 전에 또 다른 신문사에서 타자기 아르바이트를 하면서 말이에요. 감사하게도 몸이 건강하고 용기 있는 사람이 일을 하면서 살아가지 못할 세상은 없으니까요!"

앨러미는 눈썹을 찌푸렸다.

"매우 오만하군그래."

"네, 맞는 말씀이에요."

"게다가 야망도 있고 말이야."

"그래요."

여자가 침착하게 대꾸했다.

또 한 번 짧은 침묵이 흐른 뒤, 〈알로 폴리스〉의 사장이 다시 입을 열었다.

"조금 전 책상에서 자네가 작성한 기사를 봤네. 아까 편집실에서 얘기 나눴던 그 끔찍한 세쌍둥이 살육 사건에 관한 기사 말이야."

퍼트리샤는 돌연 얼굴빛과 어조를 바꾸었다. 그야말로 상관의 평가에 초조함을 보이는 신참의 모습이었다.

"그걸 읽어보셨단 말씀이세요, 사장님?"

"그렇다네."

"마음에 드셨나요?"

사장은 고개를 끄덕이며 대답했다.

"이번 범행에 관해 자네가 이야기한 모든 것, 즉 예상해봄 직한 동기와 혐의를 둘 만한 인물 등이 제법 그럴듯했어. 무엇보다 매우 기발하면서도 상당히 논리적이었지. 자네의 분별력과 상상력이 탁월하다는 걸 입증하는 기사였어."

"그럼, 신문에 게재하실 건가요?"

여자가 몹시 기뻐하며 물었다.

"아니."

그 대답에 여자는 자리에서 벌떡 일어서 타들어가는 듯한 목소리로 다시 물었다.

"왜요, 사장님?"

"글이 변변찮으니까!"

"변변찮다니요! 방금 하신 말씀은…."

"기사로써 변변찮다는 거야. 이것 봐, 내 생각에는 범죄 관련 기사의 가치는 추론이나 가정, 그것이 내포한 진실에 있는 것이 아니야. 오로지 이 모든 것이 제시되는 방식에 있다네."

"무슨 말씀인지 이해가 잘 안 돼요."

"앞으로 이해하게 될 거야. 예컨대…."

그는 갑자기 하던 이야기를 중단했다. 이렇게까지 자세히 설명해 들어간 것이 후회되는 듯했다. 앨러미는 이렇게 간략히 마무리했다.

"나, 맥 앨러미가 만일의 경우 오늘 밤 살해될 것을 각오해야 할 만큼 음험한 어떤 일에 연루되어 있다고 가정해보지. 그리고 자네가 사회면 기사를 담당하게 되었다면, 자네의 글은 지금 우리가 나누고 있는 이 대담을 부각하여 드러내고 거기에 비장함을 입혀야 할 거야. 기사를 읽는 사람이 진작부터 두려운 결말의 전조를 느낄 수 있게 말이지. 그리고 강렬함의 강도가 기사 마지막 줄에까지 점증되어야 하지. 기자나 소설가의 글쓰기 기법은 이야기를 준비하고 연출하는 방법과 첫 에피소드에 대한 정보 전달 방식, 독자의 마음을 이내 사로잡는 방법에 있어. 그렇다면 무슨 수로? 그건 말해줄 수 없네. 재능의 비밀에 관한 문제니까. 만약 언어로 독자의 주의를 사로잡는 이 은밀한 노하우가 자네에게 없다면 옷이나 속옷을 만들게나. 소설을 쓰거나 기사를 작성할 생각일랑 말고. 내 말 알아듣겠나, 퍼트리샤 존스턴?"

"알겠습니다, 사장님. 우선 수습으로 일을 배워야겠어요."

"바로 그거야. 자네 기사에도 좋은 요소들이 있어. 하지만 그건 초등학교에 다니는 여학생이 제시했을 법한 수준이야. 돋보이는 것도 없고 완성미도 없어. 다시 써보게, 다른 소재를 가지고 써봐. 내가 읽어주겠네…. 대신 나무랄 데 없는 방식으로 기사를 쓰는 날까지는 계속 퇴짜를 놓을 거야."

그리고 웃으며 이렇게 덧붙였다.

"부디 그 기사가 나를 소재로 하거나 나와 관련한 범죄 의혹을 밝히는 내용이 아니기를 바라네."

퍼트리샤는 불안한 눈길로 맥 앨러미를 바라보며 수년간 곁에서 일해온 그를 향한 애정을 드러내는 어조로 대답했다.

"당혹스럽네요, 사장님. 정말 그런 일을 예상하시는 건가요?"

"전혀, 전혀 아니야…. 우리 신문의 특성상 내가 다소 특별한 세계와 관계를 맺고 있고, 우리가 게재하는 몇몇 기사들로 인해 원한이나 복수의 대상이 될 수도 있다는 거지. 이를테면 직업상의 위험 말이네. 이제 이 얘긴 관두자고. 자네 얘기 좀 해봐, 퍼트리샤. 자네의 현재 상황과 미래 말이야. 자네는 그간 내게 큰 도움을 주었어. 그래서 자네가 생활의 안락을 도모하고 목표한 바를 달성할 수 있게 물질적으로 안정되도록 내가 2000달러 수표를 자네 은행 계좌에 넣어두었네."

"지나치게 큰돈이에요, 사장님."

"자네가 나를 위해 해준 것과 자네의 미래 가능성에 비하면 지나치게 적은 금액이지."

"하지만 제가 제대로 해내지 못하면요?"

"그럴 리 없어."

"그 정도로 저를 신뢰하세요?"

"그 이상이지! 나는 자네에게 절대적인 신뢰를 품고 있다네. 나는 흉금을 터놓고 아주 내밀한 것까지 자네에게 이야기하고 싶다네. 그래, 퍼트리샤. 남자에게는 보다 강렬한 감각과 보다 원대하고 복합적인 야망이 필요한 시기가 있지. 그리고 바로 지금, 내 친구 필즈와 내가 그 시기에 와 있어. 단조롭기 짝이 없는 우리네 인생에서 새롭고 강력한 흥밋거리를 만들어내기 위해, 참신하고 매력적이며 주목할 만한 일에 착수했다네. 이 일은 우리가 가진 모든 경험과 힘을 전부 쏟아부어야만 하는 동시에 우리의 호전적 본능과 높은 도덕성에 대한 관심을 충족시킬 만한 일이라네. 우리가 달성하려는 목표는 온갖 형태로 발현되는 악에 대항한 엄격하고 오랜 청교도적 정신에 따른 것으로, 기념비적이라 할 수 있어. 조만간 자네에게 이 일의 성격에 대해 알려줌세. 자네에겐 우리의 야심 찬 투쟁에 참여할 만한 자격이 충분하니까. 필즈와 나, 우리 둘은 계획을 마무리

짓기 위해 곧 프랑스를 방문할 거야. 그때 함께 가세. 난 자네의 도움을 받는 데 익숙해져 있는 데다, 그 어느 때보다 자네가 내 곁에서 지속적으로 협조해줬으면 해. 그리고 자네만 좋다면, 이번 여행은 우리 두 사람의… 우리 두 사람의….'

그는 자신의 말을 어떻게 마무리해야 할지 몰라서, 아니 오히려 과연 감히 그 말을 마무리해야만 할까를 고심하는 듯한 모습으로 매우 난처해하며 주저주저했다. 결국, 맥 앨러미는 젊은 여자의 두 손을 자신의 두 손으로 지그시 감싸 쥐며 아주 수줍어하는 낮은 목소리로 다음 말을 이었다.

"우리 두 사람의 신혼여행이 될 거야, 퍼트리샤."

퍼트리샤는 자신의 귀를 의심하며 어안이 벙벙한 모습으로 가만히 있었다. 그만큼 이 제안은 예기치 못한 것이었지만, 서투르면서도 진솔한 이 갑작스러운 고백에 여자는 감동했다. 한편으로는 긍지마저 느끼며, 퍼트리샤는 복받치는 감정에 흐르는 눈물을 참지 못하고 노인의 품에 와락 뛰어들었다.

"감사합니다! 오, 감사합니다! 그 말씀만으로도 제 명예가 회복되었어요! 하지만 제가 그 제안을 어떻게 받아들이겠어요, 사장님. 우리 관계에는 아드님이…."

여자는 눈길을 돌리며 우물거렸다.

앨러미는 눈살을 찌푸리며 말했다.

"내 아들은 자기 좋을 대로 인생을 살았으니, 나도 내 가슴이 시키는 대로 살아보겠네."

얼굴이 새빨개진 여자는 몹시 난처한 듯 이렇게 소곤거렸다.

"앨러미 씨, 사장님께서 모르는 사실이 있어요. 제겐 아이가 하나 있어요….”

그는 펄쩍 뛰었다.

“아이라고!”

“네! 헨리의 아들이에요. 너무나 사랑하는 아들이고 그 아이를 위해 제 모든 삶을 바치기로 다짐했답니다. 아이 이름은 로돌프예요…. 에로스처럼 아름답고 다정다감하고 지혜로운 아이죠.”

“그 아이도 내 핏줄이 아닌가? 내 아들의 자식이니 내 핏줄인 건 당연한 것 아니야?”

“아니, 당연한 건 아니지.”

프레데릭 필즈 역시 부인할 수 없을 만큼 감동했지만 침착한 목소리로 끼어들었다.

앨러미는 어두운 얼굴로 친구를 돌아보며 물었다.

“그럼, 자네는 내가 단념해야 한다고 생각하나…?”

“단념… 그런 뜻은 아니네…. 다만 예외적이라 할 수 있는 이 상황을 깊이 생각하고, 지혜와 중용의 태도로 판단해보자는 거지…. 틀림없이 모든 이에게 알려질 테고… 나약하고 부도덕한 행동이라고 세상 사람들이 자네에 대해 이야기할 걸세.”

맥 앨러미는 잠시 생각에 잠기더니 결국엔 내키지 않는 듯 이렇게 말했다.

“좋아, 시간을 갖고 생각해보자고. 사랑하는 이들에겐 시간이 약이 되는 법이니까. 어쨌든 퍼트리샤, 그 어느 것도 우리의 생활이나 일상적 협력 관계에 아무런 영향을 미치지 않을 거야. 알겠지?”

젊은 여자는 그녀를 잃게 될까 염려하는 노신사의 모습을 보면서 다시금 감동받아 이렇게 대답했다.

"물론이에요, 앨러미 씨."

〈알로 폴리스〉 사장은 책상 서랍을 열고는 봉투를 하나 꺼내 봉인하고는 그 위에 여자의 이름을 적어 건네며 말했다.

"이 봉투 안에는 내가 자네를 위해 작성한 문서가 들어 있어. 앞으로 여섯 달 후, 정확히 9월 5일이 되어서야 그 내용을 확인해야 하네. 그리고 거기에 적힌 지시대로 정확히 따라야 해. 자, 지금부터 자네에게 이 문서를 넘기겠네. 이 봉투를 늘 몸에 지니든가 아니면 안전한 장소에 보관을 하게. 그 누구도 알지 못하게 말이야! 그 누구도…!"

퍼트리샤는 봉투를 받아 들고는 맥 앨러미 쪽으로 몸을 기울여 이마를 내밀었고, 앨러미는 그 이마에 입맞춤을 했다. 여자는 필즈 영감에게도 다정히 악수를 청하고는 언약과도 같은 이 말을 남기고 자리를 떴다.

"내일 볼게요, 사장님…. 내일… 아니 날마다…."

여자는 대기실로 건너갔고 맥 앨러미와 필즈도 곧이어 그 뒤를 따라 나갔다. 층계참에 이르렀을 때, 그들 아래쪽으로 2층과 3층을 잇는 계단에서 두 사내가 잇달아 계단을 내려가는 게 보였다. 둘 중 뒤쪽에 있던 사내는 덩치가 크고 딱 벌어진 어깨에 키가 훤칠하게 컸는데, 앞선 사내를 들키지 않고 따라잡으려는 것인지 은밀하고 신속하게 움직였다.

거리가 좁혀지자 뒤쪽 사내는 갑자기 오른손을 치켜들었고, 순간 그 손안에서 칼날이 반짝하고 빛을 냈다. 퍼트리샤는 비명을 내지르고 싶었지만 목소리가 목구멍에 걸려 나오지를 않았다. 치켜든 손이 아래로 내려쳐졌다. 하지만 칼날이 등에 내리꽂히려는 바로 그 순간, 앞선 남자는 상체를 앞으로 숙이며 공격을 가한 상대의 다리를 붙들더니, 엄청난 괴력으로 그를 꼼짝 못 하게 하고는 난간 너머로 냅다 내던져 계단통에 처박았다. 2층 계단 한복판에 풀썩 떨어진 공격자는 몇 계단을 더 데굴데굴 구르며 신음을 내뱉었다.

〈알로 폴리스〉 사장은 웃음을 터뜨렸다.

퍼트리샤가 물었다.

"뭐가 그리 우스우세요, 앨러미 씨? 심복이자 비서가 저런 험한 꼴을 당했는데 말이에요."

영감이 만족스러운 표정으로 대답했다.

"좋은 교훈이 되었을 거야. 냉혈한은 꽤나 고약한 건달이지! 공공의 적 1호야. 조금만 늦었더라면 저 친구를 단도로 찔렀을 테지. 저 사내도 만만치는 않아 보이는걸. 근데 왠지 아주 낯설지 않은 듯하군. 자넨 어때, 필즈?"

"나 역시 그러하네."

필즈가 간결하게 대답했다.

두 남자는 다시 계단을 올라갔다. 맥 앨러미가 중요 사업과 관련한 서류 일체를 넣어둔 황갈색 가죽 서류 가방을 책상 위에 두고는 잊고 나온 것이다.

한편 계속해서 계단을 내려간 퍼트리샤가 아래에 이르렀을 때에는 몸싸움을 하던 두 남자는 이미 사라지고 없었다.

여자는 속으로 생각했다.

'유감이군. 분명 아르센 뤼팽이 틀림없는 그 사람을 다시 보고 싶었는데!'

퍼트리샤는 마음의 동요를 다스리려 애쓰며 건물 밖으로 나왔다. 바깥 공기를 쐬자 기분이 한결 나아졌다. 저녁이 되어 사람들로 웅성거리는 가도는 전등불이 발하는 불빛들로 서서히 밝아지고 있었다. 여자는 우측으로 방향을 틀어 다소 조용한 작은 광장에 자리를 잡고 앉았다. 잠시 생각을 할 필요가 있었다. 기자로서의 첫 도전에 실패한 것에 실망하기는 했지만, 사장이 털어놓은 자신에 대한 호감과 더불어 자신과 자신의 미래에 대한 그의 신뢰가 든든한 위안이 되는 걸 느꼈다. 게다가 그의 청혼이 마치 지난 죄에 대한 사면처럼 여겨지면서 자신이 고귀해지고 정화되는 듯한 기분마저 들었다.

고아로 지내다 자신을 사랑해주지도, 관심을 기울이지도 않는 늙은 친척 아줌마에게 어쩔 수 없이 떠맡겨진 퍼트리샤는 어린아이가 가질 법한 모든 다양한 감정들을 매정하게 억압당한 채, 고되고 외로운 유년 시절을 보냈다. 여자는 오로지 가능한 한 빨리 독립하겠다는 소망 하나로만 버티며 자라났다. 학업을 마칠 즈음, 친척 아줌마가 겨우 몇 주 정도를 버틸 돈만 남긴 채 사망했다. 그러나 퍼트리샤는 용기를 냈고 일에 매진했다. 그녀는 유능한 타이피스트여서 금세 일자리를 구했다. 변변찮은 일자리였지만 생계를 유지하기에는 충분했다.

그러다가 이따금 토요일 저녁에 방문하는 사교 모임에서 헨리 맥 앨러미를 만났다. 매우 젊었고 멋진 외모에 성실해 보이고 열정이 가득해 보이는 청년이었다…. 남자는 이내 매력적이고 순진한, 그러면서도 어딘가 외로워 보이는 젊은 여자에게 치근댔다. 삶에 대한 열정과 행복해지고 싶다는 소망에 대한 열의로 가득해 있던 퍼트리샤는 이 사랑의 충동이 자신을 어디로 이끌고 가는지 알지 못한 채, 믿음과 희망에 달아올라 결국 마음을 열고 말았다…. 행복에 겨운 몇 달이 흐르고, 신의에 대한 배반과 배신, 노골적이고 파렴치한 관계 단절이 있었고 여자는 가슴이 에이는 고통을 느꼈다…. 무엇보다 참기 힘든 것은 한때 그토록 사랑했던, 어쩌면 그 순간에도 여전히 사랑하고 있던 사람을 경멸해야만 한다는 사실이었다.

그러나 곧이어 태어난 아이는 여자가 다시금 삶의 끈을 놓지 않게 했다. 퍼트리샤는 요람 속 아들에게 미래에 대한 희망을 전부 걸었다. 인생에서 자신은 뒷전으로 한 채, 모든 애정과 야망을 어린 로돌프에게 맹렬히 집중시켰다. 이 아이가 자신을 저버린 아빠에게 잔인한 복수를 해줄 것이다. 퍼트리샤는 자신이 헨리 맥 앨러미에게서 보았다고 믿었던 성실하고 고귀한 사내의 모습으로 아이를 키워낼 생각이었다. 자신도 아직 어렸지만 오로지 엄마로만 살아갈 뿐이었다….

그러다 시간이 흐르고 힘겨웠던 과거의 굴레에서 어느 정도 벗어나자 다시금 삶을 느끼고 싶은 마음이 찾아들었다. 그러나 아들을 최고의 운명에 걸맞은 남자로 만들겠다는 의지는 여전히 가장 큰 삶의 이유였다…. 그리고 지금, 굳이 찾아 나서지 않았음에도 필요했던 도움의 손길을 찾은 게 아닌가? 이는 분명 예고 없이 등장한 기대 이상의 기회가 아닌가? 맥 앨러미 영감은 퍼트리샤 자신에게도, 로돌프에게도, 비열한 거짓말쟁이 헨리 맥 앨러미가 이행하지 않은 지원을 대체할 막강한 지원자가 되어줄 것이 아니겠는가…? 이제 저녁 어스름이 내리고 있는 시각, 퍼트리샤는 보다 나은 미래를 그려보고 있었다.

시간이 좀 더 흘렀다. 퍼트리샤는 몽상에서 빠져나와 몸을 일으켰다. 또 생계를 위해 일을 해야 하는 독신녀의 초라한 숙소로 들어가기 전에 늘 저녁 식사를 하는 작은 레스토랑으로 발길을 옮겼다. 그러다가 갑자기 걸음을 멈추었다. 여자의 정면, 광장의 바깥쪽 어떤 건물 1층의 작은 쪽문 하나가 열렸다. 그 문은 퍼트리샤도 알고 있는 문이었다. 바로 기다란 통로와 수많은 계단을 통해 맥 앨러미의 금고가 있는 작은 방으로 통하는 문인 것이다. 사장이 신문사를 빠져나올 때 종종 이용하는 그 출입구 말이다.

그리고 자세히 보니 맥 앨러미가 프레데릭 필즈를 대동한 채 그곳에서 나오고 있었다.

두 남자는 퍼트리샤를 보지 못한 채, 광장을 가로질러 중앙 가도와 나란히 난 작은 길로 멀어져 갔다.

2
11인 회동

퍼트리샤는 들키지 않도록 조심하며 두 남자의 뒤를 쫓았다. 진부한, 혹은 불순한 호기심이 발동한 것은 아니었다. 다만 죽음을 예고하는 결말로 치달을 수 있는, 어떤 모험의 위험성에 관한 제임스 맥 앨러미의 말을 잊을 수 없었기 때문이다. 명백한 위협에 시달리고 있는 것은 아니었을까? 그 말들 속에서 그가 넌지시 전하려 했던 암시를 퍼트리샤가 필히 알아챘어야 했던 건 아닐까? 사장의 일거수일투족에 신경을 쓰는 게 퍼트리샤의 직무가 아닌가? 틀림없이 맥 앨러미와 필즈는 야간 사찰에 나선 것이다. 그렇다면 자신으로서도 행동에 돌입할 필요가 있지 않은가!

두 친구는 뒤 한번 돌아보지 않고 앞으로 걸어갔다. 그들은 서로 팔짱을 낀 채 열심히 이야기를 나누었다. 맥 앨러미는 팔짱을 끼지 않은 나머지 손으로 황갈색 가죽 서류 가방의 손잡이를 쥐고 있었고, 프레데릭 필즈는 지팡이를 휘두르며 유희를 즐겼다.

그들은 그렇게 한참을 걸었고, 은밀히 따라잡는 데 열중한 퍼트리샤는 난생처음 지나는 길들을 마주했다. 그러나 두 사람에겐 그 길이 익숙한 듯 조금도 거침없는 걸음걸이였다.

마침내 그들은 너른 정방형 광장을 끼고 돌아서 걸어갔다. 광장 한편에는 줄기둥 회랑이 멋지게 자리하고 있었고, 그 아래에는 그 시각이면 덧문까지 모두 닫혀 있는 상점들이 줄지어 있었다. 그중 몇몇 상점은 배치나 면적, 건물 외관이 전체적으로 똑같은 모습이었다. 각각의 상점을 나누는 문들은 위층에 자리한 살림집으로 통하게 되어 있었다.

맥 앨러미는 돌연히 걸음을 멈추더니 그중 한 곳의 문을 열었다. 그리 멀리 떨어지지 않은 곳에 위치한 아치형 회랑의 어둠 속에 몸을 숨겨 지켜보던 퍼트리샤의 시야에 건물 중이층으로 연결되는 층계의 하단 일부가 얼핏 들어왔다.

맥 앨러미는 필즈와 함께 계단으로 올라갔고 이어 문이 닫혔다. 쇼윈도 셔터에 뚫린 구멍 사이로 새어 나오는 빛이 상점 1층을 밝히고 있는 것으로 보아, 〈알로 폴리스〉 사장은 위에서 잠깐 머물다가 내려온 듯했다.

몇 분간 적막이 흘렀다.

밤 10시를 알리는 종소리가 들려왔다. 거의 그와 동시에 두 남자가 어디선가 나타나서는 슬렁슬렁한 걸음걸이로 회랑 아래를 어슬렁거렸다. 퍼트리샤는 몸을 숨기고 있던 어둠 속으로 좀 더 깊숙이 들어갔다. 두 남자는 그 상점 있는 곳까지 이르렀고, 그중 한 명이 손에 든 금속 물체로 쇼윈도를 두드렸다. 이내 철제 셔터 안의 쪽문 하나가 안쪽에서 열렸다. 두 남자는 신속히 안으로 들어갔고, 출입문은 다시 닫혔다. 두근거리는 가슴을 달래며 염탐하고 있던 퍼트리샤의 눈에 다시 네 명의 남자한 무리가 한가로이 산책하듯 천천히 다가오는 게 들어왔다. 그들 역시 그 상점 앞에 멈춰서 쇼윈도를 두드렸다. 이번에도 문이 열렸고 그들도 안으로 사라졌다.

곧이어 한 명이 또 나타났고 동일한 방식으로 문을 두드리고 안으로 들어갔다. 그리고 또 한 명. 마침내 나타난 마지막 남자는 모자를 깊이 눌러쓰고 커다란 회색 모직 목도리를 두른 키가 훤칠한 사내였다.

몇 분을 더 기다려보아도 더 이상 아무도 오지 않자 퍼트리샤는 그 수를 세어보았다. 총 열한 명이었다. 먼저 와서 기다리고 있던 맥 앨러미와 필즈를 포함하여 총 열한 명. 두 사람을 제외한 나머지 사내들은 누굴까…? 사회 각계각층에 속한 듯한 저 사람들은 과연 누구인가? 저곳에는 뭘 하러 모여든 걸까? 도대체 무슨 꿍꿍이로 이 야밤에 겉으로 보기에는 더 이상 운영되지 않는 듯한 상점에서 비밀스럽게 회합을 벌이는 걸까? 그것도 이렇게 외진 동네에서…!

순간 사장의 말이 퍼트리샤의 뇌리를 스쳤다. 그가 필즈와 함께 착수했다고 말한 기념비적인 사업이 추진되는 곳이 아닐까? 위태롭고 위험한 일이어서 그 결과 맥 앨러미가 죽음에 처할 수도 있다는 바로 그 사업?

퍼트리샤는 불안했고 겁이 났다…. 만약 지금 이 순간 누군가 맥 앨러미를 살해하려고 한다면…? 여자는 당장이라도 어둠 속에서 빠져나와 지나가는 행인을 붙들고 가장 가까운 경찰서의 위치가 어디냐고 물을 태세였다….

하지만 여자는 이내 생각을 달리했다. 과연 자신이 전혀 아는 바 없는, 어쩌면 위험이 존재하지도 않을 일에 끼어들 권리가 있을까? 이 회합을 조직하면서 맥 앨러미는 분명 사정을 잘 숙지하고 행동했을 것이다. 만약 위험을 무릅써야 했다면 그 스스로 그것을 수용한 것일 터였다. 이 같은 상황에서 퍼트리샤가 무슨 명목으로 개입해, 분별없는 경찰을 불러서 그의 계획을 망쳐놓는단 말인가? 그것은 상상 속의 위험을 피하자고 오히려 실제의 위험을 부추기는 꼴이 아닌가?

젊은 여인은 몸을 숨긴 채 그대로 꼼짝도 하지 않고 기다렸다. 그렇게 몇 분이 흘렀고… 한 시간… 두 시간이 흘렀다…. 드디어 철제 셔터로 가려진 문이 열렸다. 세 명, 네 명, 다섯 명이 차례로 모습을 드러냈고, 총 열 명의 남자가 밖으로 나와, 여전히 조심스레 몸을 숨기고 지켜보는 퍼트리샤의 매서운 시야 안에서 흩어져 갔다. 목도리를 두른 남자가 눈에 들어왔는데 퍼트리샤는 그가 프레데릭 필즈일 거라고 짐작했다. 하지만 제임스 맥 앨러미는 보이지 않았다.

퍼트리샤는 조금 더 기다려보았다…. 그런데 느닷없이 목도리를 두른 남자가 다시 모습을 나타냈다. 상점 쪽으로 발길을 옮기고 있었다. 남자는 이전처럼 쇼윈도를 두드리고는 열린 쪽문 안으로 모습을 감추었다.

4~5분가량 지난 후, 목도리를 두른 남자가 다시 모습을 드러내고는 쪽문 밖으로 미끄러져 나왔다. 그의 손에는 맥 앨러미의 황갈색 서류 가방이 들려 있었다. 남자는 서둘러 멀어져 갔다.

퍼트리샤가 보기에 상황이 수상쩍었다. 중대한 사업의 비밀을 담고 있는 귀중한 서류 가방을 왜 저 남자가 가져가는 것일까? 여자는 맥 앨러미가 나오는 모습을 지켜보기 위해 기다려야 할지 아니면 목도리를 두른 남자의 뒤를 쫓아야 할지 잠시 망설였다. 하지만 크게 고민하지 않고 이내 남자의 뒤를 밟기로 결정하고는, 날랜 걸음걸이로 남자의 뒤를 따라잡기 시작했다. 남자는 종종걸음으로 걸어갔고 불안한 듯 자신의 주위와 뒤를 살폈다⋯. 퍼트리샤는 들키지 않기 위해 극도로 조심해야 했다. 감히 가까이 접근하지도 못했고 낯선 동네의 골목을 돌아설 때마다 그를 놓치지는 않을까 전전긍긍했다. 그런데 별안간 남자가 뛰기 시작했다. 퍼트리샤 역시 달렸고, 그러다 여러 개의 길들이 모이는 어느 장소에 이르렀다. 어느 길로 가야 할까? 남자는 이미 모습을 감추고 사라졌다⋯.

가쁜 숨을 몰아쉬며 퍼트리샤는 멈춰 섰다. 결국 여자의 추격은 헛수고로 끝났다⋯.

분하기도 하고 자신의 어설픈 행동이 다소 부끄럽기도 한 퍼트리샤는 멋쩍게 어깨를 으쓱했다. 이러고도 스스로를 능수능란하다고 여겼다니⋯. 아! 이 얼마나 미숙한 탐정 노릇인가! 오랜 시간을 감시한 성과가 결국 헛수고라니⋯. 게다가 이제 와 보니, 미스터리한 인물들이 모여든 그 미지의 상점 주소조차 모르고 있지 않은가. 그곳을 다시 찾아내는 건 도저히 불가능했다⋯. 아치형 회랑들이 있었는데⋯ 그래⋯ 하지만 누가 자신을 그리로 안내한들 그 장소를 구분해낼 수 있을까? 하룻저녁만 허비한 꼴이었다⋯. 그게 결국 기껏 애쓴 결과였다⋯.

어디로 가야 할지 갈피도 잡을 수 없고 스스로에게 실망한 퍼트리샤는 발길 닿는 대로 걷다가 휘황히 조명을 밝히고 석연치 않은 손님들로 북적대는, 술집들이 즐비하고 사람들로 붐비는 대로에 접어들었다. 고함 소리와 웃음소리가 가득했다. 불안한 퍼트리샤는 감히 자신이 걷고 있는 이 길이 어디로 향하는지 누구에게 물어볼 엄두도 내지 못한 채 걸음을 재촉했다… 경찰은 한 명도 보이지 않았다. 험악한 인상의 작자들이 슬금슬금 뒤를 따라와 접근하려고 했다. 퍼트리샤는 걸음을 더욱 재촉했다. 문득 맑고 차가운 바람이 얼굴에 부딪쳤다. 물가 가까이에 와 있다는 생각이 들었다. 인적이 드문 주변은 조용하고 어두웠다. 어느새 여자는 각종 자재와 모래주머니, 석고 포대, 목재 더미들과 텅 비어 있거나 속이 꽉 찬 커다란 통들이 가득한 제방 위에 와 있었던 것이다.

그러다 갑자기 어떤 거친 손이 어깨를 덥석 잡았고, 퍼트리샤는 소스라치듯 놀랐다.

"아! 요것 보게, 퍼트리샤 아냐! 또 보게 되어 즐거운걸. 더 이상은 놔주지 않을 거야, 내 예쁜이! 아니, 발버둥 쳐봐야 소용없어!"

자신을 공격한 자의 목소리도 실루엣도 분간할 수 없었지만, 젊은 여자는 그가 아까 오후에 〈알로 폴리스〉 계단에서 자신을 습격한, '냉혈한'이라 불리는 바로 그자임을 확신했다. 그의 손아귀에서 빠져나오려 몸부림을 쳐봤지만 여자를 붙든 손은 강철과도 같았다. 남자는 빈정대면서도 위협적인 투로 이렇게 말을 이었다.

"기회가 되었으니 하는 말인데 내가 예쁜이한테 경고 하나 하지. 당신 지금 험한 길에 든 거야, 조심해! 염탐질까지 하다니! 누굴 위해? 맘에 둔 놈이라도 있어? 그 앨러미 영감! 빌어먹을, 아들에 이어 이번에는 그 애비? 핏줄은 못 속이나! 잘 들어, 예쁜이! 만약 오늘 저녁에 알게 된 것에 대해 한마디라도 입을 뻥긋할 경우 골로 갈 줄 알아! 그래, 쥐도 새도 모르게 사라지게 될 거야! 너와 네 아들 로돌프 모두! 고 귀여운 녀석이 골로 가게 될 거라고, 내 맹세하지! 그러니 입 닥치고 있어야해! 조용히 살고 싶으면 우리 일에 참견하지 마! 알아들었지? 자, 계약을 마무리하는 셈으로 키스해봐, 예쁜이! 한 번만, 대신 진정한 사랑의 키스여야 해!"

냉혈한은 좀 더 몸을 조이면서 이리저리 피하는 여자의 입에 다가들려 했다. 오후의 몸싸움이 다시 재현되었다. 퍼트리샤는 냉혈한이 자신의 목을 조를까 봐 두려워 감히 소리도 내지르지 못한 채, 미친 듯이 저항의 몸부림을 쳤다. 냉혈한이 으르렁댔다.

"이런, 멍청하군! 키스 한 번만 해주면 내가 일에 끼워줄 텐데. 다시 말하지만 엄청난 돈을 챙기는 거라고! 한몫 챙기는 거야! 네 아들 로돌프를 공작으로도, 왕자로도, 왕으로도 만들 수 있는 돈이라고! 그래도 싫어? 네가 맥 앨러미 밑에서 일해 성공할 거라고 믿어? 돌대가리로군, 꺼져! 아! 이 야비한 년…!"

퍼트리샤가 화난 암고양이처럼, 손톱을 날카롭게 세워 남자를 있는 힘껏 할퀸 것이다. 남자의 얼굴에서 피가 흘렀다. 남자가 누군가를 소리쳐 불렀다.

"알버트, 좀 도와줘!"

키가 180센티미터나 되는 거구의 선원 옷을 입은 사내가 제방의 어둠 속에서 튀어나와 냉혈한이 부르는 곳으로 급히 달려왔다. 알버트의 도움을 받은 냉혈한은 퍼트리샤를 바닥에 내동댕이치고 몸을 수그리게 만들었다.

"여자를 붙들고 있어, 알버트! 잠깐, 저기 작고 앙증맞은 통이 하나 있군. 그 속에서는 손톱을 세우거나 도망칠 생각을 못할 거야!"

냉혈한이 제방에서 비어 있는 통 하나를 발견했다. 다시 거구의 도움을 받아 남자는 젊은 여자를 들어 올려 여전히 허리를 구부린 자세 그대로 얼굴만 나오도록 통 안에 처박았다.

냉혈한은 거구의 남자에게 지시했다.

"여자 옆에서 보초 서고 있어, 알버트. 만약 소리를 지르거나 도망치려고 하면 구둣발로 머리를 한 대 후려갈겨서 달팽이처럼 껍데기 속으로 들어가게 해. 한 시간 후쯤에 돌아올 거야. 내가 어디 가는지 알지? 아직 일을 반만 처리했으니 마무리해야지! 쇠는 달아올랐을 때 두드려야 하는 법이거든. 행운이 우리편에 섰으니 잘 이용해야지. 내 자네에게 한몫 떼어서 주지. 이따 봐, 퍼트리샤! 좀 춥거든 근처 '오션 바'에 내 방이 있으니 거기로 데려가 네 몸을 녹여주지. 이봐 선원 양반, 보초 수칙 기억했지? 구둣발로 머리를 후려갈기든 키스를 해서 입을 다물게해! 키스라면 아주 환장을 하지!"

냉혈한은 히죽히죽 웃더니 모래주머니 위에 놓아둔 황갈색 가죽 서류 가방을 집어 들고 자리를 떴다.

통 속에 갇힌 퍼트리샤는 이 우스꽝스러운 상황에서 그다지 신체적인 불편함은 느끼지 않았다. 그 대신 공포와 혐오의 감정이 치솟았다. 게다가 역겨움까지 가세했다. 냉혈한이 사라지자 선원이 그녀 쪽으로 몸을 기울이며 얼굴을 들이밀었던 것이다. 사내의 입에서 술과 담배에 찌든 냄새가 풍겨와 속이 뒤집힐 것만 같았다.

사내가 낮고 불량한 목소리로 말했다.

"정말 키스라면 사족을 못 쓰게 생겼는데? 자, 우리는 통하는 게 있을 거야. 냉혈한이라면 나도 진저리가 나! 내게 기꺼이 키스해주면 통에서 꺼내주지."

이 역겨운 짐승이 자신을 꺼내줄지도 모른다고 판단한 퍼트리샤가 속삭이듯 말했다.

"먼저 나를 꺼내줘요."

"그럼 약속하는 거야?"

의심에 찬 목소리로 남자가 다짐받듯 물었다.

"당연하죠! 그쯤은 대수롭지도 않아요!"

남자는 술 취한 사람 특유의 지저분한 미소를 흘리며 이렇게 말했다.

"더 많은 걸 요구할 수도 있어! 일단, 믿어보지!"

남자는 통을 붙들고는 마치 서커스 곡예를 하듯 뒤집었다. 퍼트리샤는 통에서 빠져나와 진흙 바닥으로부터 껑충 뛰어올라 몸을 곧추세웠다.

"자, 키스해줘!"

거구가 두 팔을 쭉 뻗은 채 다가들었다.

퍼트리샤는 뒤로 한 발짝 물러섰다.

"키스요? 물론 약속했죠. 당신이 원하는 모든 걸 해드리죠. 그렇지만 여긴 싫어요. 너무 추워요. 누가 올 수도 있고요! 그 사람 방이 어디라고 했죠?"

남자는 칠흑빛 어둠 속을 손으로 가리키며 말했다.

"저기 빨간 등불 보이지… 저기…. 저기가 바로 오션 바야."

퍼트리샤가 대꾸했다.

"저기 가 있을게요. 따라와요. 먼저 가서 기다릴게요."

여자는 천천히 달리기 시작했다. 풀려난 것에 굉장히 흥분이 되었는지 피곤함도 느끼지 못했다. 게다가 커다란 걱정거리가 마음을 온통 사로잡고 있었다. 냉혈한의 마지막 말이 여자를 두렵게 했다. 그가 암시한 일의 또 다른 반은 과연 무엇일까? 그가 마무리할 일은 대체 무엇인가? 누군가를 죽이려는 걸까?

여자는 선술집들이 늘어선 거리로 발걸음을 재촉해 그중 붉은색 간판의 술집으로 들어섰다.

퍼트리샤는 주문을 하면서 오션 바 종업원에게 물었다.

"커피 한 잔하고 브랜디 한 잔 주세요. 전화기는 어디 있어요?"

종업원은 전화 부스로 안내했고, 여자는 전화번호부를 뒤적였다.

어쩔 줄 몰라 하던 퍼트리샤는 재빨리 머리를 굴리며 중얼거렸다.

"자…. 누구에게 알려야 하지? 경찰? 아니야… 필즈가 먼저야…. 집에 도착해 있을 거야… 그쪽이 위험해. 그래… 프레데릭 필즈….”

여자는 떨리는 손가락으로 다이얼을 돌렸고, 잠시 후 저편에서 수화기 드는 소리를 들었다.

“여보세요… 여보세요….”

감정이 복받쳐 까칠해진 목소리로 퍼트리샤가 말했다.

잠시 후, 주저하고 불안해하는 듯한 필즈의 목소리가 이렇게 대꾸했다.

“여보세요…. 누구시죠? 맥 앨러미, 자네인가? 냉혈한이 방금 왔다네.”

젊은 여자는 공포에 사로잡혀 몸을 떨었다. 필즈에게 위험을 알려야 한다…. 아니다, 노인이 스스로를 어찌 지켜내겠는가…? 차라리 악당을 직접 협박해야 한다. 퍼트리샤는 이렇게 대답했다.

“마침 잘됐군요. 그자에게 할 얘기가 있어요… 맥 앨러미 일에 관해서요.”

곧 냉혈한의 거칠고 쉰 듯한 목소리가 들려왔다.

“여보세요, 당신 누구야?”

“나, 퍼트리샤야…. 충고 하나 하지. 거기서 꺼져…. 당신이 필즈에게 어떤 수작을 하려고 하는지 내가 경찰에 까발렸거든. 당장 거기서 꺼지는 게 좋을 거야.”

전혀 동요하지 않는 목소리로 냉혈한이 말했다.

“흥! 당신이군! 그 멍청한 선원 녀석이 또 어리석은 짓을 했군…. 좋아, 꺼져주지. 하지만 5분 후에. 아직 필즈 씨에게 할 얘기가 남았거든.”

퍼트리샤는 온몸에 소름이 끼쳤지만 목소리만큼은 더욱 강경하고 강압적으로 내뱉었다.

"조심하는 게 좋을 거야, 냉혈한. 내가 다 불었어! 경찰들이 경찰차를 타고 출동했어. 지금쯤 집을 에워싸고 있을 거야. 까딱했다간 전기의자를 면하지 못할 거야…."

쉰 목소리가 대꾸했다.

"날 그렇게 신경 써주니 고맙군! 자, 서둘러야겠어…."

수화기 저편에 침묵이 흘렀다. 그러고는 갑자기 둔탁한 비명 소리… 단말마의 비명 소리였다.

퍼트리샤는 거의 기절할 듯이 놀라 숨을 헐떡이며 중얼거렸다.

"아! 이 악당! 악당 놈, 놈이 사람을 죽였어…."

얼이 빠진 여자는 수화기를 내려놓고 술집 종업원에게 돈을 던지고는 부리나케 도망쳤다. 선원이 안으로 들어서고 있었지만 퍼트리샤는 그를 피해 밖으로 정신없이 달려 나갔다. 다행히 빈 택시가 눈에 띄었고, 바로 거기에 올라탔다. 여자는 너무도 당황한 나머지 프레데릭 필즈나 신문사 주소를 대는 대신 운전기사에게 무의식적으로 자기 집 주소를 말했다. 마치 자기 굴로 달아나는 상처 입은 짐승의 모습이었다.

죽을 것만 같은 지독한 피로가 여자를 엄습해왔다. 눕고 싶었다, 잠들고 싶었다… 퍼트리샤가 예감한 이 비극, 이미 벌어져서 더 이상 그녀로서는 손쓸 수가 없을 그 비극을 잊고 싶었다. 퍼트리샤가 감당하기에는 너무나 엄청난 일들이었다.

잠을 제대로 이룰 수 없었다. 그나마도 무서운 악몽들로 중간중간 끊어진 선잠이었고, 한밤중에는 불면이 대신했다. 불면

의 시간에는 오늘 겪은 일들이 더욱 끔찍하게 다가왔다. 빼앗
긴 서류 가방에 생각이 미치자 불안은 더욱 가중되었다. 그러
나 그 생각은 퍼트리샤가 의당 머릿속에서 끌어냈어야 하는 논
리적인 추론, 즉 맥 앨러미가 서류 가방을 도난당했다면 그건
분명 강제로 벌어진 일일 것이라는 사실까지는 미처 이르지 못
했다. 그렇다. 퍼트리샤는 프레데릭 필즈가 냉혈한에게 희생되
었다는 사실은 분명히 의식했지만, 맥 앨러미에 대해서는 단
한 순간도 걱정하지 않았던 것이다. 아무것도 예측할 수 없었
고, 어떤 예감 하나 드는 게 없었다.

　다음 날 신문사에 도착한 순간부터 퍼트리샤의 당혹감은 깊
어졌다. 사무실마다 소란스러웠고, 편집실은 어수선하기 짝이
없었다. 사장이 리베르테 광장의 한 상점 안에서 심장 한가운
데에 칼침을 맞은 채 발견되었다는 것이다. 리베르테 광장이라
니! 아치형 회랑들이 자리해 있던 바로 그곳이었다!

　퍼트리샤는 정신을 잃지 않고 침묵을 지키기 위해 안간힘을
썼다. 사건의 결과에 너무도 마음이 어지러웠다. 여자는 끔찍
한 양심의 가책에 사로잡혔다. 맥 앨러미를 구해낼 수 있지 않
았을까? 어떤 조처를 취할 수 있지 않았을까…? 퍼트리샤는 오
로지 그 생각, 이미 벌어진 범행에서 자신의 책임이 없지 않다
는 생각에만 파묻혔다…! 나머지 것들, 즉 경찰이 알아낸 범행
방식, 문제의 상점과 그 주인, 거기서 벌어졌던 회합들에 대해
형사들이 알아낸 사항들 등 차후에 알려진 이 모든 세부 사항
들은 아무런 행동도 취하지 않았던 스스로를 마치 죄인처럼 책
망하는 이 비통한 순간, 하등 중요하지 않았다.

퍼트리샤는 당일 석간신문들을 죄다 읽어보았다. 전부 상이한 정보와 각양각색의 논평들을 곁들여 살인 사건을 제멋대로 보도하고 있었다. 특히나 저명인사인 희생자에 관해선 잘못된 자료들로 가득했는데, 비극적이고 수수께끼 같은 죽음이 대중에게 상당한 파문을 몰고 온 모양이었다.

신문들 속에는 마찬가지로 충격적인 또 다른 살인 사건에 관한 기사도 있었다. 퍼트리샤는 놀라지 않았다. 사실, 범행이 자행된 그 순간에 전화상으로 제일 먼저 사고 소식을 접하지 않았는가? 다름 아닌 변호사 프레데릭 필즈를 범행 대상으로 한 살인 사건에 관한 것이었다. 필즈는 조만간 배를 타고 유럽으로 떠날 예정이었는데 전날 저녁에 자신을 찾아온 의문의 남자에 의해 〈알로 폴리스〉 사장이 당한 것과 똑같은 방식으로 심장 한복판이 칼에 찔려 자신의 집에서 살해된 채 발견됐다. 신문들은 이렇게 묻고 있었다. 두 살인 사건 사이에 어떤 연관성이 있지 않을까? 두 희생자는 서로 잘 아는 사이였고 공동으로 사업을 추진하고 있었다. 혹시 그들의 죽음에 어떤 갱단이 연루되어 있는 것은 아닐까? 갱단이 그 두 사람을 거의 같은 시각에 처치해버린 건 아니었을까?

한데 필즈의 집 금고가 부서져 있었고 5만 달러가 도난당했다…. 그렇다면 이는 단독범에 의한 단순 강도 살인으로 보아야 할 것인가?

퍼트리샤는 그 두 노인이 동일범에 의해 살해되었다는 사실에 한 치의 의혹도 두지 않았다. 하지만 정확히 무슨 목적으로? 대체 어떤 은밀한 세력과 관련되어 있는 것이기에? 냉혈한은 거대 범죄 세력인가, 아니면 단순한 하수인일까? 퍼트리샤가 알고자 하는 게 바로 그 점이었다…. 이를 위해서는 한 가지 방법이 있었다….

두 살인 사건이 발생한 다음 날 오후, 퍼트리샤는 제임스 맥 앨러미의 아들이자 상속인인 헨리 맥 앨러미의 호출을 받아 이제 그의 소유가 된 신문사 사장실로 향했다.

여자는 감정을 드러내지 않은 채 이 호출에 응했다. 헨리 맥 앨러미의 나이는 서른 살이었다. 지난 수년간 그를 마주한 적이 없는 퍼트리샤는 이제 완연한 성인이 되어 있는 그 모습에서 오래전 자신이 알고 지냈던 젊은 남자의 얼굴을 엿볼 수 있었다. 하지만 모든 열정은 남자뿐 아니라 여자에게서도 이미 죽어 있었다. 둘은 마치 서로 모르는 사이처럼 조심스럽게 대화를 나누었다.

젊은 사장이 입을 열었다.

"존스턴 양, 아버지가 개인 장부에 마지막으로 남긴 메모가 당신에 대한 것이더군요. '퍼트리샤… 정력적인 인재로 조직에 대한 감각이 있음. 부사장직 적임자임.' 이런 내용이오."

젊은 여자한테 눈길 한번 주지 않은 채 남자는 덧붙였다.

"나는 당신에 대한 아버지의 의견을 가능한 한 전적으로 수용할 겁니다…. 물론 당신 의사와 부합한다면요…."

퍼트리샤는 여전히 신중한 말투로 대답했다.

"제가 신문사를 위해 공헌할 수 있는 가장 최선의 것은 부친의 복수에 저 자신을 헌신하는 일이라 생각합니다. 몇 시간 후 프랑스로 가는 배를 탈 겁니다. 좀 전에 여객선 일 드 프랑스호에 좌석을 예약하고 왔습니다."

헨리 맥 앨러미는 놀라는 몸짓을 하며 물었다.

"프랑스로 간다고요?"

"네. 제게 하셨던 말씀에 따르면, 부친께서도 곧 프랑스로 가실 계획이었던 것으로 압니다."

"그래서요?"

"그래서 그 프랑스 여행이 맥 앨러미 씨가 갑작스레 죽음을 맞게 된 일과 연관이 있다고 생각합니다."

"증거가 있습니까?"

"정확한 증거는 없습니다. 단순한 느낌입니다."

"그럼 신문사가 당신을 가장 필요로 하는 이 시점에 단순한 느낌 하나로 인해 그 같은 중대한 결정을 내린 겁니까?"

헨리 앨러미는 다소 빈정거리는 말투로 물었다.

"행동에 착수하기 위해서는 종종 자신의 직관을 따라야 할 때가 있는 법이죠."

퍼트리샤가 침착하게 응수했다.

"하지만 그전에 경찰과 협의를 해야 할 텐데요?"

"그럴 필요는 없다고 생각합니다. 어차피 저는 경찰에게 그 어떤 유용한 정보도 제공해줄 수 없으니까요…."

잠시 침묵이 흘렀다.

"돈은 좀 있습니까?"

젊은 여자의 결의에 자신도 모르게 감동을 받은 듯, 헨리 맥 앨러미가 다시 이야기를 꺼냈다.

"미리 받아둔 2000달러가 있습니다. 제가 앞으로 해야 할 일에 대한 선급금으로 부친께서 제 은행 계좌에 넣어주셨습니다."

"충분치 않을 텐데요."

"만약 성과를 얻기 위해 보다 큰돈이 필요할 경우 사장님께 연락을 드리겠습니다."

"알겠습니다. 잘 가십시오, 존스턴 양."

그들은 더 이상 한마디 말도 나누지 않은 채 헤어졌다.

퍼트리샤가 사장실에서 막 나오는데 젊은 여자 하나가 아무런 인기척도 내지 않고 사장실로 들어섰다. 예쁘장한 얼굴에 화장을 하고 상복을 입은 매우 우아한 맵시의 그 여자는 퍼트리샤에게 눈길 한번 던지지 않고 그 곁을 날쌔게 지나치더니, 헨리의 품에 몸을 던지며 외쳤다.

"내 새 망토예요, 여보! 어때요? 제법 상복처럼 보이지 않아요?"

헨리 앨러미의 젊은 아내였던 것이다.

출발할 때가 되어 퍼트리샤는 여객선 일 드 프랑스호에 승선했다. 혼자였다. 아들 로돌프는 2~3주 후에 친구가 데리고 올 예정이었다.

얼마 지나지 않아 퍼트리샤는 항해가 상당히 편안하게 느껴졌다. 낯선 여행객들과는 따로 떨어진 채 조용히 이어지는 선상 생활이 여자에게 있어 더할 나위 없는 시간이 되었다. 인생에서는 눈을 감아야만 무언가를 정확히 볼 수 있는 시기가 있다. 바다는 혼란스럽고 불확실한 순간에 간절히 필요로 하는 이 평정을 누구에게나 가져다준다.

퍼트리샤는 처음 이틀간 선실을 한 발짝도 떠나지 않았다. 선실이 복도 끝에 위치해서 그런지 좌측으로도 우측으로도 소음 없이 조용했다. 급사장 말로는 옆 선실 승객은 외출을 전혀 하지 않고 침대에 누워 지낸다고 했다.

그런데 사흘째 되는 날 갑판 산책을 하고 돌아와 보니 여행용 가방과 서랍들이 뒤죽박죽인 채 어질러져 있었다. 누군가 선실을 뒤진 것이다…. 누구 짓일까? 무얼 찾으려고?

퍼트리샤는 자신의 선실과 옆 선실과의 사이에 서로 소통할 수 있도록 나 있는, 사잇문을 잠가 두는 빗장을 확인해보았다. 빗장은 손댄 흔적이 없었고 자물쇠도 이중으로 잘 채워져 있었다…. 지나다니는 건 불가능했다. 하지만 누군가는 통과한 것이다.

다음 날 또다시 선실에 누군가 침투해 물건을 뒤진 흔적이 있었다. 의심의 여지가 없었다. 분명 누군가 여자의 부재를 틈타 선실로 들어왔다. 도대체 누가, 무슨 이유로 그러는 것일까? 정보를 얻을까 하는 생각에 퍼트리샤는 공동 선상 생활에 참여해 승객들을 관찰했다. 점심과 저녁은 식당에서 식사를 했고 갑판을 산책하며 살롱에도 드나들었다…. 눈과 귀를 잔뜩 열어 둔 채…. 그러나 아는 사람이라곤 단 한 명도 없었다….

선실 침입과 물건 뒤지기는 계속되었다. 마침내 퍼트리샤는 선장에게 항의를 했고, 선장은 사무장에게 조사를 지시한 뒤 순찰을 돌게 했다.

하지만 헛수고였다. 그런데 퍼트리샤가 개인적인 조사의 일환으로 선실 바닥에 뿌려놓은 쌀가루 위에 발자국이 남아 있었다. 그 발자국은 침입자가 옆 선실에서 잠입해 들어왔음을 알리고 있었다. 옆 선실에는 앤드루스 포브라는 이름의 승객이 머무르고 있었다. 앤드루스 포브…? 모르는 이름이었다. 하지만 혼란에 빠져 불안한 퍼트리샤는 필시 그 이름 뒤로 냉혈한이 정체를 숨기고 있다고 믿었다…. 그렇지 않으면 혹시 누가 알겠는가? 〈알로 폴리스〉의 층계참에서 냉혈한과 맞서 싸우고는 퍼트리샤를 구해줬던 남자일지도….

하지만 옆 선실의 승객이 자신의 선실에서 전혀 나오질 않는데 어떻게 진실을 알아낼 수 있을까?

자신을 짓누르는 이 의혹을 해소하기로 결심한 퍼트리샤는 사무장을 동반하고 이웃 선실을 방문했다. 사무장이 문을 노크한 뒤 선상에서의 자기 권위를 활용하면서 장황하게 용건을 내세우고는 퍼트리샤를 들여보냈다.

퍼트리샤는 문제의 승객을 보고는 기겁하며 소리쳤다.

"어쩜, 당신이었어! 헨리…?"

여자는 사무장에게 둘만 있게 가달라고 부탁했다.

헨리 맥 앨러미는 사무장이 함께 있었을 때는 침착한 태도를 보이더니만, 젊은 여자와 단둘이 남게 되자 신문사 면담 당시의 절제를 가장했던 무표정한 얼굴이 일순 달라졌다. 창백하게 질린 당황한 표정으로 퍼트리샤 앞에 무릎을 꿇고는 모든 것을 털어놓기 시작했다.

남자는 퍼트리샤를 사랑하고 있으며, 단 한 순간도 사랑하지 않은 적이 없다고 말했다. 그러고는 그토록 비열하게 버린 것을 용서해달라고 간청하며, 더 이상 퍼트리샤 없이는 살아갈 수가 없다고 했다.

울컥 숨이 막히는 듯 헐떡이며 남자는 이렇게 이야기를 마무리했다.

"난 질투에 사로잡혀 있어. 너무 괴로워! 갑자기 떠나는 이유가 뭐지? 내 아버지의 복수? 그건 핑계일 뿐이야! 거짓말이라고! 퍼트리샤, 당신은 혼자 떠나는 게 아니야! 사랑하는 남자와 함께 떠나는 걸 거야! 그자가 대체 누구지? 난 아무것도 몰라! 하지만 알아내겠어. 그에게서 당신을 빼앗아 올 거야! 당신만큼 중요한 건 없어. 내 결혼은 정말 미친 짓이었어! 당신을 사랑해! 당신이 다른 남자의 품에 있는 모습은 견딜 수 없을 것 같아! 차라리 당신을 죽여버리겠어! 당신의 배신은 용납할 수 없어!"

이 같은 말도 안 되는 행태에 놀란 퍼트리샤는 격분하며 외쳤다.

"배신은 바로 당신이 한 거예요, 헨리! 난 당신을 믿었어요. 내 모든 사랑을 당신에게 바쳤어요! 난 오로지 당신과 우리 아이를 위해서만 살았어요! 그 모든 것을 당신이 망쳐버린 거라고요! 아무런 이유도, 설명도 없이 이 모든 것이 하루아침에 무너져버렸어요. 종이쪽지에 남긴 단 한 마디, '안녕!'이라는 단어 때문에요! 나를 죽이겠다고요…? 로돌프만 아니었음 난 이미 죽었어요! 당신을 용서하라고요? 결코! 아니, 잔인한 과거에 대한 용서라면 더 이상 신경 쓰지 않으니 그렇게 해드리죠! 머릿속에서 무관한 사람을 쫓아내는 거라면, 더 이상 경멸조차

할 가치 없는 무관한 사람을 용서하는 거라면 그렇게 하죠!"

퍼트리샤의 태도는 강경했고 경멸로 가득 찼으며 무자비했다. 한편 헨리 맥 앨러미는 안간힘을 다해 냉정을 되찾으려 했다. 그는 몸을 일으켜 선실을 바꾸겠으며 더 이상 그녀를 귀찮게 하지 않고 유럽에 도착하는 즉시 뉴욕으로 돌아가는 배를 타겠노라고 약속했다.

"당신 신문사와 마누라를 지키려면 그래야죠."

퍼트리샤가 딱 잘라 말하자 남자는 어깨를 으쓱하며 대답했다.

"아니. 신문사는 따분해. 내 능력 밖의 일이야. 편집위원들끼리 협력을 해서 꾸려가는 게 나보다 나을 거야. 떠나기 전에 이미 실권을 넘겼어. 이참에 모든 걸 깨끗이 정리해버릴 생각이야…."

"부인은요?"

"그 여자를 잘 알게 된 후부터 혐오하고 있어. 그 여자는 나를 당신에게서 떼어내기 위해 내게 접근한 거야. 늘 자기 멋대로만 하는 이기주의자에다 경박하고 변덕스러운 유치한 인간!"

"당신이 있을 자리는 그녀 곁이에요! 그 여자와 결혼했잖아요! 당신은 그녀를 행복하게 해줘야 해요! 그게 바로 당신의 의무예요!"

남자는 그렇지 않다고 하소연하며 눈물을 흘리고 또다시 애원했다. 그래도 퍼트리샤가 굽힐 뜻을 보이지 않자, 여자가 요구하는 건 무엇이든 들어주겠다며 갖은 약속을 남발했다.

퍼트리샤는 자신의 선실로 돌아오며 혼잣말로 중얼거렸다.

"비겁한 인간, 유약하고 변덕스러운 사람이야. 내가 어떻게 저런 치한테 빠져들 수 있었던 거지? 저런 남자에게서 뭘 사랑할 점이 있다고…?"

헨리 맥 앨러미는 두려움의 대상이 아니었다. 그날 밤 퍼트리샤는 편안하게 잠들 수 있었다.

다음 날 아침 퍼트리샤는 간밤에 갑판 위에서 어떤 두 남자의 난투극이 벌어졌다는 얘기를 들었다. 그리고 둘 중 한 명이 상대를 바다로 던져버렸다고 했다.

그 이후 앤드루스 포브라는 이름의 승객은 자취를 감추었고, 그가 바로 간밤의 희생자라는 데 누구도 의혹을 두지 않았다. 하지만 그를 배 밖으로 내동댕이친 사람이 누구인지는 밝혀지지 않았다. 난투극을 직접 목격한 증인 또한 아무도 없었다. 싸움을 벌인 두 명 중 하나가 바다에 던져졌고, 다른 하나는 종적을 감춘 것이다. 승무원과 승객들을 조사해봤지만 헛수고였다. 수수께끼 같은 사건이 미궁에 빠진 것이다.

하지만 퍼트리샤는 가해자가 냉혈한이라 확신했다. 자신의 확신을 입증할 증거는 없지만 그자가 아버지를 죽이고 그 아들마저 제거해버린 거라고 생각했다. 여자는 냉혈한이 승객들 속에 모습을 감추고 있다고 상상했다. 퍼트리샤는 승객들의 면면을 뜯어보았다…. 하지만 정확히 관찰할 수 없는 극적인 상황 속에서 언뜻 보았을 뿐인 남자의 얼굴을 어떻게 알아볼 수 있을까?

제법 담력이 있는 편이긴 하지만, 누군가 자신을 지켜주고 있다는 설명되지 않은 든든한 느낌이 없었다면, 퍼트리샤는 매

순간 불안 속에서 떨었을 것이다. 그렇다! 여자는 일전에 한 번 자신을 구해주었던 그 사람이 위급한 순간에 또다시 나타나 자신을 구해주리라고 믿었다. 그 사람이 일 드 프랑스호에도 승선해 있을까? 아닐 이유도 없지 않은가! 그가 자신을 구하고 지켜줄 거라고 약속하지 않았나! 그 사람은 만능한 존재가 아니었던가! 퍼트리샤는 어떤 위험으로부터도 보호받고 있다는 그 느낌을 되새기며 남자가 건네준 은제 호루라기를 자신의 목에 마치 행운의 부적이라도 되듯 살며시 걸었다. 조금이라도 위험한 징후가 있을 경우 그것을 불 것이고, 그럼 그 남자가 나타날 것이라 확신했다….

그렇게 확신하고부터는 나머지 선상 여행 내내 평온하게 지낼 수 있었다. 그리고 진짜 아무 일도 일어나지 않았다. 냉혈한과 마찬가지로 구원자 역시 퍼트리샤가 두리번거리며 찾아 헤매는 난공불락의 어둠 속에 머물러 있는 듯했다.

배가 목적지에 도착한 후, 여자는 하선용 트랩을 정면으로 바라보며 트랩 위를 지나 배에서 내리는 승객들 가운데 신원을 확인할 수 있는 사람이 있는지 살펴보았다. 하지만 여자의 기억 속에 커다란 자리를 차지하고 있는 두 남자, 즉 하나는 집요하고 거칠기 그지없는 파렴치한 정념에 가득한, 불길하고 비열하며 두려운 남자와 또 다른 하나, 자신을 구하고 지켜주겠다고 약속해주었기에 그와 함께라면 두려울 게 없을 것 같은, 한 치의 물러섬도 없으며 다정하고 전능한 남자 중 그 어느 누구의 흔적도 발견할 수 없었다.

퍼트리샤의 계획은 다음의 추론에 근거했다.

제임스 맥 앨러미의 거대하고 은밀한 사업은 그로 하여금 프랑스로의 여행을 결정하게 했다. 따라서 살해범인 냉혈한 역시(그렇다, 여기엔 일말의 의혹도 있을 수 없다) 뉴욕 경찰의 추격을 피하고 자기가 차지하고자 한 그 사업을 계속 이어가기 위해 마찬가지로 프랑스로 향할 것이다. 틀림없이 영국에서 몰래 배를 벗어나서, 다른 방법을 이용해 프랑스로 건너가려 할 것이다. 따라서 퍼트리샤는 르아브르에 도착하자마자 차를 한 대 빌려서 대영제국에서 도착한 선박들을 감시하러 불로뉴, 그리고 이어서 칼레로 내달렸다.

날이 저물 무렵, 칼레에서는 커다란 래글런식 외투(다소 품이 넉넉하며 어깨를 따로 달지 않고 깃에서 소매로 바로 이어지는 형태가 특징인 외투 – 옮긴이)를 입고 챙 모자를 푹 눌러 쓴 한 남자가 회색 목도리에 얼굴 아랫부분을 파묻고 배의 트랩을 건너고 있었다. 그의 오른손에는 묵직한 가방이 들려 있었고, 왼쪽 겨드랑이에 낀 신문과 잡지 뭉치 사이에 맥 앨러미의 도난당한 서류 가방과 크기가 똑같은 봇짐 하나가 종이에 쌓여 끈으로 묶인 채 숨겨져 있었다.

이 모든 것을 조심스레 지켜보던 퍼트리샤는 선박의 도착을 눈여겨보다가 냉혈한이라 불리는 이 남자의 얼굴을 알아보았다. 그녀는 남자의 뒤를 밟기 시작했다.

남자는 파리행 열차에 올랐고 퍼트리샤도 같은 열차의 옆 객실에 자리를 잡았다. 파리에 도착한 후 남자는 북부역 부근의 어느 대형 호텔에 숙소를 정했다. 퍼트리샤 역시 같은 호텔, 같은 층에 객실을 잡았다.

여자는 자신이 뒤를 밟고 있다는 걸 남자가 눈치채지 못했다고 확신했다. 퍼트리샤는 하루 종일 계획을 세웠다 수정했다 하면서 기다렸다. 돈을 받고 정보를 주기로 한 객실 담당 하녀가 남자의 하루 일과를 여자에게 알려주었다. 아주 단순했다. 그는 오후 내내 잠을 잔 뒤 룸서비스로 방에서 저녁을 먹었다. 그리고 가죽 손잡이가 달린 커다란 황갈색 서류 가방을 몸에 늘 지니고 있다고 했다.

이 마지막 정보는 퍼트리샤의 마음에 가득했던 주저와 두려움을 일순간 무너뜨렸다. 악당이 움직이기 전에 행동에 착수해야만 한다. 놈이 안에 든 문서를 이용하거나 은밀한 장소로 빼돌려 숨기기 전에 서류 가방을 손에 넣어야만 하는 것이다.

퍼트리샤는 세면도구 상자 안에서 여행할 때 호신용으로 들고 다니는 작은 권총 한 자루를 빼 들었다. 그리고 한 번 더 후하게 팁을 주고는 객실 담당 하녀로 하여금 그녀를 냉혈한의 방까지 안내해 마스터키로 문을 열게 했다.

퍼트리샤는 안으로 들어가 등 뒤로 문을 닫고는 남자와 단둘이 대면했다.

막 저녁 식사를 마친 듯한 남자가 자리에서 일어섰다. 퍼트리샤는 여태껏 층계참이나 제방의 어둠 속에서 짐작해보기만 했던 그자의 큰 키와 우람한 어깨, 투박하고 야수 같은 얼굴을 바라보았다. 하지만 그 순간엔 너무 당황한 나머지 일그러진 남자의 얼굴이 우스꽝스럽게 보였다.

남자는 이내 냉정을 되찾고 빈정거리듯 말했다.

"퍼트리샤! 이런, 당신이군! 이런 유쾌한 선물이 있나! 옛 친구를 보러 와주다니 친절하기도 하군! 자, 거기 앉지! 과일? 커피? 술을 드릴까? 아니, 우선 키스부터 해야지?"

남자가 한 걸음 다가왔다. 퍼트리샤는 남자를 향해 작은 권총을 겨눴다.

"꼼짝하지 않는 게 좋을걸!"

남자는 웃고 있었지만 걸음은 멈추었다.

"자, 무엇을 도와드릴까?"

"11인의 회합이 끝난 후 상점으로 되돌아가 맥 앨러미 씨를 살해하고 훔쳐낸 황갈색 가죽 서류 가방을 내게 넘겨!"

퍼트리샤가 명령조로 말했다.

남자는 또다시 웃었다.

"이봐, 내가 이 서류 가방을 훔치기 위해 사람까지 죽였다고 판단했다면 그걸 순순히 내주겠어? 당신이 그 가방에 무슨 볼일이 있는데?"

"사장님이 시작하신 일을 계속 이어갈 거야. 필요한 서류가 죄다 그 가방 안에 있는 것 같은데, 맞나…?"

"물론이지. 그게 없으면 모든 게 불가능하거든!"

"내놔! 경찰이 당신을 추격하고 있어. 조만간 두 건의 살인 혐의로 당신은 체포될 거고 그럼 서류들은 우리 손에서 사라지게 돼."

"우리라고? 내 예쁜이 퍼트리샤, 그럼 나를 위해 일하겠다는 건가?"

"아니, 난 나 자신과 신문사를 위해 일해."

"다시 말하면 옛날 애인인 앨러미 주니어를 위해서라는 거야?"

퍼트리샤는 소름이 끼치는 걸 참지 못하며 숨죽인 목소리로 대답했다.

"그는 죽었어. 누가 바다에 던졌지."

냉혈한은 어깨를 으쓱했다.

"농담하고 있군! 누군가 바다에 빠졌지, 그래…. 앨러미 주니어는 그게 자신이라 믿게 만들고는 3등석 승객들 속으로 몸을 숨긴 거야. 뉴욕발 최근 뉴스를 읽지 않았나 보지?"

"그럼 익사한 사람은 누구지?"

"추잡한 전력 때문에 미국에서 추방당한 이탈리아계 이민자. 돈이라도 훔쳐내려 했던 모양이더군…."

"그럼, 그자를 바다에 던져버린 건 당신으로부터 나를 구해준 바로 그 남자인가?"

"난 그자를 몰라."

"거짓말! 당신이 그 사람한테 아르센 뤼팽이라고 말했잖아!"

"확신이 있어서 그렇게 말한 건 아냐. 어쩌면 그일지도 모른다는 거지…. 아닐 수도 있고…. 어쨌든 이 서류 가방을 원한다는 거지?"

"그래."

"내가 거절하면?"

"경찰에 넘기겠어."

"좋아. 그럼 우리 둘이서 먼저 결산을 해보자고."

잠시 침묵이 흘렀다. 냉혈한은 머뭇거리는 듯하다가 웅얼거리듯 입을 열었다.

"내가 당신의 권총과 경찰 사이에서 뭘 어쩌길 바라는 거야…."

"내게 서류 가방을 넘겨…. 어디에 숨겼지?"

"내 베개 밑에. 기다려봐, 가져다주지."

작은 권총이 겨눠진 상태로 냉혈한은 침대 쪽으로 다가가 허리를 숙이고는… 갑자기 전광석화처럼 재빠르게 옆으로 뛰어올랐다. 그와 동시에 침대 위 베개가 방을 가로지르며 날아와 퍼트리샤의 얼굴에 세게 부딪혔고, 그러면서 그녀의 손에서 권총이 떨어지고 말았다.

악당은 무기를 낚아채고는 쓰러진 여자 앞으로 다가들었다.

침침한 조명 빛이 비추는 객실의 어둠 가운데서 퍼트리샤는 무자비한 짐승 같은 그자의 얼굴 표정을 짐작할 수 있었다.

퍼트리샤는 은제 호루라기를 입에 갖다 댔다.

"멈춰! 아님 호루라길 불 거야!"

"그럼 누가 오나?"

악당이 비아냥댔다.

"그가 올 거야! 일전에 당신한테서 나를 지켜준 그 사람."

"당신의 그 미스터리한 구원자?"

"그래, 내 구원자 아르센 뤼팽."

"그럼 그가 그자라고 믿는 거야?"

냉혈한이 뒷걸음질 치며 물었다.

퍼트리샤가 그 모습을 보고 대꾸했다.

"당신 역시 그렇게 생각하고 있잖아. 그래서 겁내고 있잖아…!"

남자는 허풍을 떨려고 애쓰며 말했다.

"좋아, 어서 호루라기를 불어봐! 그가 오겠지! 나도 그 친구랑 좀 더 가깝게 지내고 싶은걸."

하지만 지나친 바람이라고 생각했는지 여자가 그냥 떠나도록 내버려 두었다.

퍼트리샤는 자기 방으로 돌아와서는 다음 날 다시 한 번 시도하겠다고 결심하고는, 이번에는 필요하다면 경찰에 알려야겠다고도 생각했다. 퍼트리샤는 몇 시간 동안 잠을 잔 후, 아침이 되어 사람들의 발소리와 소음, 떠들썩한 목소리에 잠에서 깼다.

잠자리에서 일어난 퍼트리샤는 객실 담당 하녀를 통해 자신이 냉혈한이라 부르는 사람이 간밤에 머리에 곤봉을 맞고 심각한 상처를 입었다는 사실을 알게 되었다. 하지만 하녀는 남자가 아직 살아 있고 생명에는 지장이 없어 보인다고 했다. 또한 여행객들의 왕래 속에서 눈에 띄지 않게 숨어든 가해자를 알아본 사람은 없다고 전했다.

퍼트리샤는 자신의 기자 신분증을 이용해 경찰서장의 초동 수사 과정을 자유롭게 살펴볼 수 있었다. 하지만 알아낸 건 아무것도 없었다. 대신 호텔로 돌아와 보니 객실 담당 하녀가 말하길 이런저런 이유로 부상자한테 관심이 있는 것 같은데, 보수만 챙겨준다면 그가 사용하던 지갑 겸용 수첩을 자신에게 건네주겠다는 것이었다. 그자의 방 라디에이터 뒤쪽에서 발견했다고 했다. 퍼트리샤는 제안을 받아들였고 가방에 대해서도 물어보았다. 하지만 그걸 본 사람은 아무도 없었다. 냉혈한을 공격한 자가 챙겨간 듯했다. 틀림없이 그걸 빼앗으려 공격을 감행한 것이다.

지갑 속에서 퍼트리샤는 코팅된 사진이 부착된 작은 신분증 하나를 발견했다. 그리고 사진 뒷면에는 제임스 맥 앨러미의 필체로 이렇게 적혀 있었다.

(M) - 폴 시녀 n° 3

그리고 수첩 한 면에는 에드거 베커라는 사람의 포츠머스 주소지(세인트 조지 선술집)가 적혀 있었다. 나머지는 모두 백지 상태였다. 퍼트리샤는 이 에드거 베커가 틀림없이 냉혈한을 공격한 사람이며, 동시에 서류 가방을 훔쳐 간 사람이라고 추정했다. 퍼트리샤는 그 사람이 자신의 노획물을 챙겨 영국으로 도망쳤을 가능성이 있다고 보고, 만약 그렇다면 그 사람을 찾을 수 있으리라는 희망을 품고는 진상을 규명하기 위해 르아브르로 출발했고, 영불해협을 건너 결국 포츠머스에 이르렀다.

세인트 조지라는 선술집을 찾는 것은 어렵지 않았다.

항구에 인접한 작은 선술집이었는데 분위기가 어수선하기 짝이 없었다. 붉은 머리에 수다스럽고 덩치가 큰 주인 말로는 몇 시간 전에 술집에서 살인 사건이 있었다는 것이다. 살해된 사람은 선술집에 딸린 작은 호텔에 투숙해 있던 에드거 베커라는 사람이었다. 그는 프랑스로 짧은 여행을 다녀왔다고 했다….

극도의 흥분을 가라앉히려 애쓰며 퍼트리샤가 물었다.

"그 사람이 황갈색 가죽 서류 가방을 들고 있었나요?"

"네, 맞아요. 여행 가방에서 그런 걸 봤어요. 베커는 쉬러 방으로 올라갔죠. 그래서 누구도 일이 벌어진 걸 몰랐어요. 아무도 없었거든요. 그런데 세 시간쯤 후에 객실 하녀가 목이 졸려 죽어 있는 베커를 발견한 거죠."

"서류 가방은요?"

퍼트리샤가 다급히 물었다.

"흔적도 없이 사라졌어요. 하지만 수첩은 하나 발견했죠. 이런, 경찰한테 말하는 걸 깜빡했구먼."

"저에게 그 수첩을 주시면 10파운드 드릴게요."

젊은 여자가 말하자 주인은 지체 없이 대답했다.

"오! 좋으실 대로 하시죠. 난 상관없으니까요. 게다가 베커가 지불할 돈도 있는데, 경찰이 내줄 리도 없고…."

냉혈한의 수첩과 비슷하게 생긴 그 수첩에는 맥 앨러미의 서명이 되어 있는 같은 종류의 신분증과 역시 동일한 크기의 사진 한 장이 다음의 글이 적힌 채로 첨부되어 있었다.

(M) - 폴 시너 n° 4

퍼트리샤는 프랑스로 돌아와 에투알 광장에 위치한 한 호텔에 방을 정하고는 사흘 후 〈알로 폴리스〉 신문사에 미국뿐만 아니라 전 세계를 시끌벅적하게 한 그 유명한 기사를 송고했다. 기사는 다음과 같은 충격적인 문장으로 시작되었다.

네 건의 범죄가 발생했다. 두 건은 뉴욕에서, 하나는 영국에서, 나머지 하나는 파리에서. 겉으로 보기에 사건들 간에 어떠한 공통점도 없는 듯하다. 경찰이 이 사건에 대한 숙고의 시간을 갖고 있기는 하지만, 적어도 뉴욕에서 발생한 두 건의 살인 사건에 있어서만큼은 사건 사이의 상관관계를 전혀 밝혀내지 못했다는 게 기자의 생각이다. 실은 이 모든 것은 하나로 연결된 범죄이며, 앞으로 본 기자가 이를 밝히려 한다.

퍼트리샤는 자신이 맥 앨러미와 나눴던 대화와 어느 날 저녁, 거리를 가로질러 그의 뒤를 쫓은 이유들과 리베르테 광장의 상점에서 거행된 열한 명의 회합, 황갈색 가죽 서류 가방이 도난당한 일, 프레데릭 필즈와의 비극적인 통화 내용, 자신의 유럽행 여행, 그리고 또 다른 두 살인 사건으로부터 알아낸 사실들을 차례로 기술했다.

이야기가 어찌나 능란하게 풀려가던지! 또 추론은 얼마나 대담하고 명석하게 전개되었는가! 첫 문장부터 자아낸 그 분위기는 또 어떠한가! 아! 앨러미 영감이 전한 가르침을 이 얼마나 훌륭히 소화했는가!

기사는 그 내용이 또렷하게 각인될 수 있도록 모든 힘을 응집하여 이렇게 끝맺고 있었다.

결국, 오랜 기간 동안 준비되었을 비밀 집회는 대단히 중대한 것으로 추정되는 사업을 논의하기 위해 열한 명을 소집했다. 그렇게 해서 합의된 노력의 첫 결실은 무엇인가? 세 사람이 죽고 한 차례의 살해 시도가 있었다. 그렇다면 그 사업이라는 것이 결국 살인과 절도, 치욕스러운 행위를 초래할 수밖에 없는 성격의 사업인 것일까? 그렇지 않다. 그 사업은 도덕성이나 인품에 한 점 의혹도 없고, 나무랄 데 없는 친구 사이인 두 남자의 머릿속에서 움튼 것이다! 바로 맥 앨러미와 변호사 프레데릭 필즈 말이다! 다만, 그 사업은 수많은 함정과 위험, 장애요소가 도사리고 있어 쉽지 않은 일이다. 그래서 두 친구는 어딘지 석연치 않은 사람들, 이를테면 협잡꾼이라든지 돈만 주면 무엇이든 하는 사람 등 모든 계층의 범죄자들 가운데 그들의 협력자를 차출해야만 했다. 맥 앨러미는 그들과 함께하는 것으로 인한 일의 제약과 그들의 음험한 습성을 간파하고 있었다. 그는 내게 이렇게 말한 적이 있다. "내가 살해될 것을 각오해야 할 만큼 음험한 어떤 일에 연루되어 있다고 가정해보지"라고. 그리고 이내 그 일이 닥친 것이다. 두 점잖은 신사가 연이어 살해됐고, 사업 성공에 필수 불가결한 서류가 도난당했다. 자, 이제 음험한 무리가 전 세계를 누비며 흉포한 야심과 목표에 몸이 달아 훨씬 더 냉혹하게 활개치고 있다⋯. 그 결과 두 명의 또 다른 희생자가 발생했다. 그리고 이건 끝이 아니다.

한낱 가설일 뿐이라고⋯ 그렇게 생각하는가? 실질적인 증거가 없는 추측이라고?

나는 사건의 결론을 매듭짓기 위해 그 증거들을 확보하고 있다. 보다 정확히 하자면 증거라고 하는 게 맞다. 단 하나뿐인,

하지만 반론의 여지가 없는 증거. 이는 뉴욕 경찰이 공권력을 통해 입증할 것이다.

그것은 바로 내가 손에 넣은 냉혈한과 에드거 베커, 두 인물의 신분증에 대한 것이다. 아마도 지금쯤 맥 앨러미와 프레데릭 필즈의 신분증명서들 가운데서 이와 동일한 신분증이 발견되었거나 곧 발견될 것이라고 기자는 확신한다….

그리고 실제로 이 기사 내용이 뉴욕 경찰 당국에 알려진 직후, 살해된 두 친구의 신분증명서에 대한 조사가 실시되었고, 그 가운데 지금껏 경찰의 이목을 끌지 못했던 두 개의 신분증이 발견되었다.

거기엔 다음과 같이 적혀 있었다.

프레데릭 필즈의 것에는,

$$(M) - 폴 시녀 n° 2$$

맥 앨러미의 것에는,

$$(M) - 폴 시녀 n° 1$$

이렇게 말이다.

증거가 입증되었다. 네 명의 희생자가 모두 동일한 징표를 지니고 있었다. 일종의 암호일까? 단체의 표식일까? 실존하는 여자의 이름일까? 정말로 '폴 라 페슈레스(죄 지은 여자, 폴)'를 의미하는 별명일까? 미스터리다! 철저한 수수께끼…! 그렇지만, 어쨌든 살아남은 일곱 명의 공모자들 역시 동일한 이름으로 소집되었다고 추정할 수 있다. 바로 폴 시너, 대문자 M을 앞에 두고 그 음흉한 조직에서 자신들을 의미하는 번호를 그 뒤에 달고 말이다.

그런데 증거가 입증된 바로 그날 밤, 살해된 두 남자에게서 나온 두 개의 신분증이 경찰 사무실에서 사라지고 말았다…. 어찌 된 일일까…? 수수께끼 하나가 더해진 꼴이었다….

3
오라스 벨몽, 오퇴유 롱샹 대공

유모 할멈 빅투아르는 주인이 다채로운 색깔의 가운을 걸친 채 휴식용 긴 의자에 누워서 자고 있는 욕실 안으로 숨죽여 살금살금 걸어 들어갔다.

눈을 감은 채 남자가 투덜댔다.

"무엇 때문에 조심을 떠는 거야? 문을 삐걱대든 접시를 깨든 폭스트롯(빠른 스텝과 늦은 스텝을 조화시킨 삼박자의 사교댄스 – 옮긴이)을 추든 큰북을 두드리든 원하는 대로 해요. 나는 내가 정한 시각에만 일어나니까. 이따 봐요, 빅투아르."

그러곤 쿠션들 사이로 얼굴을 더 깊숙이 파묻으며 태평하게 다시 잠에 빠져들었다.

빅투아르는 그런 그의 모습을 탄복하는 눈길로 한참을 바라보고는 이렇게 중얼거렸다.

"잘 때 보면 깨어 있을 때 늘 보이는 그 빈정대는 웃음이나 호전적인 기색이 전혀 없단 말이야. 그토록 오랜 세월 지켜봐 왔지만 이 늙은 유모를 항상 불안하게 만드는 그 태도에는 아무래도 익숙해지지가 않는단 말이지."

그러다 혼잣말로 또 중얼댔다.

"아이처럼 잔단 말이야…. 아! 저 웃는 것 좀 봐…. 틀림없이 멋진 꿈을 꾸고 있을 거야…. 의식이 휴식 중인가 봐. 얼굴을 보면 알 수 있지. 저 편안한 얼굴 좀 보라고…. 젊어 보이네! 누가 쉰 살 가까이 되었다고 생각하겠어."

빅투아르는 말을 끝맺지 못했다. 자고 있던 남자가 말을 듣고 있다가 벌떡 일어나 늙은 유모의 멱살을 움켜잡으며 소리쳤다.

"입 다물어요! 유모 잘 보이려고 하는 그 길모퉁이 돼지고기 장수한테 유모 나이를 불어버릴까?"

빅투아르는 질식할 것 같았다. 특히 부아가 치밀어 올라서 숨을 쉴 수가 없었다. 멱살을 움켜쥔 괴력의 손 때문에 목이 졸렸기 때문이다.

"길모퉁이 돼지고기 장수… 오…!"

"내 나이를 우스꽝스럽게 떠벌리면서 내 명예를 훼손한 건 유모라고요!"

"하지만 여긴 아무도 없잖아요."

"내가 있잖아요, 내가. 아직 서른도 안 되었는데…. 왜 하찮은 숫자로 내게 상처를 주려고 하는 거야?"

남자는 그러곤 다시 휴식용 긴 의자에 털썩 앉아 하품을 하더니 물을 한 잔 마시고 어린아이처럼 다정하게 유모를 부둥켜안고 말했다.

"빅투아르, 난 이처럼 행복한 적이 없어요!"

"왜죠, 도련님?"

"내 인생을 정리했거든요. 더 이상 모험은 없어요! 빅토르 시절의 모험과(《사교계단속반 형사 빅토르》 참조 – 옮긴이) 칼리오스트로 백작부인과의 모험이(《칼리오스트로 백작부인의 복수》 참조 – 옮긴이) 마지막일 거예요. 이젠 지긋지긋해요! 안전한 곳에 재산도 챙겨뒀으니 이젠 성가신 일 없이 그 돈을 즐기며 억만장자 대귀족으로 편히 살려고요. 이제는 여자도 지겨워! 사랑도 그만! 여자를 현혹시키는 것도 그만! 감상에 젖는 것도, 세레나데도 다 그만! 달빛도 이제 그만! 죄다 그만! 이 모든 것에 지쳤어! 풀 먹인 셔츠와 제일 근사한 의복이나 가져다줘요."

"밖에 나가려고요?"

"물론! 트란스발로 이주한 옛 프랑스 항해 가문의 유일한 후손이자 그곳에서 가장 정당한 방법으로 부를 축적한 오라스 벨몽이 오늘 밤 은행가 앙젤만이 개최하는 연중 파티에 참석해야 하거든! 그러니 내 옷을 준비하고 한껏 멋을 내게 해줘요, 유모 할멈!"

10시 반, 오라스 벨몽은 앙젤만 은행과 그 은행주의 아파트가 자리한 포부르 생토노레의 으리으리한 건물 앞에 도착했다. 남자는 사무용 공간이 양쪽으로 도열해 있는 아치를 통과한 후 주거 공간으로 할애된 익랑채의 가장자리를 따라 마련되어 있는 마당을 지났다. 마당과 샹젤리제 대로까지 뻗은 아름다운 정원은 잔디로 이어져 있었다.

두 개의 천막이 이 마당과 잔디 위로 드리워져 있었다. 안쪽으로는 회전목마와 그네, 온갖 종류의 놀이 시설들, 별별 기괴한 것들을 전시해놓은 공간, 권투와 자유로운 경합을 할 수 있게 마련된 링 등 축제 시설이 가득 펼쳐 있었다. 조명으로 환하게 밝혀진 그곳에 수백 명의 사람들이 북적이고 있었고, 세 개의 오케스트라와 세 개의 재즈밴드가 열을 올리며 음악을 연주했다.

앙젤만은 입구에서 방문객을 맞이했다. 머리는 백발이지만 여전히 정정한 그는 장밋빛의 깔끔한 얼굴에 영화에 등장하는 미국 금융가 스타일의 화면 잘 받는 외모의 소유자였다. 그는 세 차례의 실패를 능란하고 의연하게 극복하면서 자신의 위치를 공고하게 구축했다. 그에게서 멀지 않은 곳에 수많은 숭배자들이 '아름다운 앙젤만 부인'이라 부르는 그의 아내가 있었다.

오라스 벨몽은 은행가의 손을 붙잡았다.

"안녕하신가, 앙젤만?"

앙젤만은 상대의 얼굴에 이름이 떠오르지 않는 만큼 더욱 다정한 말투로 대답했다.

"안녕하신가, 친애하는 친구. 이렇게 와주어 대단히 고맙네!"

친애하는 친구는 물러서는 동작을 취하다가 이내 다시 다가와 그에게 나직한 목소리로 물었다.

"나를 아는가, 앙젤만?"

은행가는 소스라치는 기색을 억누르며 같은 어조로 대답했다.

"잘 안다고는 못 하지. 워낙 부르는 이름이 많은지라!"

"나는 누군가 나에게 허튼짓하는 거 안 좋아하는 사람이야, 앙젤만. 그런데 명백한 증거는 없지만 왠지 자네가 날 배신하고 있다는 느낌이 들어."

"내가… 당신을… 배신하다니!"

겉으로 보기에는 친근한 몸짓 같지만 강철 같은 손가락이 상대의 어깨를 짓눌러 압박하면서, 다시 나직한 목소리로 단호히 덧붙였다.

"내 말 잘 들어, 앙젤만! 내가 정하는 날에 당신을 유리잔처럼 부숴버리겠어. 그럼 자넨 더 이상 존재하지 않을 거야. 그때까지 기회를 한 번 주지…. 자네가 얼마나 성실한지는 자네의 경탄할 만한 부인을 통해 살펴보겠어."

은행가는 얼굴이 하얗게 질렸으나 자기 집에 모여든 사람들의 눈치를 보며 애써 태연한 태도를 취하고는 만면에 사교적인 미소를 지었다.

한편, 오라스 벨몽은 그 앞을 지나 이제는 아름다운 앙젤만 부인 앞에 허리를 숙이고 있었다. 대귀족 특유의 능수능란함과 여성에 대한 친절함이 배어 있는 용의주도한 태도로 남자는 여자의 손에 입을 맞추고는 몸을 일으키며 중얼거렸다.

"안녕하십니까, 마리 테레즈…. 여전히 젊고, 매력적이며, 고결한가요?"

남자가 익살을 떨자 여자는 미소를 지으면서 똑같이 비꼬는 말투로 중얼거렸다.

"어머, 비밀스러운 매력의 사나이시네. 당신, 여전히 성실한가요?"

"당연하지요. 성실이야말로 나를 빛나게 하는 장신구 중의 하나 아니겠소. 하지만 여자들이 내게 좋아하는 건 따로 있지,

안 그렇소, 마리 테레즈?"

"잘난 척은!"

여자는 살짝 얼굴을 붉히며 어깨를 으쓱했고, 남자는 보다 진지한 어조로 말했다.

"남편을 잘 감시해, 마리 테레즈. 그럼, 그를 잘 감시해."

"무슨 일 있어요?"

여자가 말을 우물거렸다.

"오! 다른 여자한테 치근댔다거나 뭐 그런 이야기는 아니고…. 이렇게 아름다운 마리 테레즈를 두고 부정을 저지를 수야 있겠나! 그보다 좀 더 심각한 문제야…. 그렇단 말이야, 그러니 그를 잘 감시해."

오라스 벨몽은 미소를 지으며 스스로 만족한 기분으로 정원의 구경거리를 찾아 멀어져 갔다.

남자는 한동안 사람들 무리 사이로 거닐었다. 아름다운 여인들이 꽤 많이 있었다. 얼굴이 익은 여자들에게는 미소를 지어 보이기도 했다. 그러면 여자들도 미소를 보내며 살짝 얼굴을 붉히고는 눈으로 남자의 모습을 좇았다. 남자는 한번 즐겨보기로 마음을 먹은 듯했다. 일단 회전목마를 한 바퀴 타고 나서 격투장 링으로 다가갔다. 호피로 된 레슬링 팬츠와 분홍색 유니폼을 입은 한 건장한 노인이 허풍스럽고 거친 거구의 프로 선수와 붙었다가 손목이 부러진 모양이었다. 오라스 벨몽은 모자를 벗어 손에 들고 노인을 위해 기부금을 거둔 뒤, 격투장 건물로 들어갔다가 이내 복장을 갖춰 입고는 링 위에 모습을 드러냈다. 강건한 근육과 유연함이 적절히 조화를 이룬 퍽 멋진 몸이었다. 거구의 상대에게 도전하고는 단 두 차례 만에 최상의 일본식 기술로 상대를 넘어뜨렸다. 열광한 군중은 갈채를 보내며 환호했고 남자가 정장으로 갈아입고 다시 격투장으로 나오자 호기심 어린 눈길로 그를 에워쌌다. 입가에 승자의 여유 있는 미소를 띤 채, 남자는 동선을 바꿔 움직이는 무용수들의 뒤를 따라서 멀어져 갔다. 그때 한 쌍의 무용수가 날랜 곡예 동작으로 둥글게 모여든 사람들의 주의를 끌었다. 오라스 벨몽 역시 그 모습을 흥미롭게 바라보고 있는데, 한 신사가 다가오더니 자기 앞에 슬며시 비집고 들어오는 게 아닌가. 신사는 키가 매우 커서 오라스 벨몽은 더 이상 아무것도 볼 수가 없었다. 그래서 옆으로 이동해보았지만 잠시 후 그 남자는 또다시 그의 앞을 가렸다. 항의를 할까 했는데 그 순간 군중 속에서 소란이 일었다. 그러다가 그 신사가 뒷걸음질을 쳤고 오라스 벨몽의 발을 밟고 말았다. 고의는 아니었겠지만 그렇다고 조심을 한 것도 아니었다.

"제기랄, 사과해야 할 거 아냐!"

오라스 벨몽이 투덜거렸다.

그제야 그 남자가 뒤를 돌아보았다. 호리호리한 몸매에 우아한 옷차림, 기름을 잔뜩 발라 올린 곱슬머리에 잔뜩 멋을 부린 그 남자는 근동 지방 특유의 강인한 얼굴과 그 얼굴 둘레로만 기른 구불거리는 수염이 인상적인 미남자였다. 그는 오라스 벨몽을 바라보았지만 사과는 하지 않았다.

무용수의 공연이 끝나고 있었다. 오케스트라는 이제 탱고 연주를 시작했다. 근동 지방풍의 그 사내는 몇 걸음 떨어진 곳에 있는, 앵글로색슨계로 여겨지는 매우 아리따운 한 아가씨 앞에 허리를 숙이고는 춤을 청했다. 그 매력 넘치는 여자는 오라스 벨몽이 아까부터 눈여겨보아 둔 터였다. 여자는 잠시 머뭇거리다가 이내 춤 신청을 받아들였다. 두 남녀의 완벽한 춤 솜씨에 사람들이 그들을 보러 둥글게 원을 그리며 모여들었다.

춤을 마치고 여자를 다시 제자리에 데려다준 근동 지방풍 사내는 또다시 오라스 벨몽 앞을 우뚝 막아섰다. 하지만 이번에는 참다못해 오라스 벨몽도 그 사내의 팔을 낚아채고는 밀쳐냈다. 근동 지방풍 남자는 성이 나서 홱 뒤를 돌아 말했다.

"이봐요…."

오라스 벨몽이 외쳤다.

"이런 무례한 자를 봤나!"

남자는 화가 나 얼굴이 벌게져서 소리를 질렀다.

"지금 싸움 거는 거요?"

"아니. 자네 잘못을 확인하는 거지."

"나를 모욕했소."

"바로 내가 바라던 바요."

사내는 의연한 듯 과장된 몸짓으로 호주머니 속에서 명함을 한 장 꺼냈다.

"아말티 디 아말토 백작이오! 당신 이름은?"

"오퇴유 롱샹 대공!"

사람들이 몰려들었다. 사람들은 오라스 벨몽이 천연덕스럽게 냉소를 짓는 모습이 재미있다는 듯 웃어댔다. 근동 지방풍 사내는 얼굴이 새빨개진 채 물었다.

"주소는?"

"여기."

"여기라고?"

"맞소. 심각한 일이 있을 때, 혹은 그 일이 매우 심각하다 여겨질 때 나는 항상 현장에서 즉각 해결하거든. 그쪽이 모욕을 당했다고 말한 것 같은데… 좋소! 무기는 정했소? 칼? 총? 손도끼? 독 묻힌 단도? 대포? 그것도 아니면 1430년식 석궁?"

그들을 둘러싼 구경꾼들의 웃음소리가 점점 커져갔다. 입심 좋고 한 치도 물러섬이 없는 이 인물을 이대로 뒀다가는 자신이 조롱거리가 될 거라 느꼈는지 그 이방인은 화를 자제하고 차갑게 대답했다.

"총으로 하겠소!"

"그럽시다."

그들 바로 근처에는 담뱃대와 달걀 껍데기가 분수처럼 솟구치는 등 온갖 과녁을 갖춘 노점 사격장이 있었다. 오라스 벨몽은 제2제정 시대의 2연발 플로베르형 권총 두 자루를 집어 들었고, 상대의 눈앞에서 장전을 하고는 그중 하나를 아말티 백작에게 내밀며 진지한 어조로 말했다.

"달걀 껍데기 두 개가 깨지는 즉시 명예가 온전해지는 거요."

근동풍 사내는 잠시 머뭇거리다가 결국 이 우스꽝스러운 대결을 받아들이기로 했다. 그는 무기를 받아 쥐고는 한참을 겨누었지만 목표물을 맞히지 못했다. 오라스 벨몽은 그 손에서 총을 낚아채, 무심히 두 개의 총을 하나씩 손에 거머쥐고는 제대로 겨누지도 않은 채 방아쇠를 당겨 두 개의 달걀 껍데기를 박살 냈다.

구경꾼들은 환호를 지르며 갈채를 터트렸다.

오라스 벨몽이 말했다.

"명예가 회복되었군. 달걀 껍데기 두 개가 땅 위에 굴러다니고 있으니 말이오."

그러고는 아말티 백작에게 손을 내밀어 악수를 청하자 남자는 애써 웃으며 이렇게 대꾸했다.

"브라보! 말솜씨도 대단하고 총 솜씨도 대단하시오! 나보다 한 수 위구려! 다시 뵈는 기쁨이 있으면 좋겠소이다."

"난 아니오."

오라스 벨몽은 차분하게 대답하고는 군중의 호기심 어린 시선을 피해 서둘러 자리를 떴다.

그는 다소 인적이 뜸한 정원 한구석을 거닐다가 어느새 출구 쪽에 이르렀다. 문득 손 하나가 슬며시 자신의 어깨 위에 놓이는 게 느껴졌다.

"얘기 좀 나눌 수 있을까요?"

여자 목소리였다.

오라스 벨몽은 뒤를 돌아보고는 몹시 기쁜 목소리로 외쳤다.

"아! 아름다운 앵글로색슨 부인 아니십니까!"

"미국인이고 아직 미혼이에요!"

오라스 벨몽은 격식을 차려 허리를 숙이고 말했다.

"제 소개를 할까요, 아가씨?"

여자는 웃으며 대답했다.

"그럴 필요 없어요. 오퇴유 롱상 대공만으로 제겐 충분해요."

"좋습니다. 하지만 저는 당신이 누구신지 아는 영광을 아직 갖지 못했군요."

"그렇게 생각하세요? 자, 우린 뉴욕의 한 건물 계단에서 이미 만난 적이 있어요. 기억 못하시나요…? 게다가 한 시간 전부터 당신을 지켜봤어요."

"그러니까 일종의 감시를 했단 말입니까?"

"네."

"왜죠?"

"당신은 제가 지난 며칠 동안 찾아 헤맨 사람이 틀림없으니까요."

"당신이 찾는 남자가 누굽니까?"

"제게 큰 도움이 되어주실 수 있는 분이에요."

여전히 깍듯한 태도로 오라스 벨몽이 말했다.

"저야 아름다운 여인에게 큰 도움이 될 준비가 항상 되어 있는 사람이지요. 어서 분부를 내리시죠!"

남자는 자신의 팔 한쪽을 내어 여자를 군중 속에서 에스코트해, 방금 지나온 다소 인적 뜸한 정원 구석으로 안내했다. 두 사람은 정원의 나무 아래에 나란히 자리를 잡았다.

"이곳이 춥진 않겠습니까?"

오라스 벨몽이 묻자 여자는 자신의 맨어깨를 덮고 있던 얇은 천을 치우며 대답했다.

"전 원래 추위를 타지 않아요."

"고맙습니다."

남자가 열의에 찬 목소리로 대답하자 놀란 여자가 물었다.

"뭐가 고마워요?"

"멋진 광경을 제 눈앞에 제공해주시니까요. 대단한 아름다움입니다. 그리스 조각상이 따로 없어요!"

여자는 얼굴을 살짝 붉힌 채 인상을 찌푸리며 어깨를 다시 천으로 감쌌다.

"선생님, 제 얘기를 진지하게 경청해주시겠어요?"

여자가 건조한 어투로 요청했다.

"물론입니다. 도움이 될 수 있다면 큰 기쁨일 겁니다!"

"자, 제 이야기는 이래요. 전 범죄 관련 내용을 다루는 미국의 대형 신문사에 소속되어 있어요. 일의 특성으로 인해 어떤 범죄 사건에 연루되었는데, 사건의 마지막 단계가 여기 프랑스에서 벌어졌어요. 바로 맥 앨러미 사건이에요! 저는 모두의 기대를 넘어서는 성과를 거두며 신문사에 사건 관련 자료를 성공적으로 보내왔어요. 그런데 두 달 동안 사건을 파헤치며 열심히 노력했지만 지금껏 아무런 성과도 얻지 못하고 있는 상황이에요. 뭘 어찌해야 좋을지 모르겠어서 일전에 저에게 조언을 해주며 도와준 적이 있는 용감한 형사 한 분을 뵈러 이틀 전에 경찰청에 다녀왔어요. 그런데 그분이 이렇게 외치지 뭐겠어요. '아! 당신이 아무개의 도움을 받을 수 있으면 좋을 텐데!'라고 말이에요."

"아무개요?"

오라스 벨몽이 얼른 물었다.

"그 형사분 말로는 이따금 기꺼이 자신들을 도와주는 비범한 사람이 있는데 그 사람의 이름도, 실제 생김새도 아는 바가 없어 자기들끼리 그렇게 부른다고 하더군요. 매우 부유한 대귀족이며 사교계 인사인 듯하다고 하셨어요. 항상 기이한 방식으로 행동하고 완력이나 솜씨도 경이로운 데다 어떤 상황에도 흔들리지 않는 침착함을 지닌 사람이라고…. 그런데 그 사람을 어디 가서 찾을까 궁리하던 차에 앙젤만 남작이 포부르 생 토노레에 있는 자신의 저택에서 파리의 모든 사교계 인사를 초대하는 연례 축제를 연다는 것을 기억해내셨죠. 틀림없이 아무개는 그곳에 있을 거라고. 그러면서 그가 자신의 정체를 드러내고 제 일에 흥미를 가지게 하는 것은 모두 저에게 달려 있다고 하시더군요."

오라스 벨몽이 말을 대신 이었다.

"그래서 이곳에 오신 건가요? 격투장에서 거구를 쓰러뜨리고 기부금을 걷는 모습, 달걀 껍데기를 목표로 결투를 벌이는 제 모습을 지켜보고는 '저게 바로 아무개야'라고 생각하셨군요!"

"맞아요."

"이런! 아가씨, 사실 제가 그 '아무개'가 맞습니다. 당신을 도와드리지요."

"감사합니다. 그럼 이제부터 다시 이야기로 돌아갈게요. 혹시 제가 좀 전에 말씀드린 미국의 그 사건에 대해 아시는 바가 있나요?"

"맥 앨러미 사건 말이오? 약간요."

"어떻게 알게 되셨죠?"

"한 여기자가 이 사건에 관해 쓴 기사를 읽고 알게 되었습니다.”

“네, 그 여기자가 바로 저예요. 퍼트리샤 존스턴.”

“멋진 기사였어요!”

퍼트리샤는 상대의 칭찬하는 말투에 자못 의구심이 든 듯 물었다.

“기탄없이 말이에요?”

“사실 한 가지 걸리는 점이 있어요. 지나치게 잘 써졌어요. 너무 문학적이고 너무 이목을 끌려는 티가 나요. 저는 범죄 문제만큼은 직설 화법을 좋아합니다. ‘이야기하듯’ 써 내려간 것이나 윤색한 글, 효과를 노리는 글, 극적인 반전을 준비하는 듯한 그런 글 말고요. 그래서 전 추리소설이 너무 따분하답니다.”

여자는 웃음을 보였다.

“내가 비서로 있던 앨러미 씨의 충고와는 정반대네요. 이야기는 그냥 지나가죠. 제가 알아낸 사실을 말씀드릴게요.”

여자는 간략히 사실들을 이야기했고, 남자는 그런 여자에게서 눈 한 번 떼지 않고 이야기를 경청했다. 여자가 이야기를 마치자 오라스 벨몽이 말했다.

“이제 명확히 이해되는군요!”

“제 설명이 제 기사보다 명쾌하다는 말씀인가요?”

“아뇨, 다만 당신의 두 입술이 이야기를 전하고 있고, 그 입술이 감미롭다는 이야기지요.”

여자가 다시 얼굴을 붉히고는 못마땅한 표정으로 중얼거렸다.

“아! 하여간 프랑스 남자들이란… 늘 똑같다니깐….”

남자가 침착하게 대꾸했다.

"늘 그렇지요, 아가씨. 나는 내가 한 여자에 대해 생각하는 바를 이야기한 후에야 비로소 마음을 열고 그 여자와 이야기할 수 있습니다. 아시겠지만 이건 신의에 관한 문제지요. 자, 이제 당신의 아름다움, 당신의 어깨와 입술에 경의를 바쳤으니 이야기를 다시 시작하죠. 당신을 당혹스럽게 하는 것이 무업니까?"

"전부 다요."

"포츠머스에서 자행된 네 번째 범행 이후 새로운 사건은 없습니까?"

"없어요."

"단서가 전혀 없습니까?"

"전혀요. 파리에 온 지 석 달 가까이 됐는데, 그동안 아무것도 찾지를 못했어요."

"그건 당신의 불찰입니다."

"제 불찰이요?"

"네. 당신 곁에서 우연히 일어난 사건들 가운데서 당신은 진실의 일부만을 끌어낸 거예요."

"사건으로부터 끌어낼 수 있는 모든 사실들을 전부 끌어냈어요."

"아니요. 그 증거로 저는 당신 이야기만 듣고도 더 많은 사실들을 찾아냈어요. 그러니 생각이 떠오르지 않는다면 그건 당신의 불찰입니다. 이른바 당신의 정신이 나태해져 소홀하게 넘겼기 때문이지요."

"제가 어떤 점에서 소홀하고 나태했다는 거죠?"

다소 공격적인 어조로 퍼트리샤가 따져 물었다.

"일단 폴 시너라는 이름에 대한 설명을 지나치게 쉽게 받아들였다는 겁니다. 즉, '시너'는 '죄 지은 자'라는 의미 말입니다. 그래서 '폴 시너'가 '죄 지은 여자 폴'이라고 쉽사리 단정했죠. 너무 손쉽고 간단한 설명이에요. 그보다 현실 안으로 좀 더 깊숙이 들어가 예전에 아르센 뤼팽 선생께서 행한 바를 떠올릴 필요가 있어요. 그 사람 알죠?"

"네, 다른 사람들처럼 활약상에 대해 글로 읽어서 아는 정도예요. 하지만 개인적으로는 알지 못해요."

오라스 벨몽이 진지한 말투로 말했다.

"참 많은 것을 놓치고 있군요."

"그가 무얼 행했나요?"

여자는 호기심에 차 물었다.

"장난삼아서 자신의 이름과 성의 철자들을 뒤죽박죽 섞고는 또 다른 형태로 재조합한 적이 두 번 있습니다. 그렇게 해서 얼마간 러시아의 공작 폴 세르닌이 되기도 했고, 이후에는 포르투갈의 귀족 루이스 페레나 행세를 했죠. 그 누구도 눈치채지 못했답니다."

남자는 계속 이야기를 하면서 지갑에서 명함 몇 장을 꺼내 반으로 짝짝 찢어 총 열한 장의 작은 종이로 만들었다. 그리고 그 위에 '폴 시너Palue Sinner'라는 두 단어를 이루는 총 열한 개의 철자를 하나씩 써 나갔다. 그러고는 그것 전부를 여자에게 건네며 말했다.

"순서대로 읽어보십시오."

퍼트리샤는 열한 개의 철자를 큰 목소리로 읽었다.

A. R. S. E. N. E. L. U. P. I. N.

"대체 이게 어떻게 된 거죠?"

당황한 여자가 외쳤다.

"아름다운 아가씨, 이건 아르센 뤼팽이라는 이름의 열한 개 철자를 가지고 또 다른 성과 이름을 만들어낸 거랍니다. 바로 폴 시너 말이죠."

"결국, 폴 시너는 실존하는 사람이 아닌가요?"

퍼트리샤가 묻자 오라스 벨몽이 고개를 끄덕였다.

"그런 여자는 존재하지 않습니다. 당신이 대충 짐작한 뉴욕 패거리의 단순한 암호이자 표식에 불과한 것입니다."

"실제로는 아르센 뤼팽의 이름을 감추고 있는 암호 말인가요?"

"바로 그거죠."

"도대체 아르센 뤼팽이 이번 사건에서 어떤 역할을 하고 있는 거죠? 물론 두목이겠죠?"

"전 그렇게 생각하지 않습니다. 분명한 건 뤼팽의 평화적인 행동 양식을 볼 때, 이미 자행된 네 건의 범죄 행각은 그와 전혀 어울리지 않습니다. 하지만 그 집단은 자신들이 뤼팽의 지휘하에 존재한다는 느낌을 풍겨 그를 난처하게 만들려는 듯 보입니다. 도덕적인 사업, 이게 바로 맥 앨러미가 당신에게 말한 거죠? 그나 프레데릭 필즈 같은 청교도들에겐 뤼팽 같은 악당을 공격해 가진 것을 몽땅 토해내게 하고 뤼팽의 엄청난 재산을 전문가의 손에 맡겨 집단의 세력을 무한대로 확장하는 것이야 말로 도덕적이고 칭송받을 만한 일이 아닐까요? 몰래 돈을 빼돌리든 협박해서든 말이죠. 마피아 대 뤼팽. 제가 보기엔 이것이 이 새로운 십자군의 신조이자 슬로건, 행동 강령인 듯합니다. 이번 십자군의 경우 이른바 그들이 무찌르고 파괴해야 할 불신자이자 이교도, 사라센족에 해당하는 자가 바로 아르센 뤼팽 선생이고, 예루살렘 정복을 위해 소집된 십자군 병사, 즉 고드프루아 드 부용(프랑스 귀족 출신의 제1차 십자군 지휘관 - 옮긴이)과 사자왕 리처드(영국 왕 리처드 1세로 제3차 십자군을 이끎 - 옮긴이), 성왕 루이(프랑스 왕 루이 9세로 제7차 십자군을 이끎 - 옮긴이)로 분한 자들이 바로 다름 아닌 맥 앨러미, 프레데릭 필즈, 그리고 냉혈한인 거죠. 어떻습니까, 설득력 있는 이야기 아닌가요?"

"오! 그런 것 같아요. 제가 아는 맥 앨러미는 반(反)그리스도에 저항하는 싸움에는 온몸을 던지는 분이니, 그분 눈에 아르센 뤼팽이 반그리스도로 보였다면 틀림없이 그랬을 거예요!"

여자가 확신에 차 대답했다.

4
마피아

퍼트리샤는 한참 동안 깊이 생각에 잠겨 있었다. 그러곤 마침내 혼잣말처럼 중얼거렸다.

"마피아 대 아르센 뤼팽…!"

여자는 고개를 들고 오라스 벨몽을 똑바로 바라보고 말했다.

"마피아…. 그래요, 당신이 내린 결론이 정확한 것 같아요."

"확실해요. 미국을 근거지로 한 이 마피아라는 집단은 그 지도자들이 정한 웅장한 목표, 바로 악에 대항한 투쟁이라는 강령에만 맞춰서 행동하지는 않았어요. 그래요. 그들은 이내 돈을 원하게 되었죠. 그래서 그 옛날의 용병들처럼 돈을 받고 일을 해주는 거죠. 이를테면 누군가에게 복수할 일이 있거나 그런 복수를 피하고자 하는 개인들로부터 돈을 받고 고용되거나 정적이나 성가신 고급 관리, 적국 장군, 또는 영향력이 지나치게 커진 정치인을 숙청하려는 정치적 파벌들에게 매수되어 일을 하는 겁니다."

"그러면 사람들이 말하는 마피아가 바로 이것인가요?"

"그래요."

"증거를 확보하셨나요?"

"당신 역시 확보할 수 있었던 증거입니다. 경찰도 세상 누구라도 마찬가지로 확보할 수 있었던 증거죠. 당신이 발견해 기사화했던, 가담자들의 식별을 위한 신분증에는 대문자 M이 쓰여 있지 않던가요?"

"그래요."

"이 첫 번째 M이 바로 마피아maffia의 첫 글자 M입니다. 아울러서 M과 A는 맥 앨러미의 이니셜이고 그다음 FF는 프레데릭 필즈의 이니셜이죠. 한편 맥 앨러미의 비서이자 당신이 냉혈한이라 부르는, 지금 조직의 두목 노릇을 하고 있는 그자의 이름이 마피아노Maffiano더군요. 원래 조직의 지도자들이 마피아라는 단어를 가져온 것도 팔레르모 출신인 이 시칠리아인의 이름에서 따왔다고 합니다(마피아노Maffiano의 이름에서 따온 조직의 이름 마피아Maffia는 이탈리아 시칠리아 섬에서 기원하여 미국에 본거지를 두고 있는 실존 범죄 조직 마피아Mafia를 연상케 하며, 이를 통해 저자는 허구의 조직에 관한 흥미를 높이고 있다 - 옮긴이). 그러고보니 이 마피아는 자신들의 범죄 행각을 정치적인 것으로 은폐하는 데 일가견이 있던 그 옛날의 시칠리아 악당들의 집단을 연상케 하네요. 끔찍한 기억을 불러일으키는 마피아…."

"프랑스에서 언제부터인가 입에서 입으로 오르내리던 바로 그 마피아인가요?"

"그건 잘 모릅니다. 오히려 그것보다는 온갖 형태의 악행을 일삼는 정신을 의미하고, 이를 이르는 총칭이라고 봅니다. 전

세계 각국에 흩어져서 절도와 살인을 목표로 어마어마한 조
직망을 형성하고 있는 모든 범죄 단체들이 속한 세계적 차원
의 마피아가 있다는 거죠. 어쨌든 이제 우리는 조직의 본거지
가 뉴욕에 있고, 행동반경이 유럽에까지 미치고 있다는 것, 그
리고 그것이 바로 범죄의 이면에 대해서는 모른 채 이를 통해
유익한 세력을 형성하려던 맥 앨러미와 프레데릭 필즈의 작품
이었다는 사실을 알게 된 겁니다. 제 정보에 따르면 이 조직의
주체는 크게 두 개의 그룹으로 다시 나뉩니다. 하나는 시칠리
아인 마피아노가 수장이 되어 이끄는 행동 요원들이 속한 조
직원 그룹이고, 또 다른 하나는 두 친구가 고안한 일종의 이사
회로 감독하고 회계 업무를 하는 위원회 그룹입니다. 이 그룹
은 분담금을 거두고, 특히 이익을 분배하는 역할을 합니다. 일
반적으로 이런 조직에서는 규율이 매우 엄하고, 굉장히 정확하
게 분배가 이뤄지지요. 등급과 조직 내 서열 순번에 따라서 말
이죠. 이는 옛날 카리브 해의 해적단 내에서 행해진 상황이 똑
같이 재현되는 셈입니다. 정직성에 관한 법을 망각하거나 이
를 불이행할 경우, 단 하나의 처벌은 바로 죽음이랍니다. 잘못
을 저지른 사람은 결코 그 벌을 피할 수 없죠. 안전한 은신처도
변장도 그를 지켜주지 못해요. 결국 언젠가는 시체로 발견되고
말죠. 마피아의 대문자 M 자가 새겨진 단도에 찔린 채!"

퍼트리샤는 또다시 잠시 침묵하고는 깊은 생각에 잠겼다. 그
러더니 결국 이렇게 대답했다.

"좋아요. 당신 의견에 동의해요. 모든 점에 있어서 당신이 옳
아요. 하지만 내가 폴 시너라는 이 이름에서도 그것이 함축하

고 있던 의미를 간파하지 못하는 중대한 실수를 저질렀는데 그 M 자가 무얼 뜻하는지, 그리고 이 무시무시한 조직의 존재에 대해 어떻게 짐작이라도 할 수 있었겠어요? 그런데 당신은 특별한 정보원이라도 확보하고 있나요?"

"물론입니다!"

오라스 벨몽은 순순히 인정했다.

"어떤 식으로요? 조직을 배신한 회원인가요?"

"정확합니다! 아르센 뤼팽의 옛 부하죠."

"그럼 당신의 부하로군요. 솔직히 고백하세요!"

"그걸 원하신다면 그렇게 하죠. 하지만 현재 그건 하등의 중요성도 갖지 못합니다. 맥 앨러미 파에 가담해 뉴욕의 갱이 된 뤼팽의 옛 부하가 아르센 뤼팽을 상대로 획책되는 모종의 음모가 있다는 사실을 알고는 내게 그 사실을 귀띔해주었습니다. 나는 즉시 뉴욕행 배에 올랐고 맥 앨러미 주변으로 다가가 그에게 중요한 서류 하나를 팔았습니다. 그 이후 나는 조직에 가입을 신청했습니다."

"당신이 마피아의 일원이라고요!"

"심지어 상급 위원이지요. 자, 내 신분증입니다."

폴 시너 n° 11

퍼트리샤는 어안이 벙벙하면서도 감탄하여 중얼거렸다.

"정말 대단해요. 믿을 수 없을 만큼 교묘하고 대담하고 대단하네요."

"자, 이제 이해하시겠습니까?"

그런데 남자가 갑자기 이야기를 중단하며 마치 나누던 대화를 계속하듯 좀 더 큰 목소리로 다른 말을 떠벌렸다.

"요컨대 아가씨, 남작부인은 이제는 연한 금발이 된 자기 머리색이 초상화에는 붉은색으로 그려져 있다는 걸 확인한 후 글쎄, 초상화를 퇴짜 놓았다지 뭡니까. 화가는 소송을 하려고 하고요. 일이 그렇게 된 거랍니다."

퍼트리샤는 어안이 벙벙해져 남자를 바라보았다. 남자는 소리를 한껏 낮춰 덧붙였다.

"침착해요…. 아니요, 내가 미친 게 아니라 누가 우리를 염탐하고 있어요."

큰 소리로 웃으며 퍼트리샤가 대꾸했다.

"정말 재미있는 얘기네요."

"그렇죠?"

남자가 대답하며 속삭였다.

"야회복 차림의 건장한 사내 서넛이 보이죠? 그래요, 저기, 손님들 무리에 섞여 있지만 왠지 모르게 석연치 않은 기운과 비밀스럽고 을씨년스러운 느낌으로 4킬로미터 밖에서도 악당 냄새를 풍기는 자들이죠…. 기억나는 얼굴들 아닙니까?"

젊은 여자는 극도의 흥분을 감추지 못하고 대답했다.

"그래요, 범죄 사건이 있던 그날 저녁에 뉴욕에서 봤던 자들이에요. 리베르테 광장의 아치형 회랑 아래에서요."

"그렇군요."

"바로 당신을 노리고 있어요!"

오라스 벨몽이 침착하게 대답했다.

"그래요, 틀림없습니다. 조직이 열한 명에 기초해 있었다는 점을 생각해보십시오. 만약 이익 분배 시점에 남은 인원이 네 명, 혹은 심지어 세 명에 불과하다면 모든 전리품은 그 서너 명이 나눌 겁니다. 바로 이 때문에 조직은 자체적으로 조직원을 하나하나 제거한 거고요. 오래지 않아 이 연속적인 숙청을 통해 회계 결산을 하는 9월 말쯤, 조직 자체가 와해되는 순간에는 단 한 명만 남게 될 겁니다. 자, 오른쪽을 보세요… 팔다리가 기다란 저 껑다리 친구는 아는 자입니까?"

"아뇨, 모르는 사람이에요."

"바로 저자가 당신이 좀 전에 함께 춤을 춘 사람입니다. 잘못된 행동이었어요. 거절했어야 했어요… 아! 그자가 멀어져 가는군요… 아말티 디 아말토 백작이자 다름 아닌 마피아노 남작 말입니다."

"그럼, 저자가 냉혈한인가요? 공범 중의 한 명? 당신이 두목이라고 여기는 바로 그자요?"

"그래요… 맥 앨러미의 긴밀한 조언자이자 무엇이든 처리해주는 자죠. 어둠 속에 숨어서 당신을 공격했던 자 말입니다…. 저자가 맥 앨러미와 프레데릭 필즈를 살해한 자예요…."

"그 역시 제가 그자를 본 파리의 호텔에서 일격을 당했다던데!"

"일격은 당했지만 죽지는 않았죠. 다치기는 했지만 살아남아서, 초기부터 그자가 담당한 역할을 파헤친 당신의 기사가 게재되기 전에 호텔에서 자취를 감춰버렸지요. 그자를 체포하도록 할 뻔했던 기사 말입니다."

여자는 제법 강단이 있는 편인데도 불구하고 몸서리를 쳤다.

"오! 그건 몰랐어요…. 아! 저 남자 정말 무서워요! 당신도 제발 조심하세요!"

"퍼트리샤 당신도 조심해야 해요. 저자가 당신의 족적을 쫓는 이상 당신을 놓아주지 않을 거예요. 늘 위험이 상존해 있는 셈이죠."

여자는 불안을 잠재우려 애쓰며 물었다.

"하지만 제가 걱정해야 할 일이 있을까요?"

"저 못지않을 겁니다."

"하지만 저는 그들 조직의 일원이 아닌걸요."

"맞아요! 단지 그들의 적일 뿐이죠. 당신이 뉴욕을 출발한 지 10분 만에 유럽의 회원들 각각에게 동일한 전신이 전송되었죠. 내용인즉슨, '퍼트리샤 존스턴, 비서, 1번 M과 2번 M의 복수를 위해 승선.' 이렇게 말이죠. 그 이후 당신은 줄곧 감시와 죽음을 면할 수 없는 위험한 상황에 처해 있습니다. 특히 오늘 밤에는 죽음이 당신을 길목에서 기다리고 있을지도 몰라요. 함께 여기서 나갑시다. 나와 함께라면 두려워할 게 없을 겁니다. 오늘 밤은 내 집에서 지내요."

여자가 고분고분히 대답했다.

"좋아요. 하지만 저 자신의 안전만큼 당신의 안전이 우려된다는 점을 알아주셨으면 해요. 아까 하신 이야기는 결국 저들이 뤼팽의 모든 거처를 파악하게 되었다는 것 아닌가요…?"

"내가 넘긴 목록은 맥 앨러미의 사망 이전에 해당하는 내용입니다. 현재 내 거처는 전혀 언급되어 있지 않아요."

남자는 몸을 일으키며 덧붙였다.

"자, 퍼트리샤. 당신 머리를 제 어깨에 기대고 제가 점잖게 당신 허리를 감싸 안을 수 있도록 허락해주십시오…. 네, 그렇게… 그리고 함께 벗어나는 겁니다. 전전긍긍하며 도망치고 서로를 보호할 방법을 모색하는 공범들이 아니라 열정에 도취되어 서로 부드럽게 감싸 안은 연인들처럼 말이에요. 자, 퍼트리샤, 어서요!"

젊은 여자는 그 말에 복종했다. 그들은 서로에게 기대어 나란히 그리고 천천히 걸음을 옮겼다.

출구 쪽을 향해 정원의 어두컴컴하고 인적이 드문 구역을 지나고 있는데, 갑자기 그들 앞에 호리호리한 몸매에 키가 훤칠한 한 남자의 그림자가 나타났다.

오라스 벨몽은 퍼트리샤의 허리에서 손을 떼고는 전광석화처럼 빠르게 손전등의 불빛을 낯선 자의 얼굴에 향하게 했다. 그리고 다른 한 손은 상대의 목을 움켜쥘 태세를 갖추고 있었다.

오라스 벨몽은 날카로운 웃음을 터트리고는 빈정대듯 말했다.

"그렇지, 바로 당신이군, 아말티 디 아말토이자 마피아노 남작. 바로 냉혈한 당신이야. 우리가 지나갈 수 있게 옆으로 좀 비켜주시게나. 알고 있겠지만 당신 얼굴은 숲 속 같은 데서는 마주치고 싶지 않은 상판이거든…. 여기서도 마찬가지로 경계하고픈 낯짝이야. 변호사 프레데릭 필즈는 말할 것도 없고, 자네 사장인 저 선량한 맥 앨러미 씨를 칼로 찌른 것처럼 내게도 그렇게 하려는 생각은 하지 않았으면 하네…! 그리고 충고 하나

해줄까? 퍼트리샤 존스턴을 얌전히 내버려 둬."

악당은 뒤로 물러나면서 대꾸했다.

"뉴욕에서 지시가 왔다. 여자가 우리에게 위험하다고…."

"그럼, 내가 너에게 파리발 지시를 하달하지. 이 여자는 위협적이지 않다고 말이지. 입 아프게 여러 말 할 필요 없겠군. 내가 이 여자를 사랑하네. 그러니 이 여자는 신성불가침의 존재야. 그러니 마피아노, 털끝 하나 건드릴 생각 마… 그렇지 않으면…."

상대는 으르렁거렸다.

"당신… 두고 봐…."

"언젠가 그러지, 애송이. 네 자신을 위해서… 나를 상대로 허튼수작 걸 생각은 안 하는 게 좋을 거야…."

"네가 아르센 뤼팽이라는 거 알아!"

"그렇다면 더욱 쓸데없는 생각은 관둬야겠군그래. 자, 이제 썩 꺼져! 그리고 우리한테 신경 쓰지 말고 마피아노의 마피아나 신경 쓰라고. 좀 더 분명히 말하는데 그게 나을 거야…."

악당은 잠시 망설이다가 마치 물속으로 다이빙하는 것처럼 냉큼 어둠 속으로 뛰어들었다.

오라스 벨몽과 퍼트리샤는 정원을 벗어나서 텅 빈 대강당을 가로질렀다. 퍼트리샤가 현관에서 망토를 걸치는 동안 오라스 벨몽은 앙젤만 남작부인 앞에서 깍듯하게 허리를 숙이고 작별 인사를 나눴다.

"새 애인도 꽤 예쁘군요."

남작부인이 농담이라기보다는 분한 듯한 어투로 중얼거리

자 남자가 진지하게 대꾸했다.

"사실 퍽 예쁘지. 하지만 새 애인은 아니고 대서양을 건너온 여자 친구야. 파리를 잘 알지 못해서 숙소까지 배웅해줬으면 하고 부탁했을 뿐이라고."

"저런! 가엾은 친구, 이번에는 운이 안 따랐군요!"

"기다릴 줄 아는 자에게 복이 있도다."

오라스 벨몽이 거드름을 피우며 말했다.

여자는 남자의 눈을 지그시 바라보며 속삭이듯 물었다.

"그럼 나도 기다리고 있는 건가요?"

"그 어느 때보다도."

오라스 벨몽이 대답했다.

남작부인이 눈길을 돌렸다. 퍼트리샤가 다가오고 있던 것이다.

오라스 벨몽은 미국 아가씨의 팔을 살짝 붙들어 에스코트하며 앙젤만 저택을 나왔다.

둘이 함께 인도 위를 몇 발짝 걷다가 남자가 불쑥 입을 열었다.

"다시 말하지만 당신 집에서 밤을 보내지 말아요, 퍼트리샤."

"그럼 당신 집에서 보내란 말인가요?"

"그래요, 내 집에서. 그자들은 거친 녀석들이에요. 최악의 상황까지 염려해야 할 겁니다. 절대 그냥 물러설 놈들이 아니죠."

"당신 집 하인들은 믿을 만한가요?"

"늙은 하녀가 한 명 있어요. 내 유모였던 사람인데 나를 위해서라면 목숨까지 내놓을 여인입니다."

"충직한 빅투아르요?"

"그래요. 나 자신만큼이나 신뢰하지요. 갑시다!"

남자는 여자를 차까지 데려가 함께 올라탔다. 15분쯤 후 오라스 벨몽은 오퇴유의 사이공가도 23번지에 차를 멈췄다. 그곳에는 안뜰과 정원 사이에 자리한 작은 건물이 하나 있었는데, 그곳이 바로 남자의 거처였다.

대로 쪽 철책 문을 열면서 남자는 빅투아르에게 도착을 알리기 위해 벨을 울렸다. 하지만 늙은 유모는 그들이 현관 계단 앞에 이를 때까지 모습을 드러내지 않았다.

남자는 불안한 듯 인상을 찌푸리며 중얼댔다.

"이상하군. 빅투아르가 현관 불도 안 켜고 모습도 드러내지 않다니 어찌 된 일이지? 내가 집에 들어오기 전에는 결코 자는 법이 없는 사람인데…."

오라스 벨몽은 황급히 불을 밝혔고, 즉시 계단 양탄자 위로 허리를 구부리고 흔적을 살폈다.

"놈들이 왔었어. 놈들의 발자국이군요! 함께 올라가 보겠어요?"

오라스 벨몽은 서둘러 퍼트리샤를 대동하고 3층까지 달음박질쳐 문 하나를 열어젖혔다. 침실에는 빅투아르가 휴식용 긴 의자 위에 손발이 묶이고 입에 재갈이 채워지고 천으로 눈까지 가려진 모습으로 널브러져 있었다.

남자는 유모에게 달려갔고, 퍼트리샤의 도움을 받아 결박을 풀었다. 빅투아르는 의식을 잃은 상태였으나 잠시 후 제정신으로 돌아왔다.

남자가 물었다.

"괜찮아요? 다친 데는 없고?"

유모는 여기저기 자기 몸을 만지며 대답했다.

"다친 데 없어요, 괜찮아…."

"대체 무슨 일이에요? 누군가 습격한 것 같은데. 그자들을 봤어요? 어디로 들어온 거죠?"

"식당 출입구를 통해서 침입한 것 같아요. 난 여기서 졸고 있었는데 갑자기 문이 열리더니, 누군가 내 머리에 뭘 던졌어요…."

오라스 벨몽은 이미 1층으로 내달리고 있었다. 큰 방의 다른 쪽 끄트머리쯤에 찬방이 있었고 찬방 벽장 속으로 계단 하나가 드러나 있었다. 그 계단은 안뜰 지하로 통하는 터널 출입문에까지 땅속으로 연결되어 있었다. 그 문 역시 열린 상태였다.

오라스 벨몽은 그르렁거리며 외쳤다.

"악당 놈들! 나를 염탐하고 있었어! 모든 걸 찾아낸 거야! 허! 허! 이거 걸맞은 적수를 만났군! 이자들하고 함께라면 따분하지는 않겠어."

남자는 식당으로 다시 돌아와 창문 정면의 탁자 앞에 앉았다. 여전히 어안이 벙벙해 있는 빅투아르는 위층에 그냥 둔 채 퍼트리샤도 그 곁에 있었다. 오라스 벨몽을 마주 보고 앉은 퍼트리샤는 탁자의 다른 쪽 면에 자리를 잡았다.

그렇게 아무 말 없이 둘은 잠시 가만히 있었다. 둘 다 깊은 생각에 잠겨 있었다. 결국 퍼트리샤가 먼저 입을 열었다.

"저 마피아 작자들, 어떻게 아르센 뤼팽의 주머니를 털 생각을 할 수 있었을까요? 재산이라는 게 손가방 날치기하듯 쉽게 빼돌릴 수 있는 게 아닌데요!"

"뤼팽은 영리한 척을 한답시고, 자신이 소유한 채권, 주식, 보석 등을 여기저기 팔아서 현금화해두었어요. 이렇게 해서 자산을 손으로 만질 수 있는 실제 돈으로 확보했어요. 그는 잘 숨겨두었다고 믿었지만 죄다 밝혀지기 일보 직전인 듯합니다. 그러면 그들과 뤼팽의 싸움이 시작되는 거죠! 아! 솔직히 말하면 그들이 좋은 패를 들고 있는 것 같다고 여겨집니다. 하지만 어쨌든 뤼팽은 뤼팽이니까…!"

"그럼 뤼팽은 여전히 침착한가요…?"

"늘 그런 건 아닙니다. 그들은 수적으로 우세한 데다 교활하고 절대 물러서지 않거든요. 지금까지 이점은 충분히 증명되었어요. 게다가 그들은 필요한 자금도 완전하게 확보한 상황입니다. 작전 시작과 함께 맥 앨러미와 프레데릭 필즈는 각자에게 10만 프랑씩을 배당해주었죠. 이 액수는 일련의 수상쩍은 작업들을 통해 두 배로 불어나 있는 상태이고요. 무엇보다 그들에게 있어 가장 유리한 점은 뤼팽이 늘 싸움터에 있는 자신의 모습에 이제 진력이 나 있다는 사실입니다. 그는 휴식과 평온한 생활, 교양 있는 삶을 원하고 있어요. 인생을 즐기고 자신의 노력의 대가로 얻은 결과들을 즐기고 싶어 하죠. 그는 승리의 원정이 끝나고 나폴레옹의 운이 그 빛을 잃기 시작할 즈음의 프랑스 장군들과 다소 유사한 상황에 있습니다. 그는 지쳤어요…."

오라스 벨몽은 불현듯 말을 멈췄다. 남자는 자신의 연약함에 대해 고백한 것을 벌써 후회하고 있었다.

퍼트리샤가 무심한 척 물었다.

"그 뤼팽이 그렇게 부자예요?"

"글쎄! 추정하기가 어려워요…. 수십억… 70억인가… 80억인가… 아니 90억인가 될 겁니다."

"굉장한 액수네요…."

"나쁘다고는 볼 수 없죠. 그 대가로 워낙 고생을 했으니 그에게는 권리가 있다고 할 수 있습니다. 평균적으로 사건 하나당 1000만 달러로 잡으면, 서로 각기 다른 700~800개의 사건들을 처리한 걸로 보이네요. 그리고 그 사건들 모두 복잡한 음모와 진을 다 빼놓는 어려운 여정, 온갖 위험과 상처, 지독한 싸움과 쓰라린 실패로 점철되어 있었죠. 게다가 나이가 들어감에 따라 늘어나는 공과금들, 이를테면 불입해야 할 연금 금액 등은 차치하더라도 잘못된 투자와 폭삭 망한 투기, 경제 위기로 인한 변수들을 무시할 수 없죠. 또한 뤼팽은 돈 씀씀이에 인색한 사람이 아니거든요! 상황이 이렇다 보니, 어찌 자신이 가진 것에 집착하지 않을 수가 있겠어요! 뤼팽은 타인의 재산권은 존중하지 않지만 자기 것은 그 누구도 손대지 못하게 하지요! 바로 신성불가침 그 자체죠. 누가 자기 재산에 눈독을 들인다는 생각만으로 그는 이성을 잃어버리고 말아요. 사람이 사납게 변한답니다."

생각에 빠진 퍼트리샤가 중얼거렸다.

"그것참 신기하네요. 그렇게 안 봤는데…."

오라스 벨몽이 침착하게 대꾸했다.

"그도 인간입니다. 인간적인 모든 것들은 그에게도 생소한 것이 아니랍니다."

미국 여자는 이렇게 응수했다.

"하지만 훔친 것만큼은 집착해서는 안 되지 않을까 하는 생각이 드네요."

남자는 어깨를 으쓱하며 말했다.

"왜요? 훔쳐내는 게 일해서 버는 것보다 힘든데요. 그만큼 위험부담도 크고요! 소유한다는 사실 하나만으로도 영혼은 삭막해질 수 있지요. 그리고 나이가 들어갈수록 이런 영혼의 상태는 더 악화되죠. 뤼팽은 약 100억 정도의 재산을 가지고 있어요…. 그래요, 그가 고백한 액수예요. 어쨌든 그 누구든 그가 남몰래 모아둔 돈을 탐낼 생각은 하지 말라고 조언하는 바입니다."

갑자기 오라스 벨몽의 목소리가 잦아들더니만 문득 손으로 입술의 움직임을 가리며 겨우 알아들을 수 있을 정도로만 속삭이며 말했다.

"움직이지 말아요. 한마디도 하지 말아요. 입도 뻥긋하면 안 돼요…. 알아들었죠?"

여자 역시 매우 낮은 목소리로 속삭였다.

"네, 알겠어요."

"그래요, 그렇게요."

"무슨 일이죠?"

퍼트리샤가 조심스레 물었다.

겉으로는 아무렇지 않은 척하며 남자는 담배 한 대에 불을 붙이고 의자 등받이에 기대앉아 천장을 향해 원을 그리며 올라가는 파란 담배 연기를 바라보았다. 그러다 잇새로 말을 꺼냈다.

"내가 무슨 말을 하든 반응을 보이지 말아요. 움찔해서도 안 돼요…. 아무 생각 말고 그대로 따르기만 해요. 준비됐어요?"

여자는 상황의 심각성을 파악한 듯 속삭였다.

"네."

"당신 맞은편 벽에 거울이 하나 걸려 있어요. 고개를 몇 센티미터만 들면 내가 창문 쪽으로 등을 돌리고 앉아 보고 있는 모든 것들이 거울에 반사되어 보일 겁니다. 그런가요?"

"네, 거울과 유리창이 보여요…. 왼쪽 아래 유리창 말이죠?"

"바로 그겁니다. 그 창문에다 누가 구멍을 뚫어놨어요. 보입니까?"

"네, 그리고 뭔가가 조금씩 움직이는 게 보여요."

"움직이는 것은 바로 사수의 총입니다. 밖에 있는 누군가가 나를 겨누고 있는 겁니다. 자, 거울 위쪽으로 무기가 보일 겁니다. 거기에서 아세틸렌 공기 소총이 하나 사라졌어요. 그 소총은 발사할 때 아무런 소리도 나지 않죠."

"누가 당신을 겨누고 있는 거죠?"

"틀림없이 마피아노일 겁니다… 냉혈한… 아니면 사격 솜씨가 좋은 부하 중 한 놈이겠죠. 그 자리에서 1센티미터도 움직이면 안 돼요. 어이! 퍼트리샤…. 기절하려는 건 아니죠?"

"난 괜찮아요…. 당신은요?"

"스릴 넘치는데요. 조용, 퍼트리샤. 담배에 불을 붙여요. 그러면 담배 연기가 하얗게 질린 당신 얼굴을 감춰줄 겁니다. 놈은 당신을 몰래 살피고 있지만 아직 자신이 들켰다는 건 몰라요. 자, 이제부터 내 말 잘 들어요. 이제 천천히 일어나 2층으로 올라가요. 층계참 정면이 내 방이에요. 방에는 자동식전화교환기(교환수 없이 직접 연결하는 자동 다이얼 시스템의 전화로 스트로저식 자동교환기라고도 함 – 옮긴이)가 설치되어 있지요. 수화기를 들고 17번 다이얼을 돌려 폴리스 스쿠르(민생 치안과 관련한 문제가 발생할 시 출동하는 긴급 구호대로, 전화에서 17을 누르면 긴급 전화로 연결됨 – 옮긴이)를 요청해요. 사이공가도 23번지로 5~6명의 경찰관을 급파해달라고 말하세요. 이 모든 걸 매우 낮은 목소리로 들리지 않게 전해야 합니다. 그러곤 3층에 안전하게 있는 빅투아르는 걱정하지 말고 당신은 방 안에 꼼짝 말고 있어야 합니다. 덧문까지 모두 닫아 잠그고 문도 잠근 후, 아무에게도 열어주어서는 안 돼요. 아무에게도요!"

"당신은요?"

불안감이 배어 있는 목소리로 퍼트리샤가 물었다.

"나는 당신을 걱정할 필요가 없게 된 상태에서 이 난관을 가뿐하게 극복할 겁니다. 가요, 퍼트리샤."

그러고는 남자가 커다란 목소리로 시침을 떼며 입을 열었다.

"무척 피곤한 하루였던 모양인가 보오! 충고 하나 하자면 이만 잠을 청하는 게 좋을 것 같소. 내 유모 할멈이 방을 안내해줄 거요."

퍼트리샤도 침착하게 대꾸했다.

"당신 말이 맞아요. 전 기진맥진한 상태예요. 그럼, 좋은 밤 되세요."

여자는 몸을 일으켜 지극히 자연스러운 태도로 서두는 기색

없이 식당을 떠났다.

오라스 벨몽은 흡족했다. 상황에 대한 통제력과 위험 앞에서의 의연함으로, 자신의 약해빠진 고백으로 다소 실추된 듯한 위신을 여자의 눈앞에서 당당히 다시 세웠다는 생각이 들었다.

사수의 총이 다시 움직이는 게 눈에 들어왔다. 거총을 하는 듯했다. 오라스 벨몽은 버럭 소리를 내질렀다.

"그래, 쏴봐, 마피아노! 쏘란 말이야, 이 애송아! 그 대신 빗나가지 않게 해, 아니면 내가 네 머리통을 쏴 갈겨버릴 테니!"

그러면서 자신의 저고리를 풀어 헤쳐 가슴을 내보였다.

그러자 아무 소리 없이, 총탄이 발사되었다.

오라스 벨몽은 신음을 터트리며 가슴에 손을 갖다 대고는 바닥에 쓰러졌다.

이윽고 승리의 환호성이 밖에서 들려오더니만 창문이 활짝 열렸다. 사수가 방 안으로 뛰어들려는 찰나… 신음 소리를 내며 물러섰다. 오라스 벨몽이 상대를 향해 권총을 발사했고, 그 탄환이 어깨를 스친 것이다.

오라스 벨몽은 멀쩡하고 아무렇지도 않은 모습으로 일어났다.

"바보 같은 녀석! 자네 같은 멍청이가 내 무기 진열대에서 탄창을 갖춘 소총을 빼돌렸고, 자네가 마피아 최고의 사격수라한들, 내가 '꽥, 끝났다' 하고 죽어줄 거라 생각했나? 어리석은 데다 안쓰럽기까지 한 놈이로군. 이런 외진 건물에 기거하면서 언제고 침입자의 수중에 들어갈 수도 있는 무기를 그대로 방치할 만큼 내가 천치라고 생각했나? 그래! 내가 침입자들에게 총과 탄창을 내준 건 사실이지. 하지만 중요한 건 빼놨단 말이야."

"그게 뭐지?"

신음을 흘리며 상대가 물었다.

"총알 말이야! 그 총은 그저 빈 껍데기일 뿐이지! 자, 아무리 방아쇠를 당겨봤자 바람만 내보내는 꼴이라고, 얼간아! 그걸로 사람은 못 죽여, 바보야!"

이야기하면서 오라스 벨몽은 무기 진열대 상단에 있는 또 다른 소총을 빼 들고는, 창가로 다가가 어딘가로 내빼는 그림자를 두 눈으로 쫓았다. 마피아노의 윤곽이 완전히 시야에서 사라지자 불안한 듯 오라스 벨몽이 중얼거렸다.

"놈이 어디로 숨어들 수 있으려나? 또 무슨 음모를 꾸미는 거지?"

그때 갑자기 2층에서 귀에 익은 호루라기 소리가 날카롭게 들려왔다. 퍼트리샤가 도움을 요청하는 것이었다.

"악당 놈들이 내 방으로 통하는 비밀 출입구까지 파헤쳤다는 건가?"

남자는 불안한 마음에 혼자 중얼거렸다.

하지만 불안감은 적극적인 행동을 촉발했다. 오라스 벨몽은 층계로 내달려 눈 깜짝할 사이에 계단을 성큼성큼 올랐다.

문 앞에 이르렀을 때 문짝 너머로 우당탕하는 소란스런 소리가 들려왔다. 누구도 모르게 안팎을 출입하게 해주었던 비밀 출입문의 바로 앞쪽에서 몸싸움이 벌어지고 있었다.

오라스 벨몽은 불같이 화를 내며 문을 향해 몸을 날렸다.

한편 방 안은 벽 한 면이 완전히 개방된 채, 마피아노가 퍼트리샤를 데려가려고 진을 빼고 있었다. 그 뒤, 즉 비밀 출입구 안쪽 어둠 속에서는 두 명의 다른 공범들이 보였는데 필요할 경우 개입할 태세를 취하고 있었다.

기력이 다한 퍼트리샤는 더 이상 버티기 힘들어 보였다. 은제 호루라기도 놓쳐 이제는 힘없는 목소리로 도움을 요청했다.

"도와주세요!"

그 순간 사나운 기세로 문짝을 치받는 오라스 벨몽의 소리가 안까지 들려왔다.

"아! 살았다! 그가 왔어!"

여자는 중얼거리며 다시금 기운을 차려 도망치려 몸부림을 쳤다.

마피아노는 여자를 좀 더 강하게 껴안으며 압박했다.

"아직 살았다고 말하기엔 이르지!"

하지만 문이 우지끈 소리를 내자 비밀 출입구에 있던 두 명의 공범들은 달아나 버렸다. 악당은 분해서 길길이 날뛰며 으르렁댔다.

"난 최소한의 보상이라도 받아야겠어."

그러면서 난데없이 허리를 숙여 여자의 입술에 키스를 하려고 했다.

하지만 약간 스쳤을 뿐이었다. 겨우 몸을 뒤로 뺀 퍼트리샤는 그자의 가증스러운 접촉에 대한 반발로 손톱을 세워 얼굴을 할퀴었다.

"불한당! 더러운 짐승!"

남자의 손아귀에 다시 붙들려서도 여자는 완강하게 저항하며 욕을 해댔다.

급기야 문이 떨어져 나갔다. 마피아노는 자신을 향해 돌진해 오는 오라스 벨몽을 돌아볼 틈도 없었다. 강력한 주먹이 악당의 턱주가리를 날렸다. 마피아노는 퍼트리샤를 손에서 놓고는 비틀거렸다. 그러나 연이은 매서운 따귀 세례가 그의 몸을 바로 세우고는 멍해진 정신을 추스르게 했다. 마피아노는 도망치려 했으나 비밀 출입구는 이미 닫혀 있는 상태였다. 결국 다시 방 한가운데로 돌아온 마피아노는 권총을 빼 들고 의자에 앉아, 역시 꼭 쥐고 있는 소총으로 사격 자세를 취하고 있는 오라스 벨몽에게 말했다.

"잠깐, 벨몽! 우리 둘 다 무기는 내려놓고 얘기하지. 우리 같은 사람들은 싸울 때는 인정사정없이 험악하지만 사전 설명 없이 서로를 죽이지는 않으니까."

오라스 벨몽은 어깨를 으쓱했다.

"하지만 네놈이 조금 전에 하려던 짓은 아무 설명 없이 나를 죽이려던 것 아닌가? 어쨌든 원한다면 그렇게 하지. 하지만 간결하고 명확하게 하자고!"

"좋아! 오늘 저녁 앙젤만가의 축제 때, 당신이 말했지. 이 예쁜 퍼트리샤를 원한다고, 사랑하기 때문이라고 말이야… 헛수고야… 이 여자한테 당신은 아무런 권리가 없다는 걸 알아야 해."

"내겐 권리가 있고, 그 권리는 여자가 내게 준 거야."

악당의 눈에 섬광이 번득였다.

"인정 못 해…."

오라스 벨몽은 빈정대는 말투로 그자의 말을 잘랐다.

"그렇다면 집행관 아저씨에게 편지라도 부쳐봐! 이곳에서는 이의신청을 그렇게 하지."

마피아노도 어깨를 으쓱이며 대꾸했다.

"당신은 미쳤어! 자, 생각해봐. 당신이 이 여자를 알게 된 건 두 시간밖에 안 돼."

"그럼 너는?"

"4년 전부터 알아왔지. 4년 전부터 나는 여자 곁에 있어왔다고…. 모습을 드러내지 않은 채 지켜보고 쫓아다녔지. 여자도 앨러미의 회사에서 일하는 내 존재를 알고 있었고. 안 그래, 퍼트리샤? 어둠 속에서 내가 당신을 얼마나 따라다녔는지! 내가 이 여자를 사랑하고 갈망하고, 그녀가 내 전부라는 걸 그녀 역시 잘 알고 있으니… 여자는 내 차지야…."

오라스 벨몽은 이죽거렸다.

"말 한번 잘하는군. 너에게 이 여자가 전부일지는 몰라도 이 여자한테 너는 아무것도 아니야. 아무것도 아니라고. 그렇지 않소, 퍼트리샤?"

역겨운 듯 퍼트리샤가 대답했다.

"차라리 없느니만 못한 존재예요."

"봤지, 마피아노! 자, 이제 얌전히 꺼지고 내 앞에 얼씬거리지 마!"

"그런 네놈은? 절대로 양보 안 해. 네놈은 저 여자에게 이방인일 뿐이야…. 참, 저 여자의 인생에 대해 뭐 아는 거라도 있나? 저 여자가 앨러미 부자 모두의 애인이었다는 건 알아?"

"거짓말!"

"저 여자가 사장의 아들, 헨리 앨러미의 정부였던 건 알아?"

"개소리!"

"거짓 없는 진실이야! 그자의 아이까지 낳았어."

오라스 벨몽은 얼굴이 하얗게 질렸다.

"거짓말…. 퍼트리샤, 당신이….'

거짓말은 못 하겠다는 듯 여자가 단호하게 말했다.

"그가 말하는 건 진실이에요. 제겐 아이가 있어요. 올해로 열 살 된 아들이죠…. 제가 끔찍이 사랑하는 아들의 이름은 로돌 프예요. 그 아이는 제 인생의 모든 것이고, 존재 이유죠."

마피아노가 이에 덧붙였다.

"떨어질 수 없는 아들이지. 그래서 얼마 전에 파리로 데려오 기도 했고."

악당의 말투가 의미심장하게 느껴진 오라스 벨몽은 여자에 게 초조한 마음으로 은근슬쩍 물었다.

"아이는 어디 있소, 퍼트리샤? 아주 안전한 곳에 있겠지?"

여자는 확신에 찬 미소를 지으며 대답했다.

"네, 아주 안전한 곳에 있어요."

"퍼트리샤, 아이 곁으로 돌아가도록 해요. 그리고 가능한 한 먼 곳으로 아이를 데려가요, 당장!"

오라스 벨몽이 진지하게 이야기하자 마피아노는 비아냥거 리며 말했다.

"너무 늦었어!"

퍼트리샤는 얼굴이 하얗게 질리고 두 눈동자에는 공포가 서린 채 펄쩍 뛰며 외쳤다.

"대체 무슨 말이죠? 오늘 아침에도 보고 나왔는데…!"

"그래, 베르농 인근의 도시 지베르니 아닌가? 바바쉐르 할멈이라 불리는 씩씩한 여인의 집 말이야. 어서 가봐, 퍼트리샤. 그래 봤자 아이도 바바쉐르 할멈도 못 만나겠지만. 그 씩씩한 여인이 오늘 오후에 내게 아이를 데려다주더라고."

퍼트리샤의 얼굴은 완전히 일그러졌다.

"이 비겁하고 치사한 인간…! 그 아이가 얼마나 섬세한데, 주의 깊게 돌봐줘야 하는 아이란 말이야!"

"내가 충분히 신경 써줄 거야, 약속하지. 내가 아이에게 엄마가 되어주지."

마피아노가 음험한 냉소를 지으며 대답했다.

퍼트리샤는 악착같이 외쳤다.

"경찰에 신고할 거야!"

"나는 앨러미 주니어에게 친권을 위임받았어. 법정도 아들을 아비에게 돌려주라고 할걸!"

마피아노는 농을 지껄였다.

그때 오라스 벨몽의 거친 손이 마피아노의 어깨를 와락 움켜잡았다.

"법정 앞에 서기 전에 일단 경찰이 너를 체포해서 네 수작을 조사할 거다…."

"경찰이 여기 도착하려면 시간이 걸릴걸."

"그렇지만도 않아! 내가 폴리스 스쿠르에 전화를 해두었거든. 5분 후면 경찰차가 대령할 거야. 자, 들어봐… 자동차 경적

소리군… 그들이 도착하고 있어…. 자, 이제 상황 파악이 되나, 마피아노? 자네 손목에 강철 수갑이 채워지는 거야… 그리고 유치장… 중죄 재판… 마지막으로 단두대지….”

“아르센 뤼팽도 체포되겠지!”

“미쳤군. 경찰은 아르센 뤼팽에게 손 못 대.”

악당은 잠시 생각에 잠기더니 물었다.

“좋아, 그럼 나에게 요구하는 게 뭐지?”

“아이가 있는 곳부터 대. 그러면 제2의 비밀 통로로 네가 무사히 도망쳐 나갈 수 있게 허락하지. 서둘러. 경찰차들이 이미 집 앞에 와 있어. 아이는 어디 있나?”

“퍼트리샤도 나와 함께 가야 해. 이 일은 우리 둘이 수습한다. 여자는 내 조건을 알고 있어, 그러니 우선 여자를 내놔. 그러면 여자에게 아들을 데려다주지.”

퍼트리샤가 나직이 중얼거렸다.

“차라리 죽을 테다….”

1층에서 초인종이 울렸고, 오라스 벨몽이 외쳤다.

“경찰이 왔다!”

그는 벽의 나무판자의 돌출 부위에다 손가락을 얹었다.

“내가 여길 누르면 현관문이 열린다. 누를까, 마피아노?”

“어디 한번 해봐. 다만 그 순간, 퍼트리샤는 아들이 있는 곳을 알지 못하게 될 거야.”

오라스 벨몽은 돌출 부위를 눌렀다. 그러자 1층에서 남자들의 목소리와 빛소리가 들려왔다. 오라스 벨몽은 그들을 맞으러 문 쪽으로 다가갔다. 전광석화처럼 순식간에 일이 벌어졌다.

마피아노가 창 쪽으로 달려가 창문을 열어젖히고 난간을 타고 넘어 바깥으로 사라져버린 것이다.

그런데 오라스 벨몽이 냉소를 지으며 여유롭게 중얼거렸다.

"정확히 바라던 대로 됐군."

그러고는 총신 위의 가늠자에 특수 조준장치가 부착된 소총을 다시 집어 들었다.

밤의 어둠이 정원에 드리워져 있었다. 그 정원은 다소 광활한 공간을 차지하는 인근 다른 정원들까지 연결되어 있었다.

오라스 벨몽은 계속 중얼거렸다.

"세 개의 낮은 담장을 뛰어넘은 다음, 좀 더 높은 네 번째 담벼락을 넘기 위해서는 미리 준비해둔 사다리가 있어야 할 거야. 그래야 한적한 거리로 내려가 도망칠 수 있으니까."

"하지만 사다리는 준비하지 않았잖아요?"

퍼트리샤가 묻자 남자가 대답했다.

"준비했어요. 여기서도 사다리가 보이는걸요."

여자가 신음을 토했다.

"아… 저자가 도망간다면 난 결코 아들을 다시 보지 못할 거예요."

한편 아래에서는 경찰들이 부르는 소리가 들려왔다. 빅투아르가 방에서 나와 허겁지겁 내려갔지만, 오라스 벨몽이 먼저 이렇게 외쳤다.

"여러분, 계단으로 올라오세요! 2층이요, 정면에 보이는 방문입니다!"

그러고는 창가에 기대 몸을 기울인 채 거총을 했다.

퍼트리샤가 애원했다.

"죽이지 말아요. 그럼 아무것도 알 수 없게 돼요. 내 아들을 잃게 된다고요."

"두려워 말아요. 다리 한쪽만 절름발이로 만들 생각이니까."

이윽고 걸림쇠의 찰칵하는 소리가 들렸다. 시끄러운 소리도 없었고 폭발음 소리도 없이 그저 바람을 가르는 낮은 소리만 들려왔다. 하지만 정원 저편의 사정은 달랐다. 고통에 찬 비명이 울려 퍼지더니, 신음 소리가 이어졌다.

오라스 벨몽은 창문 난간을 넘고는 퍼트리샤가 난간을 넘을 수 있게 도와주었다. 그러곤 건물 벽면에 사다리 형태로 고정된 강철 갈고리들을 의지해 바닥까지 무사히 닿을 수 있도록 퍼트리샤를 부축해 함께 내려갔다.

세 개의 나지막한 담장들은 쉽사리 넘을 수 있었다. 하지만 네 번째 담벼락은 훨씬 더 높았고 그 발치에 사람 몸뚱어리 하나가 늘어진 채 꿈틀대고 있었다. 오라스 벨몽은 손전등을 들이댔다.

"마피아노, 자넨가? 오른쪽 장딴지가 조금 다쳤지? 엄살은. 내가 쓰는 노루 사냥용 총알들은 항상 증기 소독기로 소독되어 있고, 구급상자도 있다네. 상처 난 다리를 보여주게. 은혜의 손길이 자네를 치료해줄 거야."

퍼트리샤가 심각하지 않은 상처에 능숙하게 붕대를 감았고, 그동안 오라스 벨몽은 빠른 손놀림으로 마피아노의 호주머니를 뒤졌다.

잠시 후 그가 기쁨의 환호를 터트렸다.

"찾았다! 자넨 이제 내 손안에 있는 거야. 퍼트리샤를 통해 이미 자네의 신분증은 확보했는데 여기에 자네가 뉴욕에서 빼돌린 맥 앨러미와 프레데릭 필즈의 신분증까지 내 수중에 들어왔군!"

그러고는 상체를 좀 더 바싹 들이대고는 거친 말투로 을렀다.

"아이를 내놔. 그러면 자네 신분증을 돌려주지."

마피아노가 더듬거렸다.

"내 신분증, 그게 어찌 되든 난 상관 안 해!"

"실수하는 거야, 애송이! 상관 안 할 수는 없을걸! 조직 내 자네 서열을 명시하고 있는 이 신분증은 전리품이 손에 들어와 분배해야 할 때 네게 권한을 주는 단 하나의 유일한 증명이니까. 제때에 들이대지 못하면 회원으로 취급받지 못할 거고, 결국 이익 분배에 참여하지도 못할 거야. 궁지에 몰리는 거지, 토끼처럼 말이야!"

"그렇지 않아!"

마피아노가 반박했다.

"그들은 내가 누구인지 알고 있어. 그저 신분증을 도둑맞았다고 말하면 돼."

"증거가 필요하겠지. 그 경우 퍼트리샤나 나의 증언이 필요할 테고. 하지만 너는 그 어떤 증거도 얻지 못할 거야. 모든 희망이 무너져 버리는 거지."

"내가 아이를 인질로 두 사람을 다 꼼짝 못 하게 틀어쥐고 있는 걸 깜빡하셨군. 아이는 내가 데리고 있을 거야."

"아니. 오늘 아침 너는 우리에게 아이를 데리고 와서 교환을 하게 될 거야. 정정당당한 맞교환으로."

마피아노는 잠시 망설이더니 대답했다.

"좋다."

"잘 알아들었군. 오늘 아침 9시까지 아이가 무사한 상태로 나타나지 않으면, 신분증을 불태워버릴 거야."

"이런 천치! 나더러 어쩌라는 거야? 내 다리를 망가트리고선… 난 움직일 수도 없다고!"

"맞는 말이군. 우선 퍼트리샤가 붕대를 갈아줄 거야. 그런 다음 푹 쉬도록 해. 내일 저녁 자넬 데리러 와서 셋이 함께 아이를 찾으러 가는 거야. 좋지?"

"그래!"

퍼트리샤와 오라스 벨몽은 사내를 높다란 담벼락에 인접한 작은 창고로 데리고 갔다. 그곳엔 온갖 의자들과 정원용 소파들이 가득했다. 그중 정원용 소파 하나 위에 사내를 눕힌 뒤, 붕대를 갈아주고선 퍼트리샤와 오라스 벨몽은 창고에서 나와 열쇠로 문을 잠갔다.

두 사람은 집으로 돌아왔다.

오라스 벨몽은 경찰관들을 지휘하는 반장을 보고는 이렇게 말했다.

"도망쳤습니다!"

"이런 빌어먹을! 도대체 어떻게 했기에 내빼게 둡니까…. 우린 시간 허비한 게 하나 없어. 어디로 도망을 친 겁니까?"

"정원으로요. 정원을 에워싼 높은 담벼락을 사다리를 이용해 넘어갔습니다. 원하시면 찾아보시든가요."

물론 형사들이 아무리 뒤져봐도 소용이 없었다. 반장은 다시 돌아와 오라스 벨몽에게 물었다.

"실례지만 당신은 누구신지요?"

"경찰청에서 아무개라고 부르는 사람입니다."

경찰은 호기심 가득한 눈빛으로 그를 바라보았지만 더 이상 아무 말도 하지 않았다.

"부인은 누구신지요?"

"퍼트리샤 존스턴이에요. 미국 기자이고, 파리는 지나가다 들렀어요."

반장은 경찰관들을 데리고 돌아갔다.

그날 밤 오라스 벨몽은 침실에 붙어 있는 골방에서 잠을 잤고 퍼트리샤는 침실을 이용했다.

다음 날은 별다른 일 없이 흘러갔다. 빅투아르는 그들에게 맛있는 음식을 해주었고, 둘은 마치 오랜 친구처럼 담소를 나누었다. 오라스 벨몽은 이른 아침에 상처로 약해진 포로에게 먹을 것과 충분한 양의 물을 가져다주었다. 그리고 치열할 것으로 예상되는 밤 시간을 준비하기 위해 낮잠을 청했다. 마피아노의 말을 신뢰하지 않았기 때문이다. 이 악당 놈이 어린 로돌프를 돌려주려 할까?

그날 저녁 오라스 벨몽과 퍼트리샤는 높은 담벼락에 인접한 창고로 다시 돌아갔다. 오라스는 문을 열고는 외마디 탄식을 터트렸다…. 들이댄 전등 불빛에 드러난 창고 안이 텅 비어 있던 것이다. 새가 정말로 날아가 버린 것이다…. 흔적조차 없었다…. 열쇠로 단단히 잠근 자물쇠에는 억지로 열린 흔적이 없었고 사다리는 제자리에 가만히 놓여 있었다.

오라스 벨몽이 놀란 표정으로 말했다.

"제법인걸! 내 별장 인근의 건물로 드나든 게 틀림없어."

"누가 사는데요?"

퍼트리샤가 물었다.

"아무도요. 하지만 놈들은 내가 만들어놓은 두 개의 비밀 통로를 이용했습니다. 하나는 1층으로 연결되어 있고, 다른 하나는 2층 내 침실과 통하죠. 어제저녁에 당신도 봤다시피 말입니다."

"당신 침실이요?"

"그래요, 알고 있을 텐데요…. 어젯밤에 당신이 잠을 잤던 곳이죠. 그쪽으로 사람이 지나다니는 소리를 듣지 못했나요?"

"전혀요."

"틀림없이 들었을 텐데? 왜냐면 출입구가 침대에 붙어 있으니까. 이런, 내가 멍청했군…. 그게 아닌데!"

"무슨 추측을 하는 거죠?"

"추측하는 게 아니오. 알고 있는 거지, 퍼트리샤. 마피아노를 놓아준 건 바로 당신이라는 사실을…."

여자는 움찔하더니 애써 웃음을 지으려 하며 소리쳤다.

"제가 왜 그러겠어요!"

"당신 아들이 그에게 붙들려 있으니까. 틀림없이 당신을 협박했겠지…! 모성을 볼모로 말이오!"

당혹스런 침묵이 뒤를 이었다. 피트리샤는 두 눈을 내리깔며 창백하게 질린 얼굴로 이내 눈물을 터트릴 것만 같았다. 오라스 벨몽은 전등 불빛을 여자에게 비추면서 그 얼굴을 주의 깊게 들여다보았다. 한참 후 생각에 잠긴 그가 중얼거렸다.

"그자는 아들을 인질로 당신을 이용한 거요."

여자는 아무 대답도 하지 않았다. 그는 고개를 좌우로 흔들고 손가락 마디를 우두둑하더니, 더 이상 아무 말도 하지 않고 빈정대는 듯한 노래 하나를 흥얼거리며 창고 밖으로 나갔다.

몇 분 후 오라스 벨몽은 다시 돌아와 퍼트리샤와 새롭게 대화를 나누고 여자의 의도를 제대로 알고자 했다. 하지만 정원에서도 건물에서도, 아무리 찾아봐도 찾을 수가 없었다. 퍼트리샤가 사라진 것이다.

5
로돌프 공

오라스 벨몽은 의사를 불러 얼마 전 습격으로 큰 충격을 받은 빅투아르의 건강 상태를 점검하게 했다. 심각할 건 전혀 없다고 했다. 타박상 하나 없었다. 신경성 흥분 상태를 가라앉히기 위해 사나흘 푹 쉬면 될 거라 했다. 그런 후에는 시골로 가리라.

오라스 벨몽은 늙은 유모를 각별히 사랑했다. 이 훌륭한 여인의 빠른 쾌유를 위해서라면 무엇이든 할 참이었다. 다음 날 석간신문을 죄다 읽은 오라스 벨몽은 5시가 채 안 되었을 즈음 공증인 사무소를 방문했고, 거기서 최근 방문한 적 있는 망트 인근의 광활한 영지 메종 루즈가 매물로 나왔다는 광고를 보고는 그 자리에서 바로 사들였다.

이튿날 건축가와 실내장식업자를 메종 루즈로 불러 48시간 안에 모든 것이 마무리될 수 있다는 약속을 받았다. 아직 새 거처가 준비되기 전인데도 오라스 벨몽은 많은 하인들과 옛 부하들 가운데 가장 믿음직스럽고 가장 경계를 게을리 하지 않는 몇몇을 차출해 그곳으로 소집했다.

바로 그날, 즉 메종 루즈를 구입한 바로 다음 날 저녁이었다.

오퇴유의 자택으로 돌아온 오라스 벨몽은 저녁 식사 후 전화 한 통을 받았다.

"오라스 벨몽입니다. 누구십니까?"

수화기 너머로 플루트 음색처럼 맑고 청아한 아이 목소리가 들려왔다.

"로돌프인데요."

"로돌프? 전 그런 사람 모릅니다."

오라스 벨몽은 금방이라도 전화를 끊을 듯한 기세로 퉁명스레 대꾸했다.

플루트 같은 목소리가 다급하게 말했다.

"퍼트리샤 부인의 아들, 로돌프예요."

"아! 그래요…. 무슨 일입니까, 로돌프 군?"

"어머니가 무척 힘든 상황에 처해 계신데, 어머니께서는 선생님과 제가 만나 얘기를 나눠보기를 바라십니다."

오라스 벨몽은 행동 방안을 어렴풋이 궁리하고는 마무리했다.

"좋은 생각이군요! 만나도록 합시다, 로돌프 군. 시간을 정하십시오. 그리고 내게 장소를 얘기해주세요."

"그럼, 만나주시는 거죠…?"

상대의 말이 거기서 뚝 끊겼다. 오라스 벨몽은 화가 난 몸짓으로 벌떡 일어나 전화선을 따라 전화기가 있는 식당 안으로 따라가 보았다. 전선은 옆 찬방으로 이어져 있었고, 곧이어 사정을 알게 되었다. 전선이 지하실 계단 바로 앞 지점에서 절단되어 있는 것이었다. 끊겨진 전선의 양 끝이 힘없이 늘어져 있었다.

누군가 찬방에서 통화 내용을 엿듣다가 오라스 벨몽이 흥미로워하는 대목, 바로 은밀히 엿듣는 자신이 위험해진다고 느낀 대목에서 대화를 중단시킨 것이다. 보이지 않는 이 적은 누구인가? 무슨 꿍꿍이로?

오라스 벨몽은 조금도 망설이지 않았다. 그는 적이 누구인지 알고 있었다… 마피아노가 사라지고 이어 퍼트리샤도 종적이 묘연해진 후, 이틀 내내 머릿속에서는 퍼트리샤가 자신을 배신했다는 생각이 맴돌았다. 아들을 구하기 위해 여자는 악당을 풀어주었다… '로돌프'를 구해내고 아이를 마피아노의 손아귀에서 벗어나게 하려 함이었지만, 그로 인해 여자 자신이 시칠리아인의 포로가 된 셈이었다.

퍼트리샤와 마피아노 사이에 거래가 이루어진 것이다. 마치 그들의 대화를 들은 것처럼 악당이 했을 이야기를 짐작할 수 있었다.

'내 뜻에 굴복해, 퍼트리샤. 아이를 놔줄 테니!'

퍼트리샤가 냉혈한에게 굴복했을까? 아니면 막 그럴 위험에 처해 있는 것일까? 어머니로서의 심정, 그 마음속 갈등은 끔찍했을 것이다. 얼마나 고통스러웠으면 적을 도망치게 해 오라스 벨몽을 배신했으면서도 이제 와서 아들을 통해 도움을 요청했을까! '어머니가 무척 힘든 상황에 처해 계신데…' 아이를 만나보면 일이 어느 지점까지 진행되었는지 확실히 알 수 있을 터였다.

그나저나 그 장소, 그길 어떻게 알아내지? 오라스는 지금껏 경험해본 적 없는 감정에 시달렸다. 자식이 위험에 처한 것을 알고 고뇌와 절망에 빠진 어미가 파렴치한의 욕망에 굴복해 스스로 제물이 되려는 것을 무슨 방도로 막아낼 수 있겠는가….

중용을 모르는 성품을 지닌 오라스 벨몽에게 이 갑작스러운 열정이 강렬한 사랑이라는 감정의 절정으로 치닫는 것은 당연했다. 비열한 위험에 대한 협박을 몰아내지 못하고 무기력하게 있는 것은, 그에게 도저히 견딜 수가 없는 일이었다.

하지만 그간 쌓아온 오랜 경험과 식견으로 새로운 진실의 규명 없이 무작위로 행해지는 행위는 아무런 득이 될 것이 없다는 것을 이미 알고 있었다. 오라스 벨몽은 집 안에 칩거한 채 새로운 소식을 기다리면서 자신이 할 수 있는 행동들을 궁리하며, 이전에는 전혀 느껴보지 못했던 고뇌와 불안, 그리고 불행함을 버텨내고 있었다.

그렇게 끝나지 않을 것 같은 열에 들뜬 사흘이 흘러갔다. 나흘째 아침, 사이공가도의 철책 문 벨이 울렸다. 오라스 벨몽은 창가로 달려갔다. 한 아이가 있는 힘을 다해 초인종을 누르고 있었다. 오라스 벨몽은 현관 계단과 정원 쪽으로 내달렸다. 그때 대로에서 자동차 한 대가 전속력으로 돌진해 와 저택 앞에서 급제동을 했다. 그리고 한 사내가 차 밖으로 튀어나와 아이를 낚아채고는 다시 차 안으로 뛰어들어 쏜살같이 사라졌다. 이 모든 게 20초도 걸리지 않았다. 오라스 벨몽이 개입하기에는 물리적으로 시간이 부족했다. 그가 철책 문을 열었을 땐 오렌지색 차체의 카브리올레형 차 한 대가 멀어져 한적한 대로로 사라지는 것이 보였다. 마피아노의 자동차였다.

오라스 벨몽이 건물로 돌아오자 휴식으로 기운을 회복한 빅투아르가 벨 소리에 놀라 달려 나와 있었다.

오라스 벨몽이 지시했다.

"메종 루즈로 가서 내 부하 스무 명만 최고 정예 멤버로 소집하라고 전해요. 그곳은 그 누구도 침투할 수 없는 진짜 요새화된 진지가 되어야 한다고 말이에요. 야간에는 가장 사나운 양치기 개 세 마리를 풀어놔 지키고, 암호를 사용할 것이며, 야간 순찰을 돌고, 쉼 없이 감시하고 경계하라고 전해요. 이른바 철통 경계 경보예요. 유모도 모든 사태에 대비한 마음가짐을 가져야 해요. 내가 누군가를 데려올 건데 유모의 눈동자처럼 잘 돌보아야 할 사람이에요. 가요. 뒤로 돌아서 어서 곤경에서 벗어나요. 아니. 충고도, 질문도, 설교도 하지 말아요. 내 목숨이 걸린 문제란 말이에요. 내가 얼마나 절박한지 알 거예요! 가요!"

오퇴유 저택에 틀어박힌 오라스 벨몽은 자기 개인의 안전을 위해 필요한 모든 조처를 취했다….

처음 열이틀 동안은 모든 조치가 기우처럼 여겨졌다. 아무 일도 일어나지 않았다…. 다만 몇 가지 사소한 사실들이 신경을 건드렸는데, 온갖 경계와 감시에도 불구하고 적이 밤낮으로 집 안을 드나들면서 자신의 일거수일투족을 세세히 염탐하고 있다는 느낌을 지울 수 없었던 것이다. 살아 있는 유령들이 눈에 보이지 않게 주변을 스치며 지나다니는 기분이었다. 이따금 자신이 꿈을 꾸고 있는 건 아닐까 하는 의문이 들 정도였다.

하지만 아니었다. '누군가' 집 안을 드나들고 있었다. 건물 전체에 유령이 출몰하는 듯했다…. 권총을 손에 들고 잠복해 있거나, 닥치는 대로 그 뒤를 따라다녀도 소용이 없었다···. 아무도 없었다···. 하지만 자신이 있는 곳의 바로 옆방에서 사그락거리는 소리, 숨소리, 심지어 마루판이 삐걱대는 소리까지 분명 누군가 저기에 있다는 생각을 불어넣었다···. 득달같이 달려가 보지만 아무도 없기는 마찬가지··· 그림자도 소음도 없었다···. 가끔은 내달리는 발소리가 어렴풋이 들려올 때도 있었다. 그러고 나서는 다시 적막이 내리깔렸다. 오라스 벨몽은 이처럼 악마적인 교활함에 점점 혼란스러웠고 분노가 치밀었다. 하지만 비밀 출입구는 늘 닫혀 있었다. 이놈들이 무슨 수로 드나드는 거지? 감히 이 집! 아르센 뤼팽의 집을 말이다!

열사흘째 되던 밤, 적막한 가운데 알코브와 비밀 통로 사이의 칸막이벽에서 가볍게 긁는 소리가 들려왔다.

침대에서 책을 읽고 있던 오라스 벨몽은 귀를 곤두세웠다. 긁는 소리는 점차 또렷해졌고 이상한 울음소리 같은 것도 함께 났다. 오라스 벨몽은 길 잃은 고양이가 내는 소리이겠거니 하는 생각으로 침대에서 나와 문제의 칸막이벽 판자를 떼어내고는 불을 환히 밝혔다.

어둠 속으로 이어진 비밀 계단의 층계참에 금발 곱슬머리에 섬세하고 아름다운 얼굴을 한 소년이 여자아이 옷을 입고서 기다리고 있었다.

"넌 누구니? 거기서 뭐하는 거야?"

놀란 오라스 벨몽이 물었다. 하지만 아이가 대답하기도 전에 누군지 짐작하고 있었다.

"저예요, 로돌프."

벌벌 떠는 것으로 봐서 힘들고 지친 듯했다.

남자는 아이를 붙잡아 방으로 들인 다음 열에 들떠 가볍게 떨리는 목소리로 물었다.

"엄마는 어디 있지? 너를 보낸 게 엄마니? 무슨 일이 벌어진 건 아니냐? 어디서 오는 길이야? 어서, 말해봐!"

아이는 몸을 뺐다. 엄마의 모든 면모를 그대로 빼닮은 듯했다.

"네, 엄마가 저를 보냈어요…. 아저씨를 찾으러 오기 위해 도 망친 거예요. 하지만 지금은 말만 할 때가 아니에요! 행동해야 할 때라고요. 서둘러요!"

"어디로 말이냐?"

"엄마를 찾으러요. 그 남자는 엄마가 밖에 나가는 것을 원치 않아요! 하지만 전 어떻게 하면 되는지 알아요! 제 말대로 하세 요!"

상황이 비장했고 퍼트리샤가 위험에 처한 게 분명했지만, 오 라스 벨몽은 터져 나오는 웃음을 막을 수가 없었다.

"하하하, 좋아. 로돌프 군이 어찌해야 되는지 알고 있으니, 나 는 그 말을 따르기만 하면 되는 거지…. 갑시다, 로돌프 공!"

아이가 의아한 듯 물었다.

"왜 저를 그렇게 부르는 거죠?"

"한 유명한 소설에 로돌프라는 이름의 왕자가 등장해. 이 왕 자는 온갖 어려움을 극복하고, 친구들을 구하고 적들을 물리치 지(프랑스의 소설가 외젠 쉬가 신문에 연재한 소설 《파리의 미스테 리》에 등장하는 수인공, 로놀프를 언급하는 것이다-옮긴이). 네가 꼭 그런 인물 같아서 말이야. 내가 두려운 건….."

"전 두렵지 않아요! 어서요!"

아이는 외쳤다.

로돌프는 앞장서서 손에 전등을 들고는 다시 비밀 통로로 들어갔다. 아이의 구불거리는 황금빛 머리카락이 공기의 흐름을 타고 흔들거렸다. 어둠을 매서운 눈길로 파헤치면서 아이는 층계참을 건넜다.

비밀 계단을 밟고 내려가려는데 오라스 벨몽이 아이를 붙들었다.

"잠시만! 아까 이 말을 하려고 했다. 이 통로 끝을 저들이 감시하고 있지는 않을까 두렵다고 말이야. 그들은 이 통로를 알고 있거든."

로돌프는 어깨를 으쓱하며 대꾸했다.

"그렇지 않아요, 오늘 밤은…."

"그걸 네가 어떻게 알지?"

"만약 감시하고 있었다면 제가 이곳에 들어올 수 없었을 테니까요."

"그들이 한눈을 파는 사이에 네가 들어왔을 수도 있잖니… 아니면 너와 함께 나를 밖으로 유인하려는 수작일 수도 있고. 어쨌든 할 수 없지, 그래도 일단 나가보자! 두고 보면 알겠지!"

아이는 잘 알고 있다는 듯 고개를 끄덕인 다음 이렇게 덧붙였다.

"두고 볼 필요도 없어요. 제가 바깥에 아무도 없다고 하면 아무도 없는 거예요."

오라스 벨몽은 또다시 웃으며 말했다.

"좋다. 하지만 내가 앞장서게 해다오."

"맘대로 하세요. 하지만 제가 길을 알고 있어요. 그 길로 이리로 왔으니까요. 출구가 아저씨 차고 근처 거리에 있는 작은 집으로 연결되어 있어요. 인적 드문 거리의 빈집이죠. 제가 다 봐뒀어요. 엄마가 제게 설명을 해줬어요. 그리로 가면 돼요. 아무 걱정할 거 없어요. 게다가 제가 아저씨 차고로 빠져나올 것처럼 꾸며놔서, 그들이 아저씨 자동차를 밖에다 버렸어요. 자동차가 덩그러니 우릴 기다리고 있어요."

"어떤 차 말이냐?"

"8기통짜리였어요."

"저런! 운전도 네가 할 거니?"

"아뇨. 아저씨 몫이죠."

사람이라곤 그림자도 없었다. 아무도 마주치지 않고서 둘이 거리까지 빠져나가자 정말로 자동차가 기다리고 있었다. 올라타자마자 오라스 벨몽은 운전대를 잡았다. 로돌프 공은 유리창에 바짝 붙어 서서 머리카락을 휘날리며 방향을 지시했다.

"오른쪽…! 왼쪽…! 직진! 속도를 좀 더 내요! 엄마가 기다려요."

"거리 이름이 뭐니?"

"오스망 대로와 나란히 뻗은 라봄가예요."

자동차는 전속력으로 질주했다. 오라스 벨몽은 그렇게 빠른 속도로 차를 몰아본 적이 없었다. 그야말로 곡예 운전을 하고 있었다. 정말이지 충돌도 일으키지 않고, 전복되거나 보도 위로 치고 오르지도 않는 게 놀라울 따름이었다.

마피아노의 횡포에 협박당하고 있을 퍼트리샤의 모습이 자꾸 떠오르고, 어린아이까지 용기를 불어넣는 상황이 오라스 벨몽을 광적인 활력에 휩싸이게 했다. 남자는 가속페달을 계속해서 밟았다.

아이가 미동도 하지 않고 외쳤다.

"오른쪽! 오른쪽! 라봄가는 이제 왼쪽에 있어요…. 정지! 지금 불러요! 경적을 울려서 불러요…. 좋아요! 다시!"

1층이 매우 나지막하게 설계된 아담한 개인 저택이 보였다. 중이층 창문 앞으로 테라스가 있었다. 경적을 울려대자 중이층 창문이 열리면서 여자가 테라스의 석조 난간 앞까지 달려 나와 몸을 내밀어 어둠 속을 살폈다.

"너니, 로돌프?"

"납니다, 벨몽!"

오라스 벨몽은 자동차에서 내려 퍼트리샤의 모습을 다시 살폈다.

"아! 다 잘되었네요!"

여자는 이렇게 외치고는 홱 뒤를 돌았다. 또 다른 창문 하나가 열리면서 남자 하나가 고래고래 소리를 질러대며 테라스 쪽으로 불쑥 튀어나왔다.

"당장 들어가!"

오라스 벨몽은 여자에게 두 손을 뻗으며 소리쳤다.

"이리로 내려와요!"

퍼트리샤는 한 치도 주저하지 않고 난간을 타고 넘어 아래에서 받치고 있는 튼튼한 팔 위로 몸을 던졌다. 오라스 벨몽은 여자를 바닥에 내려놓기 전에 열정적으로 껴안았다.

로돌프도 엄마에게로 달음박질쳐 왔다.

"엄마! 우리 엄마!"

위에서는 마피아노가 분해서 미친 듯이 악을 써대고 있었다. 마치 자신도 뛰어내릴 태세였다.

그 모습을 보며 오라스 벨몽이 비아냥댔다.

"자제하게, 마피아노. 꼭 족제비처럼 짖어대는군! 근데 자네 나에게 멋진 조준점이 되어주고 있어, 애송이! 거참, 볼만한 궁둥이군! 균형을 맞춰 양쪽 모두 쏴주지!"

오라스 벨몽은 자동차로 가서 조용히 소총을 들었다. 마피아노가 등을 돌려 난간에 매달려 아래로 뛰어내리려는 순간, 오라스 벨몽은 두 번 방아쇠를 당겼다. 왼쪽과 오른쪽에 각각 한 발씩 노루 사냥용 총탄을 맞은 마피아노는 거리 바닥에 나뒹굴었다.

"도와줘! 살인자다!"

마피아노가 비명을 질러댔다.

"아니지! 다소 따끔하지만 죽지는 않아. 자네 목숨은 어디까지나 파리의 사형집행인 몫이니!"

작별 인사를 하듯 오라스 벨몽은 그렇게 말을 내뱉었다.

자동차는 라봄가 길모퉁이를 돌아 사라졌다.

새벽 2시, 암호를 대고 자동차는 메종 루즈의 불 밝힌 마당 안으로 들어왔다. 빅투아르가 전달한 지시로 경계를 서던 스무 냥의 요원들은 그들의 도착을 반기며 환호성을 내질렀다. 개들 역시 그들 주위를 껑충껑충 뛰며 즐거워했다. 오라스 벨몽은 여자와 아이를 꽃들로 장식한 방으로 안내했다.

"내 허락 없이는 여기서 꼼짝도 하면 안 됩니다, 퍼트리샤. 너 역시 마찬가지야, 로돌프."

오라스 벨몽이 단단히 일러두었다.

방의 창문들은 정원으로부터 고작 2~3미터 떨어져 있었다. 그 아래로 세 명의 요원이 잔디 위에서 그대로 잠을 잘 수 있도록 준비를 해놓고 있었다.

오라스 벨몽은 두 손을 여자의 어깨 위에 얹고 로돌프가 들을 수 없게 목소리를 낮춰 물었다.

"내가 너무 늦게 도착한 건 아니죠, 퍼트리샤?"

여자는 남자의 두 눈을 마주 보며 중얼거렸다.

"아니요. 아니에요, 제때에 오셨어요. 그 파렴치한이 내게 허락한 기한이 정오였어요."

"마음은 정했었나요…?"

"네, 죽기로요."

"로돌프는 어쩌고요?"

"로돌프는 오퇴유로 보내 당신의 보호하에 두려고 했어요. 당신에게 아이를 보낼 수 있게 되자 마음이 평온해졌어요…. 믿음을 가지고 기다렸어요…. 당신이 나를 구해주리라는 확신이 생기더군요!"

"당신을 구한 건 로돌프예요, 퍼트리샤. 정말 용감한 꼬마 녀석이에요!"

6
마피아노의 복수

　라봄가의 저택에서 오라스 벨몽과 아들에 의해 구출되기 며
칠 전, 퍼트리샤는 〈알로 폴리스〉에 실릴 새로운 기사를 작성
했다. 반지를 미끼로 하녀 하나를 매수하여 기사를 뉴욕으로
송고할 수도 있었다. 이 두 번째 기사는 첫 번째 것 이상으로 반
향을 일으켰으며 세계 각국 언어로 번역되어서 전 세계를 열광
시켰다. 다만 오라스 벨몽의 간곡한 요청으로 퍼트리샤는 그와
의 만남에 관해서는 언급하지 않았다. 대신 폴 시너라는 이름
과 M이라는 글자의 진짜 의미와 마피아라 불리는 단체의 존재
등 그가 발견한 모든 사안들은 고스란히 퍼트리샤 자신의 결과
물로 소개되었다.

　퍼트리샤가 제시한 그 설명은 즉각 대중에게 수용되었다. 너
무도 명쾌하고 흥미진진한 설명이었다. 경찰은 그 기사의 내용
이 회자되고 그 내용이 곧이곧대로 믿어지는 분위기를 그대로
내버려 두었다. 오퇴유에서의 소동 이후 형사들이 보충 수사
를 위해 다시 별장에 가보았을 땐 이미 아무개 선생도, 미국 신
문기자도, 늙은 유모 빅투아르도 찾을 수 없었고, 이로 인해 그

들 모두가 혐의 대상이 될 상황이었다. 뿐만 아니라 갖은 조사에도 불구하고 해명할 수 없는, 그날 습격의 당사자들 역시 오리무중이었다. 이 모든 수사가 실패했음을 경찰이 어찌 순순히 실토할 수 있었겠는가! 사건 전체와 그 밖의 미궁에 빠진 여타 사건들까지 싸잡아서, 마피아라는 음험한 조직과 괴도로서의 지난 행적상 무엇이든 범죄 행각으로 귀결되는 악당의 우두머리 사이의 알력으로 몰아가는 것이 더 바람직한 설명이 아니겠는가! 법망을 늘 교묘히 피해가는 행적과 그 유명세가 공권력에 대한 끊임없는 도발로 보이는, 저 붙잡을 수 없는 인물의 후광을 이용할 훌륭한 기회 아닌가. 경찰은 그 기회를 놓치지 않았다. 조만간 신속한 반격이 있을 것을 기대하며, 경찰이 원하는 방향으로 상황이 흘러가 어느 진영에서건 경찰의 협조를 구하면 경찰은 그때 싸움에 개입해 두 세력 모두를 일망타진하여 철창으로 보내겠다는 계산이었다.

퍼트리샤와 오라스 벨몽은 적극적인 수사 대상이 아니었다. 치안국은 '사태 관망'을 결정했고, 혐의자들을 거짓 안전 속에 가만히 놔두는 것으로 입장을 정리했다.

결국 퍼트리샤와 오라스 벨몽 그리고 빅투아르 할멈과 어린 로돌프는 4주간 메종 루즈의 매혹적인 영지 안에 자리한, 그늘이 드리워진 거대한 정원에서 평화로운 휴식을 맛보았다. 정원의 중앙 가로수 길은, 원통형으로 가지치기한 보리수나무들의 아치 아래에서 석조 화분 및 대리석 조각상들 사이로 뻗어 있었으며, 초록빛 초원과 꽃이 만발한 과수원의 조화로운 광경 앞쪽으로 센 강이 접해 있었다.

이처럼 아늑한 안식처에서 오라스 벨몽은 행복한 나날을 보내고 있었다. 그에게는 원하기만 하면 언제든 심각한 근심거리에서 벗어나 눈앞의 감미로움에 얼마든 취할 수 있게 해주는 행복한 성향이 있었다. 지금도 주의 깊게 스스로를 돌보면서도 마피아노 생각은 더 이상 하려 하지 않았다. 마피아노는 더 이상 존재하지 않았다. 오라스 벨몽은 퍼트리샤에 완전히 빠져 있었다. 하지만 사랑의 감정을 여자에게 말하지는 않았다. 그들의 친밀함이란 단지 우정의 모습을 하고 있을 뿐이었다. 하지만 매일 그 매력과 지성, 유쾌한 활력에 감탄하게 되는 젊은 여인의 곁에서 지내는 것은 그에게는 더 없이 감미로웠다. 어린 로돌프의 존재 역시 오라스 벨몽에게 더없이 달콤하고 휴식 같은 느낌으로 다가왔다. 어머니를 빼닮은 로돌프는 매력적인 아이였다. 그 아이와 함께 놀아주면서 자신이 다시금 아이가 된 듯 느껴졌다. 그런 두 사람을 바라보는 퍼트리샤의 입가에도 미소가 번졌다.

하지만 오라스 벨몽은 언제나 준비를 하고 있었다. 메종 루즈에 도착한 후, 그는 방어 체제들을 주의 깊게 살폈으며 빅투아르가 고용한 새로운 하인들의 신분을 일일이 확인했다.

그 하인들 중, 여성의 매력에는 결코 무감각할 수 없는 오라스 벨몽의 눈에 앙젤리크라는 이름을 가진 시골 처녀의 건강미와 활달한 매력이 유독 들어왔다. 빅투아르는 앙젤리크가 빼어난 일손이라고 칭찬을 늘어놓았다. 하지만 퍼트리샤에게 연정을 품은 오라스 벨봉은 그저 순수하게 앙젤리크의 매력에 감탄을 보낼 뿐이었다… 정말 재미있고 귀여운 여자였다…! 분칠도

색조 화장도 하지 않은 발간 볼에, 등 뒤로 동여맨 검은색 벨벳 상의 속 늘씬하고 유연한 몸매의 앙젤리크는 희가극에 등장하는 하녀 같은 분위기였다. 생기발랄하게 경쾌하고 부지런한 그 모습은 어디에서나 눈에 들어왔다. 채소밭에서는 야채들을 고르고 있고, 과수원에서는 과일을 따고 있으며, 농장에서는 신선한 달걀을 모으는 중이었다. 그러면서 늘 입가에는 미소를 띠고 두 눈에는 순박한 즐거움이 가득했으며 동작은 조화롭고 절제되어 있었다.

"저렇게 예쁘장한 여자를 어디서 구한 거예요, 빅투아르?"

오라스 벨몽이 첫날 그녀를 보자마자 유모에게 물었다.

"앙젤리크? 한 납품업체에서 소개해줬죠."

"신원보증은 했어요?"

"훌륭하게 이웃 성에서 일을 했다네요."

"어느 성이요?"

"저기 왼쪽에 커다란 나무들이 보이는 곳, 저기가 코르네유 성이지요."

"잘했어요, 빅투아르! 곁에 귀여운 아가씨들을 두는 것은 언제나 즐거운 일이죠! 참, 급사 피르맹은 어떤 사람입니까…?"

그런 식으로 모든 인원에 대해 정보를 확인한 후, 오라스 벨몽은 다른 곳으로 생각을 옮겨갔고 현재의 즐거움으로 빠져들었다. 계절은 아름다웠고 시골 생활은 근사했다. 인근에 흐르는 강물은 지치지 않는 여흥거리였다. 오라스 벨몽과 퍼트리샤 그리고 로돌프는 거의 매일 뱃놀이를 나갔다. 셋은 종종 수영을 즐겼고 오라스 벨몽과 점점 더 허물없는 친구 사이가 된 로돌프는 이 놀이 동무의 넓은 어깨 위로 목말을 타거나 물속에서 즐거운 함성을 내질렀다.

경쾌한 즐거움의 시간들, 아무 걱정 없이 서로의 친밀함이 굳건해지는 섬세한 나날이었다. 그 시간 동안 퍼트리샤는 자신의 친구에게 점점 더 완벽에 가까운 믿음과 애정을 느끼고 있었다.

하루는 로돌프가 빅투아르와 함께 집에 남아 있고 퍼트리샤와 단둘이서만 뱃놀이를 하고 있을 때 오라스 벨몽이 물었다.

"왜 그런 눈으로 나를 바라보죠?"

남자는 어느 순간부터 여자의 주의 깊은 눈길이 노를 젓고 있던 자신에게 꽂혀 있는 걸 느꼈다.

"미안해요. 사람들의 비밀스러운 생각을 알아내기 위해 노력하다 보니 상대를 힐끔거리는 버릇이 생겼어요."

"내 생각은 한 가지 비밀만 간직하고 있어요. 오로지 어떻게 하면 당신 마음을 즐겁게 해줄 수 있는가 하는 생각뿐이죠."

그러고는 이렇게 덧붙였다.

"당신의 생각은 좀 더 복잡하군요. 당신은 이렇게 생각하고 있어요. '이 남자는 대체 누굴까?', '뭐라고 불러야 하지?', '이 사람이 아르센 뤼팽일까, 아닐까?'"

퍼트리샤가 중얼중얼 대답했다.

"그 점에 대해서는 한 치의 의혹도 없어요. 당신은 아르센 뤼팽이에요… 그게 진실 아닌가요?"

"당신이 원하는 바에 따라 그럴 수도 있고 아닐 수도 있어요."

"당신이 아르센 뤼팽이 아니기를 내가 바란다고 해도 실제로 당신이 아르센 뤼팽이라면 당신이 아르센 뤼팽이 되는 것을 막을 수는 없을 거예요."

남자는 목소리를 낮춰 고백했다.

"사실 내가 그 사람입니다."

이 솔직한 발언에 다소 놀란 듯 젊은 여자는 얼굴이 빨개졌다. 그리고 잠시 후 입을 열었다.

"훨씬 낫군요! 당신과 함께라면 승리할 게 틀림없어요… 다만 걱정되는 것은…."

"뭘 걱정하는 겁니까?"

"미래요. 나를 즐겁게 해주고 싶다는 당신의 바람은 우리 사이에 형성되어야만 하는 엄격한 우정에 잘 어울리지 않아요."

남자는 웃으며 말했다.

"그 점이라면 걱정할 거 하나도 없어요! 우리의 우정 관계는 당신 스스로가 정한 한계에 늘 머물러 있을 겁니다. 당신은 흑심을 품거나 강제로 덮칠 수 있는 그런 여자가 아니랍니다."

"그럼… 이대로도 만족하세요?"

"당신의 모든 것에 만족해요."

"모든 것에요? 정말요…?"

"네, 모든 것. 나는 당신을 사랑하니까요."

여자는 다시 얼굴에 홍조를 띠고 침묵을 지켰다.

남자가 말을 이으려 했다.

"퍼트리샤…."

"왜 그러세요?"

"언젠가 내 사랑에 응답을 해주겠다고 약속해줘요… 그렇지 않으면 난 물속에 몸을 던지겠소."

반은 진지하게 반은 장난 어린 말투로 남자가 말했다.

하지만 여자는 아까와 같은 어조로 대답했다.

"그건 약속할 수 없어요."

"그럼 물로 뛰어들겠소."

오라스 벨몽은 자기가 말한 대로 행했다. 노를 내려놓고 일어나서는 옷은 그대로 입은 채, 머리부터 센 강으로 뛰어들어 힘차게 헤엄을 치기 시작했다. 그들 앞 오른쪽으로 보트 한 대가 빠른 속도로 다가오고 있었는데, 퍼트리샤가 보기에 오라스 벨몽이 그쪽으로 향하는 듯했다. 그 보트에 앉아 있는 사람은 구부정한 등에 백발을 하고 흰 수염을 휘날리는 노인이었지만, 노 젓는 솜씨만은 빠르고 박력이 넘쳐서 한창 나이 젊은이의 에너지와 집요함을 짐작케 했다. 무슨 이유에서인지 가발을 쓰고 등 안에 가짜 혹을 넣어 위장하는 게 좋다고 판단한 모양이었다.

오라스 벨몽이 외쳤다.

"어이! 어이! 마피아노. 우리의 은신처를 이미 발견해냈던 거야? 브라보!"

마피아노는 노를 내던지고 권총을 꺼내 방아쇠를 당겼다. 총알은 수영 선수의 머리에서 고작 몇 센티미터 떨어진 곳에 물기둥을 솟구치게 했고, 이에 수영 선수는 폭소했다.

"미숙하기는! 손이 떨리는군, 마피아노. 사네의 그 우스꽝스러운 장난감 좀 이리 던져봐, 내가 한 수 가르쳐주지!"

상대의 비아냥에 시칠리아인은 약이 올랐다. 보트 위에 버티면서 노로 상대의 머리통을 박살 낼 태세였다. 하지만 그 상대는 조금도 지체하지 않고 물속으로 사라졌다. 얼마 후, 마피아노의 보트가 크게 뒤흔들리면서 오라스 벨몽의 머리가 좌현에서 불쑥 솟아올랐다.

"손들어! 손들지 않으면 쏜다!"

오라스 벨몽이 협박을 하며 고래고래 소리를 질렀다.

마피아노는 수면 아래로 30미터를 헤엄쳐온 상대가 대체 무엇으로 쏘겠다는 건지 생각할 엄두도 못 내고는 얼떨결에 두 팔을 들어 올렸다. 그와 동시에 오라스 벨몽의 체중이 실린 보트가 뒤집어지면서 시칠리아인이 물속에 풍덩 빠져버렸다.

오라스 벨몽은 승리의 탄성을 내질렀다.

"승리했다! 적이 후퇴한다! 마피아노도 마피아도 물 먹었다! 자네 수영은 할 줄 알겠지? 저런, 딱하군. 자네 꼭 사산된 송아지처럼 헤엄치는군! 그렇지, 고개를 들고! 그러지 않으면 센 강물을 계속 꼴깍이게 될 거야! 그러다 보면, 물에 빠져 죽든지 배탈이 나 죽든지 하겠지… 아! 어쨌든 잘 헤쳐 나오게나. 자, 저기 구원의 손길이 다가오는군."

강기슭에서 두 명의 사내가 물로 뛰어들어 물살에 보트를 놓쳐버린 시칠리아인을 향해 헤엄쳐 오고 있었다. 한편 그들이 가까이 다가오기도 훨씬 전에 능란한 수영 선수인 오라스 벨몽은 이미 제방에 다다라 비탈에 놓인 옷가지들을 샅샅이 뒤지고는 이렇게 외쳤다.

"맥 앨러미가 서명한 마피아 신분증 두 개군! 마피아노와 맥 앨러미, 필즈, 에드거 베커의 것까지 합해 총 여섯 장이네! 수익 분배를 서둘러야겠는걸! 이러다 뤼팽의 전리품이 죄다 내 몫이 되겠어…!"

퍼트리샤는 보트에 앉아 이 모든 광경을 눈으로 좇으며 한없이 즐거워했다.

퍼트리샤가 탄 배가 오라스 벨몽 근처에 다다르자, 그는 여자의 허리를 감아 안아 내리고는 가장 가까운 길로 데리고 갔다. 한편 세 명의 악당은 그제야 제방에 거의 닿고 있었다.

오라스 벨몽은 기고만장한 태도로 외쳤다.

"내가 황금 양털을 쟁취했어요, 아름다운 퍼트리샤! 모든 게 제대로 돌아가고 있어요. 적은 강바닥에서 처참한 패배를 당했다고요! 나를 따라 내 방으로 가는 겁니다. 절세미인, 내가 그대의 순종하는 하인이 되어드리죠. 하인이 다소 몸이 젖어 있기는 하지만 사랑의 열기가 말려줄 겁니다!"

마침 건초를 실은 한 농부의 짐수레가 지나가고 있었다. 오라스 벨몽은 이를 불러 세워 여자를 앉히고 자신은 그 옆에 올라탔다. 그리고 다시 호들갑을 떨어댔다.

"신분증 두 개를 더 확보했소, 퍼트리샤. 정말 대단한 수확이오!"

"저들이 성공하면 돈은 당신 것이 아닐 텐데 그게 무슨 소용이에요!"

"그날이 되어 저 흐르는 팍톨루스 강(고대 리디아의 강으로 예로부터 사금이 많아 미다스 신화의 배경이 되었던 곳이다 – 옮긴이)을, 내 호주머니에서 빠져나간 것을 다시 내 호주머니 속으로 흘러 들어오게 할 방법을 찾아낼지 누가 알겠습니까! 그때는 눈에는 눈, 이에는 이가 되겠죠!"

짐수레를 타고 마치 마지막 여행길에 오른 듯 나아가는 늙은 말의 초연한 발걸음에 맞춰 가다 보니 다소 길게 길을 에둘러 가게 되었다.

그래도 농부는 자신 있게 말했다.

"어쨌든 메종 루즈로 가긴 갈 겁니다요. 건초 더미를 농장에 갖다 놓아야 하거든요!"

오라스 벨몽이 대꾸했다.

"아, 메종 루즈의 농장에서 일하시오?"

"네. 오늘이 바로 건초 더미를 곳간에 쟁여놓는 날이죠."

"들었습니까, 퍼트리샤? 꿈만 같지 않습니까! 풍성한 곳간, 푸른 초원, 곳간을 가득 메울 건초 더미, 이 모든 목가적인 즐거움…! 그리고 이 고요함…! 우린 정말 행복하게 살 겁니다!"

하지만 여자는 반만 웃는 표정으로 말했다.

"미심쩍네요."

"뭐가 미심쩍다는 겁니까?"

"당신의 변심이요! 당신이 금발 여자에서 갈색 머리 여자로, 이 여자에서 저 여자로 수시로 넘나드는 사람이라는 건 누구나 다 아는 일이에요!"

"비교 불가의 퍼트리샤, 당신을 알게 된 후부터 당신이 말하는 그 금발의 여자, 갈색 머리 여자는 결코 내 칭송의 말을 들을 수 없었습니다! 당신 머리가 하얗게 새는 날이 온다 해도 변하는 것은 아무것도 없을 거예요… 은색 왕관을 두른 퍼트리샤라니! 그 또한 꿈만 같구려!"

여자가 활짝 웃으며 대답했다.

"고마워요. 하지만 어쨌든 조심해요. 나는 까다롭고 외골수인 성격이에요. 그래서 겉으로만 가벼워 보이는 것이라도 용납하지 못해요. 만약 당신이 바람둥이라면 피하는 게 좋을 거예요!"

적들이 다시 돌아온 것에 대한 근심을 애써 감추려는 듯 둘은 명랑하게 얘기를 나누었다. 그러는 동안 짐수레는 시멘트를 섞어 굳힌 자갈들로 턱을 만들어 두엄 더미와 퇴비 무더기로 빙 둘러 있는 너른 마당 안으로 들어섰다. 중앙에는 뭉뚝한 탑 모양의 비둘기 집이 있었고 담쟁이덩굴로 뒤덮인 고딕식 예배당의 아치형 버팀벽들이 그곳에서부터 시작되어 거의 무너져 가는 고가식 수로에까지 이어져 있었다.

퍼트리샤는 오라스 벨몽의 도움을 받아 짐수레에서 내렸다. 서서히 어둠이 내릴 즈음, 여자는 메종 루즈로 향했다. 하지만 오라스 벨몽은 농부가 자기 말들을 보여주고 싶다고 성화를 부리는 바람에 마구간에 잠시 들려야 했다. 몇 분 후, 그 역시 작은 숲과 정원을 가로질러 집으로 향했다. 문득 걸음이 빨라졌다. 현관 계단에 일꾼들이 매우 동요한 몸짓을 하며 한데 모여 있는 게 시야에 들어온 것이다.

"무슨 일이지?"

오라스 벨몽이 불안한 심정으로 물었다.

"그 젊은 숙녀분에 관한 일입니다!"

"퍼트리샤 존스턴 말인가?"

"네. 멀리서 걸어오는 걸 보았는데 난데없이 남자 세 명이 덤불숲에서 튀어나와 숙녀분을 에워쌌어요. 여자분은 도망치려하면서 비명을 질렀죠. 하지만 우리가 도와주러 달려가기도 전에 남자 세 명이 여자를 잡아서 어깨에 들쳐 메고 가지 뭡니까. 비명 소리가 계속됐는데 그것도 오래가지 않더군요."

창백하게 질린 오라스 벨몽은 끔찍한 불안감으로 가슴이 죄였다.

"그래, 나도 비명 소리를 듣긴 했어. 어린아이들 소리라고만 생각했지… 그 남자들이 어느 쪽으로 가던가?"

"새로 지은 차고와 옛 창고 사이로 지나갔습니다."

"거긴 정원 끄트머리고, 그럼 농장 안뜰 쪽으로 갔다는 건가?"

"그렇죠…."

오라스 벨몽은 마피아노와 그 일당의 짓이라는 것을 조금도 의심치 않았다. 저들은 센 강에서 직진해 곧장 메종 루즈로 와서 매복하고 기회를 엿보다가 자신이 농부와 함께 마굿간에 있는 사이 일을 저지른 것이다!

서둘러 오라스 벨몽은 그 농부를 다시 찾아가 긴박한 목소리로 물었다.

"혹시 농장이나 정원에서 센 강까지 연결되는 통로에 대해 알고 있거나 들은 얘기가 있습니까?"

농부는 조금도 머뭇거리지 않고 대답했다.

"그럼요, 알고 있지요! 옛날에 코르네유 성과 연결된 통로가 있었던 것 같습니다. 앙젤리크가 길을 안내해드릴 겁니다.

왜 그 예쁘장한 하녀 말입니다. 어라? 방금 전까지 여기 있었는데… 앙젤리크가 그 길을 잘 알거든요. 앙젤리크! 앙젤리크!"

하지만 예쁜 앙젤리크가 대답이 없자, 농부는 직접 오라스 벨몽과 함께 비둘기 집으로 향했다. 고대 고가식 수로의 아치들 아래쪽 담벼락에 석재 더미들로 메워 흔적만 확인할 수 있는 출입구의 윤곽이 드러나 있었다. 비밀 통로의 존재는 의심의 여지가 없어졌다. 농부는 최근에 지나간 흔적이 있는 것을 발견하고는 놀라는 듯했다.

"누가 이리로 지나갔어요… 보세요, 선생. 돌덩이를 제대로 메워놓지도 못했네요. 뒤처리를 닥치는 대로 했구면."

두 사람은 어깨로 허술한 돌무더기를 들이받아 허물었다. 돌멩이들이 메아리를 울리며 어둠 속으로 떨어지면서 컴컴한 계단 하나가 나타났다.

"길이 꽤 멀어요. 중간에 한 번 철책 문이 길을 가로막고 있고요."

농부는 램프에 불을 붙였다. 오라스 벨몽도 호주머니에서 손전등을 빼 들어 불을 밝혔다. 200여 발자국쯤 걸었을 때 철책 문이 나타났다. 다행히 열쇠가 반대편 자물쇠에 그대로 꽂힌 채였다. 도망자들이 열쇠 챙기는 것도 잊고 내뺀 것이다.

두 사람은 그들의 행적을 계속 추적했다. 갑자기 지하 공간에 좀 더 상쾌한 공기가 감도는 것으로 봐서 강이 가까이에 있음을 알 수 있었다. 그러다가 유리로도 판자로도 막혀 있지 않은 창문틀이 눈에 들어왔다. 서 있는 게 그야말로 기적이라고 할 수밖에 없는, 다 무너져 가는 오두막의 창문이었는데 밖이

흰히 내다보였다. 진흙으로 번들거리는 바위들이 기복을 이룬 제방이 보였고, 스산한 달빛 아래에 강물의 거대한 수면이 반짝였다. 좌측으로 한 300여 미터 떨어진 곳에는 깎아지른 듯한 암벽이 돌출해 있었고, 그 뒤쪽으로 농장 마당의 포플러들이 굽어보고 있었다. 그 마당에 커다란 불꽃이 타오르고 있었는데, 불꽃은 그 너머 숲이 우거진 언덕의 검은 그림자의 음영을 좀 더 뚜렷하게 만들고 있었다.

오라스 벨몽은 조심히 앞으로 나아갔다. 불 가까이에는 염색하지 않은 투박한 텐트 천을 부풀린 천막이 하나 있었다. 천막 앞, 차일을 쳐놓은 아래에는 나무꾼 복장을 한 남자 세 명이 접이식 의자에 앉아 있었다. 그들 가까이 등받이 없는 의자 위에는 술병과 접시들이 놓여 있었다. 남자들이 먹고 마시는 동안 한 여자가 시중을 들고 있었다.

오라스 벨몽은 한순간 그 세 남자가 마피아노와 그의 일당이 아닐 수도 있겠다는 생각이 들었다. 어떻게 감히 자신의 저택에서 이처럼 가까운 곳에서, 이토록 퍼질러 앉아 있을 수가 있단 말인가! 하지만 마피아노의 광기 어린 대담성과 칠칠치 못한 면 또한 알고 있었다. 그리고 이내 활활 타오르는 불빛 사이로 오라스 벨몽의 눈에 비친 사내는 분명 마피아노였다. 그럼 저 시중드는 여자는 분명 퍼트리샤일 터였다…. 얼굴은 제대로 알아보지 못했지만 그 실루엣은 분명 그녀였다…. 오라스 벨몽은 분노로 부르르 몸을 떨었다. 밧줄 하나가 여자의 팔뚝과 마피아노가 앉은 접이식 의자에 연결되어 있는 게 아닌가…. 밧줄이 약간이라도 팽팽해지면 의자에 앉은 마피아노의 몸이 흔들리게 되어 있었다. 한번은 동료들의 폭소 속에 그만 바닥에 나뒹굴기까지 했다.

오라스 벨몽은 농부를 지하에 남겨두고는 혼자 나무 뒤에 숨은 채 적의 눈에 띄지 않게 꼼짝 않고 있었다.

모두들 식사를 마치고 파이프 담배를 피운 후 램프를 들고 천막 안으로 들어갔다. 그들의 램프 불빛으로 보아 다른 것보다 크기가 작은 천막이 첫 번째 천막 뒤편에 하나 더 있다는 것을 깨달았다. 시중을 마친 여자가 쉬는 장소였던 것이다.

몇 분 후, 불들이 꺼졌고 웃고 떠드는 소리도 멈췄다.

오라스 벨몽은 땅바닥에 납죽 엎드리고는 잡초와 나무들 사이로, 가능한 한 나무와 소관목의 이파리들이 달빛을 가려 그늘을 드리우는 곳만을 골라 기었다.

결국 첫 번째 천막의 말뚝에 다가갔고, 그 주변을 서서히 돌아보았다. 갑자기 두 번째 작은 천막의 입구가 들렸다. 남자는 망설임 없이 그 안으로 미끄러지듯 들어갔다.

들릴 듯 말 듯한 목소리가 속삭였다.

"오라스, 당신이에요?"

"퍼트리샤?"

"네, 퍼트리샤예요! 어서 들어와요!"

그러고는 이렇게 덧붙였다.

"당신이 어둠 속에서 다가오는 모습을 보았어요. 적막 속에서도 당신의 소리가 들렸어요."

그는 격정에 사로잡혀 여자에게 바싹 몸을 밀착시켰다. 여자가 입술을 남자의 귓가에 대고 신음처럼 속삭이고 있었다.

"도망쳐요… 베슈 형사와 경찰관들이 당신을 찾고 있어요. 마피아노가 그들에게 당신이 메종 루즈에 있다고 신고했어요."

오라스 벨몽은 경멸 섞인 냉소를 뱉었다.

"아! 이제야 이해하겠어. 놈이 이토록 가까이에 진을 친 이유 말이야. 경찰의 비호 아래 든든했다, 이거지."

"도망쳐요, 제발."

"그러길 원해요, 퍼트리샤?"

여자는 중얼거리며 대꾸했다.

"난 두려워요… 당신이 걱정돼요… 난 이제 지쳤어요."

남자는 여자를 더욱 바짝 끌어안고 입술에 키스를 했다….

여자는 저항하지 않았다….

7
잠자는 숲 속의 미녀

    부드럽고 훈훈한 밤에 휘영청 밝은 보름달이 그 고요하고 맑은 빛을 마치 인광을 발하듯 흩뿌리고 있었다. 선잠 든 들판의 적막 속에 땅에서 올라오는 생명의 부스럭거림, 이따금 나뭇가지 사이를 소리 없이 돌아다니던 밤새 한 마리가 나무로 날아오르는 소리 등 수많은 은밀한 소리들이 섞여들었다. 한편 멀리서 들려오는 낙수 소리는 수정처럼 맑은 울림을 전하고 있었다.

    이 고요한 밤이 천막 아래 나란히 누운 두 연인의 휴식을 부드러이 어루만지고 있었다. 이따금 오라스 벨몽은 반쯤 잠든 상태에서 손을 뻗어 가만히 누워 있는 여자의 팔을 더듬으며 그녀가 곁에 있는지, 자신이 꿈을 꾼 것은 아닌지 확인했다. 이 상황은 그에게 너무도 낯선 것이어서 과연 이것이 현실일까 하는 의구심마저 들었다.

    결국, 새벽이 왔고 밝은 태양의 첫 번째 햇살이 천막의 벌어진 틈새를 통해 안으로 스며들었다. 오라스 벨몽은 반쯤 몸을 일으켜 다시 한 번 늘어진 여자의 손 위에 자신의 손을 포갰다… 하지만 그 순간, 남자는 기겁하고 놀라 펄쩍 뛰었다…. 그가 만진 손이 얼음장처럼 차가운 것이 아닌가….

오라스 벨몽은 부들부들 떨면서 몸을 기울여 바닥에 꼼짝하지 않고 누운 형체를 들여다보았다…. 천막 아래로 스며든 어스름한 불빛 속에서 남자의 눈에 들어온 건, 가벼운 베일로 얼굴이 덮여 있고 반쯤 발가벗은 가슴의 왼쪽 아래에 단도가 박힌 여인의 몸이었다…. 공포로 잔뜩 긴장한 남자는 좀 더 몸을 숙여 얼음장 같은 피부 아래에 귀를 대었다…. 심장박동 소리는 더 이상 들리지 않았다.

그렇다면 잠이 들듯이 죽음 속으로 빠져들었다는 건데… 너무도 급작스러운 죽음이라서 치명상을 입은 순간, 연인의 품에서 몸부림도 칠 수 없었다는 것인가! 그 연인 또한 아무것도 눈치채지 못했고 말이다.

오라스 벨몽은 옆의 다른 천막 안으로 들이닥쳤다. 마피아노와 그 일당은 더 이상 그곳에 없었다. 조금도 지체하지 않고 남자는 도움을 청하러 메종 루즈로 달려갔다.

집 현관에서 그는 아침 순시를 위해 밖으로 나서는 빅투아르와 맞닥뜨렸다.

"그들이 여자를 죽였어요!"

남자는 눈에 눈물을 글썽이며 말했다.

어안이 벙벙한 빅투아르가 물었다.

"여자가 죽다니?"

"그래요, 여자가 죽었어요!"

늙은 유모는 어깨를 으쓱하며 말했다.

"그럴 리가요!"

"분명히 말하지만, 심장 한복판에 단도가 박혀 있었어요."

"분명히 말하지만, 그럴 리가 없어요."

"왜? 어떻게 그럴 수 있지? 지금 무슨 말을 하는 거예요? 증거 있어요?"

"그야 나는 그 여자가 죽지 않았다고 확신한다는 얘기지요… 여자의 직감, 그건 모든 것을 입증하는 증거라 할 수 있지요."

"여자의 직감을 이용해 내게 조언 좀 해줘요!"

"그곳으로 되돌아가서 다친 여자의 상처를 잘 돌봐주고 자리를 떠나지 말아요. 또다시 공격해오거든 그녀를 지켜주란 말이에요."

빅투아르의 말이 도중에 끊겼다. 날카로운 호루라기 소리가 정원 어느 곳에서인가 들려온 것이다.

오라스 벨몽은 소스라치듯 놀라서 외쳤다.

"이건 또 뭐지? 저건 퍼트리샤의 신호인데…."

빅투아르는 의기양양해져 큰소리를 쳤다.

"그럼, 괜찮다는 거로군요! 여자가 죽지 않고 마피아노와 그 일당의 손에서 벗어났다는 걸 이젠 알겠죠?"

기쁨으로 얼굴이 환해진 오라스 벨몽은 창문 밖으로 상체를 내밀고 귀를 기울였다.

바로 그때였다. 덩치 큰 맹수의 거친 포효 소리가 공간을 울리며 길게 들려오다가 어느 순간 뚝 그쳐버렸다.

늙은 유모는 천둥이 칠 때마다 항상 그러하듯 얼른 성호를 그으며 중얼거렸다.

"암호랑이 소리야. 사람들 말로는 며칠 전 이동 동물원에서 암호랑이 한 마리가 도망을 쳤다더군요. 그놈은 글쎄 이 지방에서 '코르네유 성의 원시림'이라 불리는 숲 속으로 숨어들었대요. 사람들이 호랑이 수색을 하는 와중에 상처를 입은 탓에 아주 사납고 위험해졌다더군요. 만약 암호랑이가 퍼트리샤와 맞닥뜨린다면…"

오라스 벨몽은 즉시 창문으로 뛰쳐나가 지하 비밀 통로의 입구가 있는 낡은 예배당을 향해 내달렸고, 지하 통로 안에서도 전속력으로 뛰었다. 밖으로 나오는 순간, 돌출한 바위 절벽 쪽에서 여자의 비명 소리, 호루라기 소리, 맹수의 울부짖음이 한데 뒤섞여 들려왔다.

또다시 포효 소리가 들렸는데 점점 가까워지고 있다는 느낌이 들었다. 아마도 짐승이 메종 루즈 쪽으로 다가오는 모양이었다. 벨몽은 달리면서 절벽에 인접한 초원을 가로질렀고 천막 쪽으로 뛰어들었다. 그런데 천막들이 죄다 허물어져 있었다. 마치 천재지변이 휩쓸고 지나간 것처럼, 갈기갈기 찢어진 천막 조각과 여기저기 뽑힌 말뚝, 부서진 의자들이 어지럽게 흩어져 있었다.

하지만 인근 강물 쪽을 바라보니 보트 한 척이 소리도 없이 미끄러지듯 멀어져 가고 있는 것이었다. 단박에 남자 세 명이 타고 있다는 걸 알아보았다.

오라스 벨몽은 덮어놓고 고래고래 소리를 질렀다.

"어이! 마피아노! 퍼트리샤를 어떻게 한 건가? 네가 그녀를 찔렀지, 살인자! 실토해! 여자가 죽은 거야? 대체 어디 있는 거야?"

그러자 사내가 어깨를 으쓱하며 응답을 해왔다.

"나도 몰라! 자네가 찾아봐! 여자는 그때까지 숨이 붙어 있었어, 다만 호랑이가 공격해서 우리도 혼비백산하며 도망치는 길이라고! 퍼트리샤는 아마 호랑이가 물어갔을 걸세. 자네가 찾아서 한번 살펴봐!"

보트는 이내 강물 위로 사라졌다.

불안에 싸인 오라스 벨몽은 감정을 추스르곤 사방을 두리번거리며 귀를 기울였다. 그러나 눈에 들어오는 것은 없고 호루라기 소리도 짐승의 울부짖음도 없었다…. 사방을 둘러싼 고요는 오히려 재앙같이 느껴졌다.

결국 악당의 조언에 따라 오라스 벨몽은 퍼트리샤를 찾아 나섰다. 얼마간을 걷자 코르네유 성 주위에 시커멓게 둘러쳐진, 나무 그늘이 두터운 숲이 눈에 들어왔다. 남자는 담장의 틈새를 이용해 벽 안으로 파고들었다. 처음에는 나무들이 듬성듬성 심어져 있었다. 원시림은 사람들이 얘기한 대로 성의 주변 일대로부터 상당한 거리를 나와서야 시작되었다.

또다시 포효 소리가 들렸는데 약 200여 미터 떨어진 거리인 듯했다. 용기라면 자신 있는 그였지만 두려워 잠시 걸음을 멈출 수밖에 없었다. 분명 냄새를 맡은 짐승이 이쪽으로 달려오고 있었다. 오라스 벨몽은 빠르게 머리를 굴렸다. 이 상황에서 무얼 할 수 있을까? 방어할 무기는 구경도 작아 보잘것없는 권총 한 자루가 전부다. 게다가 놈이 만약 덤불숲 어디선가 불쑥 튀어나온다면 어찌 총을 겨냥하겠는가!

나뭇잎 밟히는 소리, 나뭇가지 부러지는 소리 등… 점점 더
소리가 가까워졌다. 짐승이 다가오고 있었다. 남자는 모습을
드러내지 않고 호랑이의 묵직한 발소리와 거친 숨소리를 듣고
있었다.

하지만 놈은 이쪽을 보고 있었던 것이 틀림없었다. 암호랑이
는 이제 막 먹잇감을 향해 덤벼들 참이었다.

별안간 오라스 벨몽은 재빠르게 공중제비로 몸을 앞으로 날
렸다. 한 번의 도약으로 제법 높은 나뭇가지에 매달렸고, 손목
에 힘을 넣어 균형을 잡았다. 이빨은 아니지만 육중한 주둥아
리가 스치는가 싶더니, 더운 입김이 다리에 닿는 게 느껴졌다.
오라스 벨몽은 나뭇가지 위로 올라섰고, 다시 좀 더 높은 가지에
매달려 암호랑이가 접근할 수 없는 곳까지 열심히 기어올랐다.

일단 첫 번째 공격이 실패로 돌아간 암호랑이는 새로운 시도
를 할 생각이 없는 듯 보였다. 곧 오라스 벨몽은 자리를 떠 숲
쪽으로 걸어가는 호랑이의 모습을 보았다. 그러다 호랑이가 화
가 나서 그르렁대는 소리를 들었다. 그리고 뼈다귀를 바스러뜨
리고는 씹어대는 둔탁한 소리들이 새어 나왔다.

오라스 벨몽은 공포에 몸서리를 쳤다. 저 짐승이 천막 속에
누워 있던 퍼트리샤를 습격하고는 이제는 갈기갈기 찢어진 여
자 몸뚱어리를 시식하고 있는 것인가? 그렇다면, 굳이 목숨 걸
어봤자 아닌가… 죽은 여자는 더 이상 살아 돌아올 수 없지 않
은가!

무력하게 있는 상황에서 그는 흥분과 불안에 시달리며 두 시
간을 그대로 나뭇가지 위에서 잠자코 있었다. 그러나 이처럼

막막하고 곤혹스러운 상황을 더 이상 버텨낼 힘이 없었다. 오라스 벨몽은 위험을 감수하고 나뭇가지들에서 하나둘 미끄러져 내려온 다음, 권총을 손에 움켜쥐고 숲 속으로 걸음을 옮겼다.

숲의 가장 빽빽한 경계 지역까지 헤쳐 들어갈 정도로 남자는 대범했다. 하지만 그 과감한 조사에도 불구하고 아무것도 나타나지 않았다. 그저 까마귀들만이 숲 속 빈터 주변에서 법석을 떨며 날아들었고, 달려드는 그의 발길에 채일세라 작은 짐승들만 달아날 뿐이었다. 암호랑이는 흔적조차 찾을 수가 없었다.

한참을 찾아 헤매고 나서 아무런 성과도 얻지 못하자 남자는 완전히 기진맥진한 데다 희망을 잃었다. 게다가 모기까지 극성에, 낮에는 후텁지근하게 내리누르는 열기에 짓눌리고, 날이 저물 무렵부터는 폭풍이 올까 걱정해야 할 지경이었다.

급기야 지평선 저 멀리 첫 번개가 하늘을 갈랐고, 근엄한 천둥의 괴성이 울려 퍼질 때 즈음에서야 메종 루즈에 도착한 오라스 벨몽은 완전히 탈진한 상태였다.

그는 저녁도 걸렀다. 비 내리는 소리에 다소 신경이 진정된 남자는 그대로 침대에 뻗어버렸다. 하지만 아무리 잠을 청해도 헛수고였다. 사랑하는 퍼트리샤를 품에 안았던 지난밤의 순간순간이 열에 들뜬 머릿속에 떠올랐다. 그러곤 자신이 잠든 사이 벌어졌을 일들을 이리저리 상상해보았다. 단도를 손에 든 살인자가 어둠 속에서 미끄러지듯 들어와, 어둠을 더듬으며 여자에게 다가왔고 옆에 누운 오라스 벨몽의 존재를 전혀 눈치채지 못한 채, 퍼트리샤의 가슴을 찌른 것일 테다…. 퍼트리샤는 초인적인 극기심을 발휘해, 옆의 남자까지 위험해질까 봐 꼼짝도 하지 않고 고통을 견뎠으리라…. 자신은 죽어가면서도 남자의 목숨을 살린 것이다…. 얼마나 이 오라스 벨몽을 사랑했으면…!

하지만 다른 무언가가 있었다…. 그렇게 정리하긴엔 상황이 혼란스럽고 설명이 불가능했다. 대체 그 호루라기 소리, 분명 퍼트리샤가 불어댔을 그 소리는 무엇이란 말인가? 호루라기를 불었다면 아직 살아 있다는 얘기가 아닌가…. 남자의 가슴에 희망이 움텄다…. 그래, 분명 거기에는 약간의 희망을 가지게 만들 만한 이해 불가의 요소들이 있는 것이다….

폭풍은 거세지고 있었다. 개집에서 여태껏 얌전히 있던 경비견 세 마리가 공간을 뒤흔드는 요란한 천둥소리와 함께 갑자기 미친 듯이 짖어대기 시작했다. 얼마 안 있어서는 쇠줄마저 끊어버린 듯했다. 미친개들처럼 내달리는 소리가 들리더니만 정체불명의 허깨비라도 쫓듯이 정원을 가로질러, 덤불과 나무 사이를 헤치고 농장 마당에까지 질주하는 모양이었다. 그야말로 악몽 같은 광기, 처절하면서 수수께끼 같은 혼란 상태였다.

이곳 영지가 위태로운 요새라도 되듯, 야만족의 기마병이 냉혹하게 검을 휘두르며 방어군의 전열을 향해 돌진해 오는 분위기였다. 오라스 벨몽은 밤의 어둠 속에서 환영에 시달리고 있었다. 돌진해 오는 야만족들이 타오르는 횃불과 번득이는 칼을 휘두르면서 살육과 방화를 저지르는 광경이 눈앞에 펼쳐졌다…. 여전히 광적으로 짖어대는 개들과 끔찍한 외침들… 이따금 섞여드는 사냥감의 겁에 질린 신음 소리… 그리고는 저 멀리에서 섬뜩하게 울리는 암호랑이의 포효.

오라스 벨몽은 메종 루즈 방어군의 조장들을 불러들였다. 그들 역시 잠은 자고 있지 않았지만, 도대체 무슨 일이 벌어졌는지 알지 못했다.

바깥 순찰을 시도하려 했으나 워낙 칠흑 같은 밤인 데다 퍼붓는 빗줄기 때문에 멀리 나갈 수 없었고, 무엇 하나 보이는 것도 없었다. 광풍이 정원을 휩쓸고 있었는데, 그 격렬함이 마치 옛 전설에 나오는 저주받은 사냥꾼의 험악한 진로를 연상시켰다.

여명이 폭풍의 기운을 서서히 가라앉혔다…. 개들은 아직도 무질서하게 날뛰었다. 폭풍은 잠잠해졌고 퍼붓던 폭우는 섬세한 가랑비로 바뀌어 마치 전쟁터의 뒤처리를 하듯 내리고 있었다. 아침이 밝자 어둠의 악몽이 흩어져 버리고 사람과 짐승 모두 안정을 되찾게 되었다. 경비견들 역시 이제는 가끔 그르렁댈 뿐이었다. 오히려 간밤의 광란을 보인 후엔 으레 벌칙으로 기다리는 채찍이 걱정스러운지 조심스레 굴었다. 주인은 개들에게 신경질을 쏟아부으며 가차 없이 매질을 가했다.

"대체 왜 그런 거야? 태곳적 괴물이라도 있었던 거냐? 하늘을 나는 용이라도 나타났어? 말세의 괴물이 나타났느냔 말이다…! 젠장! 이게 뭐야?"

복슬강아지 한 마리가 쓰러져 죽어가고 있었다. 머리는 깨져 있고 배는 갈라져 헤쳐진 채였으며, 다리는 바람결에 흔들리는 나뭇가지처럼 여전히 부들부들 떨리면서 풀어 헤쳐진 내장의 타래들에 뒤얽혀 있었다.

뒤팽은 그 사그마한 시체의 귀를 집아 치겨들고는 전리품을 부하들에게 흔들어 보이며 외쳤다.

"자, 이것 좀 보시게, 이 녀석들이 밤새 미친 듯 쫓아다녔던 상대가 고작 요 맹수였구먼!"

그 때, 죽은 짐승을 가만히 살펴보던 부하 한 명이 말했다.

"맙소사! 저건 '잠자는 숲 속의 미녀'의 개가 아닙니까?"

"뭐? 잠자는 숲 속의 미녀라니. 그게 무슨 소린가?"

"틀림없어요. 버려진 성에 100년 동안이나 잠들어 있는 부인 말이죠!"

"무슨 성인데?"

"절벽을 지나 숲 속에 자리한 코르네유 성이요."

"그럼, 진짜 100년 동안 잠들어 있는 여자가 그 성안에 있다는 거야…? 웬 횡설수설이야! 동화에나 나오는 얘기 아니야!"

"그건 저도 몰라요. 아무튼 성안에 잠든 여인이…."

"그 여인을 아나?"

"아무도 모릅니다. 저도 마을 사람들한테 듣기만 했는데… 워낙 이 지역에는 그 얘기가 널리 퍼져 있는지라…."

"어떤 얘기인지 한번 들어나 볼까?"

"그 여인의 조부가 대혁명 기간 동안 루이 16세와 왕가의 처형에 참여한 사람이라고 합니다. 그래서 손녀인 그 여인이 속죄하는 뜻에서 코르네유의 골고다 십자고상+字苦像 앞에 무릎을 꿇고 10년을 살았고 그 이후로는 깊은 잠에 빠져들었답니다."

"성안에 혼자서 말인가?"

"혼자서요."

"하지만 먹고 마시기는 해야 할 거 아닌가?"

"그건 모르죠."

"어디 다니지도 않고?"

"그 여자가 마을을 돌아다니는 게 가끔 사람들 눈에 띄기는 하는데 마주친 사람들 말로는 여자가 걸어 다니면서도 자고 있다더군요! 눈을 뜬 채이지만, 그 눈이 꼭 몽유병자의 눈처럼 무얼 보고 있는 것 같지는 않더라는 겁니다…. 저는 마주친 적이 없지만 분명한 듯합니다…."

오라스 벨몽은 생각에 잠겨 있다가 결론을 내렸다.

"내가 직접 그 여인을 찾아가 이 가엾은 강아지의 죽음에 대해 용서를 구해야겠네. 성이 정확히 어디에 있나?"

"오! 실은 그 성은 폐허와 다름없는 움막으로 여기저기 나무 판자들로 대충 수리되어 있습니다. 사람들이 원시림이라 부르는 숲에 둘러싸여 있지요."

"잠을 자고 있으니 사람을 맞이하지는 않겠지?"

"아주 드물게 맞는다고 하더군요. 하지만 소문에 의하면 일전에 맹수 조련사가 집행관과 함께 거길 찾아가 장터의 이동 동물원에서 도망친 암호랑이를 찾겠다고 했답니다. 온갖 곳을 샅샅이 찾았고 지역의 사냥꾼들까지 총동원하여 뒤진 끝에 마침내 코르네유 숲 속에서 호랑이를 봤다는 사람이 나왔다고 하더군요. 하지만 잠자는 여인은 집행관에게 이렇게 말했답니다. '네, 제가 거두었습니다. 총을 맞아 상처가 난 데다 난폭해져 있어요. 내 숲 속에서 상처가 아물었지만 아직도 사나워요. 자, 찾아가세요.' 여자의 말이 끝나자 집행관 역시 내뺐다는군요…."

그날 오후, 오라스 벨몽은 강아지의 사체를 짚으로 짠 광주리에 넣고 바위 절벽과 그 너머 언덕 위의 거대한 숲을 향해 떠났다. 진흙과 수레바퀴 자국이 어지럽게 난 길을 따라 물이 가득한 도랑 근처에 다다르고 나니, 떡갈나무와 덤불숲이 반쯤 덮은 담장 일부가 서 있었다. 좀 더 걸어가자 푸르른 잔디가 펼쳐져 있었고, 세월의 풍파로 잔뜩 닳아 헤진 골고다 십자고상과 함께 담쟁이덩굴로 뒤덮인, 4분의 3은 허물어진 거나 다름없는 건축물의 윤곽이 아련하게 보였다. 멀리까지 굴러간 돌덩이들 역시 담쟁이덩굴과 이끼들로 인해 사슬로 묶인 듯이 한데 뒤덮여 있었다.

그곳에는 방문자들에 대한 경고와 적의를 드러낸 표지들이 눈에 띄었다. 검은 바탕 위에 흰색 글씨로 다음과 같은 문구가 쓰인 표지판을 매단 말뚝들이 사방에 세워져 있었다.

사유지
출입 금지
개 조심
사냥용 덫 조심

눈에 보이는 문도, 출입구처럼 보이는 입구도 전혀 눈에 띄지 않았다. 가시덤불을 헤치며 이끼 가득한 계단의 흔적을 밟아가자 창문 하나에 이르렀다. 안을 들여다보니 천장도 갖춰 있지 않은 황량한 방들만 있었고, 바닥도 마찬가지로 잡초와 야생식물들과 진흙이 점령하고 있었다. 만일 그렇게 칭할 수 있다면, 오솔길이라 부를 수 있는 것이 폐허 더미 사이로 하나 꼬불꼬불 나 있었다. 그 길을 따라 오라스 벨몽이 도달한 곳은 타르 칠을 한 기다란 어느 폐가였다. 그나마 사람이 거주할 법한 것으로 보이는 곳이었다.

남자는 문을 열고는 조심스레 말했다.

"계십니까?"

건물 뒤편으로 덜컹하고 문 닫히는 소리가 들렸다.

오라스 벨몽은 야전침대가 하나 놓여 있는 비좁은 방을 가로질러 소리 나는 쪽으로 다가가다가 부엌 안으로 들어섰다. 부엌 탁자 위에는 알코올램프 위 물이 든 냄비 안에서 감자알들이 부글대고 있었고 그 옆에는 우유 대접 하나가 놓여 있었다.

불청객에 놀란 잠자는 숲 속의 미녀가 식사를 그대로 두고 도망친 듯했다.

오라스 벨몽은 길을 따라 그녀를 뒤쫓으려 했지만 이내 멈춰 섰다. 자신의 정면, 두 걸음 앞에 맹수가 콧방울을 벌름거리며 길을 가로막고 서 있는 것이었다.

8
새로운 투사

짐승의 뒤쪽, 마당 안에 숲 속 나무들이 빽빽하게 우거져 높은 담벼락을 만들어놓은 것이 눈에 들어왔다. 그 안에 협소한 틈새가 있어서 나뭇가지와 잎사귀들 속으로 어두컴컴한 터널을 만들고 있었다. 코르네유 성의 나이 든 성주는 그 탈출구를 통해 도망을 친 듯했다. 암호랑이가 여자를 그곳까지 안내한 뒤 되돌아와, 이 유쾌하지 않은 손님 앞을 가로막은 것이었다.

인간과 짐승은 한동안 꼼짝 않고 서로를 노려보았다. 먼저 거북함을 느낀 오라스 벨몽은 혼잣말하듯 이렇게 중얼거렸다.

"이봐, 뤼팽, 자네가 꿈틀하기만 해도 사납게 곤추세운 저 놈의 발톱이 자네를 할퀴고 머리통을 떼어내고 말 거야."

하지만 오라스 벨몽은 눈 한 번 내리깔지 않았다. 남자는 예상치 못한 위험 앞에 섰을 때, 특유의 냉정함을 잃지 않는 자신을 시험하는 중이었다. 그런 생각에, 덩치 큰 맹수 앞에 서서 스스로를 버텨내게 해준 이 조우가 그리 불만족스럽지는 않았다. 이보다 더 훌륭하게 의지력과 '자기 조절' 능력을 시험해볼 기회가 또 어디 있겠는가!

한 세기만큼이나 길게 느껴지는 1분이 흘렀다…. 남자는 잘 버텨내고 있었다…! 처음에는 거의 자신을 압도할 것 같은 그 공포에 맞서서 말이다. 아니, 지금은 그 공포심마저 사라졌다. 오히려 그는 상대의 도발을 기다리고 있었다… 아니, 거의 갈망하고 있었다….

반면 짐승은 인간의 의지가 투영된, 미동도 없이 자신을 쏘아보는 상대의 시선에 질겁했는지 낮게 그르렁대다가 몸을 돌려 공기 냄새를 맡고는 녹색의 수목 터널로 도망칠 낌새를 보였다. 오라스 벨몽은 호랑이에게 눈을 떼지 않고 두어 걸음 물러서서 부엌 탁자 위에 있는 우유가 든 대접을 집어 들고는, 그것을 암호랑이 쪽으로 조심스레 밀어놓았다. 암호랑이는 잠시 머뭇대다가 결심이 선 듯 다가와 우유를 핥았다. 서너 차례 혀를 움직인 끝에 대접은 깨끗하게 비워졌다. 그러자 진정이 된 듯 녀석은 수목의 터널을 형성한 틈새로 다가가 촉촉한 잔디 위로 늙은 여주인의 흔적을 찾아 킁킁댔다. 오라스는 암호랑이가 엉덩이 아래쪽을 살짝 절고 있다는 것을 눈치챘다. 경찰이 호랑이 수색을 할 당시 입은 상처 때문이리라. 그래서 코르네유 숲 속의 신비스런 은둔자에게 보살핌을 받았고 그런 그녀에게 애착을 보이는 것이리라.

또 언제 변덕을 부려 자기에게 달려들지 모를 짐승에 맞서는 상황을 피하기 위해, 오라스 벨몽은 문을 닫고 폐가를 가로질러 나왔다. 권총을 손에 그러쥔 채, 메종 루즈로 돌아오는 동안에도 수시로 등 뒤를 확인했다. 그리고 마침내 모험을 무사하고 안전하게 마친 것에 큰 만족감을 느꼈다.

이틀 후, 남자는 용기를 내어 빽빽이 우거진 숲 속으로 들어 갔고, 다시 한 번 그 이상야릇한 낡은 거처도 방문했다. 하지만 이번에는 집이 텅 비어 있었다. 잠자는 숲 속의 미녀도, 암호랑이도 만나지 못했다. 소리 내어 불러보았지만 아무 소리도 돌아오지 않았다. 그의 손에는 칼날을 예리하게 다듬은 묵직한 단도가 들려 있었다… 남자의 목적은 맹수를 유인해 배를 갈라보는 것이었다…. 그렇게 해서 희생된 퍼트리샤의 복수를 하려던 참이었다. 가만히 생각해보니 여자가 죽은 줄 알고 어리석게 그녀를 그대로 두고 곁을 떠났던 바로 그날 아침까지, 퍼트리샤가 아직 숨이 붙어 있었다는 안타까운 확신이 들었다. 암호랑이가 덮친 것은 바로 그 직후였으며, 낙엽 아래 숨겨둔 어느 은신처로 먹잇감을 끌고 가서 숨겨두었을 것이다. 오라스 벨몽은 또한 마피아노의 은신처도 찾아내 벌을 주고 싶었다. 하지만 세 일당의 존재를 드러내는 단서는 어디에도 없었다…. 그렇게 몇 시간 동안 오라스 벨몽은 복수심과 살의를 느끼며 정처 없이 헤매 다녔다.

집으로 돌아온 그는 지치고 기운이 빠져 있었다. 빅투아르는 퍼트리샤의 운명에 대해, 남자가 고백한 끔찍한 확신에 대해 그럴 리 없다는 식으로 고개를 저으며 이렇게 대답했다.

"내 생각은 변함이 없어요. 여자는 죽지 않았어요! 맹수도, 마피아노도 죽이지 않았다고요!"

오라스 벨몽은 쓸쓸한 어조로 빈정거렸다.

"그 증거는 언제나처럼 여자 특유의 직감이고요."

"그거면 충분하죠. 게다가 로돌프가 저렇게 편안히 있는 걸

봐요. 어미가 없어도 걱정하는 기색이 없잖아요. 어미를 지극히 사랑하는 데다, 예민하고 민감한 아이인데 말이에요…. 만약 어미가 죽었다면 뭔가를 느꼈을 거예요…."

벨몽은 어깨를 으쓱하며 말했다.

"예지력을 믿는 거예요…?"

"그래요!"

신념에 가득 찬 어조로 노파가 대답했다.

잠시 침묵이 흘렀다. 또다시 오라스 벨몽은 희망을 가져보았다…. 하지만 그건 미친 짓이 아닐까…? 초조해하며 그가 다시 말했다.

"그날 밤, 나는 살아 숨 쉬는 여자를 품에 안고 있었어요…. 그런데 아침에는 죽어 있는 거예요…."

"그렇죠, 하지만 그녀는 도련님이 생각한 여자가 아니었을 거예요."

"그럼 누구죠?"

빅투아르는 주위를 한 번 둘러보더니 목소리를 낮춰 말했다.

"내 얘기 좀 들어봐요. 그 시끄러운 사건이 있던 날 밤 이후, 하녀 앙젤리크의 행적이 묘연해요. 그런데 어떤 소식통에 의하면 앙젤리크가 마피아노의 정부였다는군요. 또 앙젤리크는 그 일당을 죄다 알고 있었고, 그들에게 요리도 해주고 매일 저녁 그들과 함께 어울렸다고 하더군요."

오라스 벨몽은 잠시 생각에 잠겼다.

"그럼 죽은 여인은 앙젤리크라는 거예요? 나는 오히려 다행이지만… 하지만 도대체 왜 그 여자가 퍼트리샤인 척하고 있던 거죠? 왜 그 여자가 나를 천막으로 유인한 거죠? 또 왜 마피아노가 그녀를 죽였고요…? 도대체 왜요…? 도대체 왜?"

"그거야 앙젤리크가 도련님한테 접근할 기회를 잡은 거죠… 오래전부터 그걸 바라왔던 것 같군요…. 그 여자가 심상치 않은 눈길을 흘리는 걸 몰랐나 보군요…."

"그럼 그 여자가 나를 사랑하고 있었다는 거예요? 괜히 듣기 좋으라고 하는 소리 아니에요? 마피아노가 질투 때문에 여자를 죽였다니… 딱한 놈 같으니… 진짜 여복이 없는 친구로군…. 퍼트리샤도 그렇고… 앙젤리크도… 둘 다 나를 좋아하니 말이야…. 그런데 마피아노는 왜 나를 죽이지 않은 거죠?"

"최종 분배 때 권리를 행사할 신분증을 그에게서 빼앗았다고 하지 않았어요…? 만약 죽였다가 그게 도련님 몸에 없으면 결코 찾을 수 없게 될까 봐 두려웠던 거죠…. 게다가 아무리 지독한 악당이라 해도 오라스 벨몽을 죽이는 짓은 감히 할 수 없었을 거예요…."

남자는 고개를 절레절레 저으며 말했다.

"유모 얘기가 맞을 수도 있어요…. 하지만, 그럼에도 나는 그리 신뢰가 가지는 않아요. 어쨌든 인정하죠! 추리력과 논리력은 타고났어요, 빅투아르…!"

"그럼 내 말을 믿어야 하는 거 아닌가요? 내 말에 동의하는 거죠?"

"유모의 주장은 나무랄 데가 없어요. 유모 말을 곧이곧대로 믿어요. 그 편이 훨씬 편하니까. 어쨌든 앙젤리크는 안됐네요…!"

오라스 벨몽은 퍼트리샤가 살아 있을지 모른다는 가녀린 희망에 설레면서도, 한편으로는 무참히 살해된 하녀를 애도했다.

이 같은 얘기가 오갔던 그날 밤, 오라스 벨몽은 늙은 유모가 잠을 깨우는 바람에 일어나야 했다.

그는 침대에서 몸을 일으키고는 눈을 비비면서 버럭 소리쳤다.

"아니, 또 뭡니까? 정신 나갔어요? 나한테 전해줄 새로운 여자의 직감이라도 떠오른 거예요…? 새벽 4시에 나를 깨우다니! 미친 거 아니에요? 아니면 불이라도 났어요?"

하지만 넋을 잃은 빅투아르의 얼굴을 대하는 순간 입이 다물어졌다.

유모 할멈은 흥분한 상태로 입을 열었다.

"로돌프가 방에 없어! 그 애가 그렇게 밤에 방을 비운 게 이번이 처음은 아닌 것 같다는 생각이 드네요…."

"외박을 하나 보죠! 열한 살이잖아요! 원래 젊을 땐 다 그러는 거예요. 뭐, 다소 이른 감이 있기는 하지만… 아이가 어디로 갔을 것 같아요? 파리? 런던? 아니면 로마?"

"로돌프는 엄마를 끔찍이 사랑하잖아요. 내 생각엔 아이가 엄마를 찾은 것 같아요. 그래서 둘이 만날 약속을 한 거라고요, 틀림없어…."

"하지만 어디로 나갔다는 거예요?"

"창문을 통해서. 창문이 열려 있더군요."

"경비견들은요?"

"한 시간 전쯤에 개들이 짖었어요. 아마 그때가 그 애가 떠난 시간이었나 봐요…. 그리고 사람들 얘기가 개들이 매일 새벽

5시면 짖어댄다더군요. 아마 그때가 아이가 돌아오는 시간인 것 같아요. 매일 밤 그런 식으로…."

"소설을 쓰고 있군요, 내 불쌍한 빅투아르! 어쨌든 내가 알아볼게요…."

"또 다른 소식이 있어요."

나이 든 유모는 계속 말을 이었다.

"세 명의 사내가 영지 주변을 어슬렁거리고 있어요. 난 그걸 알고 있었어요."

"빅투아르, 당신 뒤꽁무니를 따라다니는 호색한들인가 보죠."

"농담 말아요! 그자들은 경찰이었어요. 경비원들이 확인한 바로는, 그중 한 명은 도련님의 가장 지독한 적수인 베슈 반장이었대요."

"베슈가 내 적수라고요! 농담이 지나치네요! 경찰청에서 내 체포 결정을 내리지 않는 한 그럴 리 없을 텐데. 배은망덕한 놈들! 내가 얼마나 많은 도움을 줬는데."

남자는 눈썹을 찌푸린 채 잠시 생각에 잠겼다가 이렇게 말했다.

"어쨌든 일어나긴 해야겠네요…. 자, 서둘러요! 아니, 한마디만 더요…. 누가 저기 내 금고에 손을 댔어요! 암호 입력 다이얼 세 개가 흐트러져 있더군요."

"도련님과 나 외엔 이곳에 아무도 들어오지 않았는데… 내가 아니면…."

"그럼 내가 제 위치에 복귀해놓는 걸 잊었나 보죠. 분명히 말하지만 이건 심각한 거예요. 저 안에는 내 지령서들과 유언장, 여러 금고들을 열 수 있는 열쇠들과 내가 재산을 은닉한 곳을 찾아내 그 안에 든 모든 걸 빼돌릴 수 있게 하는 정보들이 가득 차 있단 말이에요!"

"성모 마리아님!"

유모는 두 손을 모으며 탄식을 터트렸다.

"성모 마리아는 그 안에 있는 것과 아무 상관 없어요. 잘 지켜야 할 사람은 바로 유모라고요. 만약 무슨 일이 생기면 큰 모험을 해야 할 거예요."

"어떤 거 말이에요?"

"유모의 처녀로서의 명예 말이에요."

오라스 벨몽은 쌀쌀맞게 내뱉었다.

그날 저녁, 오라스 벨몽은 나무 위로 올라가 정원의 농장 쪽 철책에서 망을 보기 위해 자리를 틀었다.

나뭇잎들 속에 몸을 숨긴 채, 참을성 있게 기다렸다. 그리고 이 기다림은 곧 보상을 받았다. 성당 종소리가 자정을 알리는 순간, 조심스럽고도 단호한 도약을 한 움직임이 철책 담장을 뛰어넘어 그에게서 그리 멀지 않은 곳으로 지나갔다. 커다란 맹수의 유연하고 늘씬한 자태가 분명했다. 경비견들이 개집 안에서 짖어댔다. 오라스 벨몽은 나무에서 내려와 로돌프 방의 창가 앞까지 소리 없이 달려서 접근했다.

창문은 열려 있었고 방 안은 환히 밝혀져 있었다. 2~3분이 흘러갔다. 아이의 목소리가 들려왔다⋯ 그러다 느닷없이 암호랑이가 보였다. 암호랑이는 자기가 넘어 들어온 발코니 쪽으로 다시 돌아 나왔다. 거대하고 소름 끼치는 그 녀석은 두 발로 난간 상단을 붙들고 있었다. 그 등에는 로돌프가 납작 엎드린 채 타고 있었다. 두 팔로 맹수의 목을 단단히 안은 채로… 게다가 아이는 큰 소리로 웃음을 터트리고 있었다.

짐승은 단번에 덤불 안으로 도약했고 여전히 싱글벙글 웃고 있는 아이를 등에 태운 채 성큼성큼 멀어져 갔다. 개들은 또다시 맹렬히 짖어댔다.

그때 베란다의 어둠 속에 몸을 숨기고 있던 빅투아르가 놀란 얼굴로 모습을 드러내며 말했다.

"자, 봤죠? 저 야수가 도대체 우리 가엾은 꼬마를 데리고 어디로 가려는 거죠?"

"엄마에게로 갔겠죠, 물론!"

"어쩜 저런 일이 있을 수 있죠?"

"퍼트리샤가 코르네유 성의 여주인과 함께 다친 호랑이를 간호해주었나 봐요. 암호랑이는 이미 반쯤 길이 들어 은인을 알아보고는 마치 충견처럼 애착을 느끼고 복종하는 것이고요!"

"별일을 다 보네요!"

아연한 표정으로 빅투아르가 외치자, 오라스 벨몽도 가만히 중얼거렸다.

"나도 마찬가지예요."

그는 농장을 지나 코르네유 성까지 이르는 초원을 구보로 가로질렀다. 반쯤 지워진 길의 흔적을 따라가자 폐가가 나타났고,

그 폐가의 창문을 타고 넘어 안으로 들어갔다…. 그러고는 격한 기쁨의 탄성을 내질렀다. 살롱의 안락의자에 앉은 퍼트리샤가 아들을 무릎에 올리고 온몸에 입을 맞추고 있는 게 아닌가!

오라스 벨몽은 다가가 황홀한 눈길로 여자를 바라보며 말했다.

"당신… 당신… 이런 기쁨이…! 난 감히 당신이 살아 있으리라고 꿈도 꾸지 못했어요! 대체 마피아노 손에 죽은 사람은 누구죠?"

"앙젤리크요."

"그 여자가 천막 안에는 어떻게 들어온 거요?"

"그녀가 나를 도망치게 해준 다음, 내 대신 있었어요. 왜 그랬는지는 저도 나중에 알았죠! 그 여자는 아르센 뤼팽을 사랑하고 있었던 거예요."

퍼트리샤는 미간을 찌푸리며 말을 마쳤다.

오라스 벨몽은 신경 쓰지 않는다는 듯 말을 흘렸다.

"사람을 잘못 골랐구먼."

"싸이다가(암호랑이 이름이에요) 무너진 천막 아래에서 고통스런 신음을 내고 있는 그 여자를 발견했고 그대로 물어갔어요. 내가 미처 개입할 틈이 없었어요. 정말 끔찍한 일이었죠."

퍼트리샤는 부르르 몸서리를 쳤다.

"마피아노는 어디 있습니까? 공범들은요?"

"아직도 주변을 배회하고 있어요. 다만 매우 조심스럽게요. 아! 나쁜 인간들…!"

여자는 아들을 다시 안고 열정적으로 포옹했다.

"내 아들! 내 이쁜이…! 이젠 무섭지 않지? 싸이다가 해코지 하거나 하지 않았니?"

"오! 전혀요, 엄마. 내가 흔들릴까 봐 천천히 달리던 걸요. 정말이에요… 꼭 엄마 품 안에 있는 것 같았어요."

"둘이 친해진 것 같구나. 잘됐다. 하지만 이제는 잠을 좀 자렴. 싸이다도 자야 하고. 네가 이 녀석을 잠자리까지 좀 데려다 주렴."

아이는 일어나 맹수의 귀를 붙잡고 방의 반대편 끝으로 끌고 갔다. 거기 퍼트리샤의 침대가 위치한 알코브 옆 벽장 속에 매트리스 한 개가 마련되어 있었다.

그런데 몇 걸음 따라가다가 싸이다가 아이의 뜻에 강하게 저항하며 신경질적으로 그르렁댔다. 급기야 여주인의 침대 앞에서 꼼짝 않고 멈춰 서서 엉덩이를 깔고 주저앉았더니, 납죽 엎드려 머리를 앞발에 바짝 갖다 댄 채, 꼬리로 세차게 바닥을 두드리며 그르렁대기 시작했다.

퍼트리샤가 자리에서 일어나 말했다.

"싸이다, 무슨 일이 있는 거니?"

오라스 벨몽은 암호랑이를 유심히 바라보며 말했다.

"당신 침대 밑이나 저 알코브 속에 사람들이 숨어 있는 걸 싸이다가 눈치챈 것 같은데요."

"정말이니, 싸이다?"

퍼트리샤가 놀라서 물었다.

거구의 짐승은 대답 대신 포효하는 울부짖음을 보내고는 주둥이로 침대를 물어 마구 흔들기 시작했다. 그 바람에 침대의 철제 골조가 벽에 부딪히며 소리를 냈다.

침대 아래에 교묘히 숨어 있다가 이제는 반쯤 들켜버린 사람들이 일제히 공포에 찬 비명을 내질렀다.

퍼트리샤는 침입자들을 맹수로부터 구하기 위해 뛰어들었고, 오라스 벨몽 역시 이렇게 외치며 뒤따랐다.

"자, 순순히 털어놓으시지. 안 그러면 골로 가게 될 거야! 다 합쳐 몇 명인가? 그 유명한 베슈까지 포함해서 세 명 아니야? 자, 대답하시지, 친애하는 경찰관 나리."

"그래, 날세. 베슈!"

발톱을 잔뜩 곤추세우고 그르렁거리는 싸이다의 기세에 잔뜩 주눅이 든 경찰관이 여전히 땅바닥에 엎드린 채 외쳤다.

"나를 체포하러 온 건가?"

오라스 벨몽이 계속 다그쳐 물었다.

"그러하네."

"그럼 싸이다부터 체포해야 할 거야, 친구. 얌전히 있을 걸세. 어찌 그리 배짱이 없나! 싸이다가 도망가게 그냥 둘 건가?"

"오히려 그래줬으면 좋겠네!"

베슈가 단호하게 내뱉었다.

"나는 내 다정한 친구의 뜻을 거절할 수가 없단 말이지! 자네 원하는 대로 해주겠네. 그렇게 하는 편이 낫겠어. 그렇지 않으면 자네의 그 아름다운 육신을 온전히 지켜낼 수 있을지 걱정해야 할 테니 말이야. 자, 퍼트리샤 존스턴, 당신의 그 경호원을 좀 물려주시오."

여자가 암호랑이의 머리 위에 손을 얹자, 녀석은 마치 증기

기관에서 나는 것 같은 그르렁거리는 소리를 내며 그녀에게 몸을 비벼댔다.

"로돌프! 내 아들!"

여자의 부름에 아이가 달려와 엄마 품으로 뛰어들었고, 퍼트리샤는 밖을 가리키는 몸짓을 하며 암호랑이에게 말을 걸었다.

"싸이다, 이제 너의 꼬마 주인을 다시 데려다줄 시간이야. 가렴, 싸이다! 가거라, 우리 예쁜이! 천천히, 알겠지?"

암호랑이는 지시를 주의 깊게 경청하는 듯 보였다. 그러면서 베슈 쪽으로 아쉬운 눈길을 보냈는데, 먹음직스러운 음식을 두고 떠나는 심정인 듯했다. 하지만 주인이 위임한 임무에 자부심을 느끼는지 그 말에 복종하기로 결심한 듯 얌전히 굴었다. 녀석은 한 발 한 발 로돌프에게 다가가 자신의 듬직한 등허리를 내주었다. 아이는 그 위로 올라탔고 호랑이의 머리를 가볍게 토닥이고는 목덜미를 팔로 감아 안으며 외쳤다.

"앞으로!"

암호랑이는 훌쩍 뛰어오르고는 두 번의 도약만으로 방을 벗어났다. 잠시 후, 저 멀리서 개들이 짖어대는 소리가 한밤의 공기를 갈랐다.

오라스 벨몽이 입을 열었다.

"서둘러, 베슈, 자네 친구들과 함께 깔판 밑에서 나오게. 10분 후엔 암호랑이가 돌아올 테니까. 서두르는 게 좋을 거야! 체포 영장은 가져왔나?"

베슈가 발끝으로 기어 나와 일어섰고 동료들도 마찬가지로 슬금슬금 나와 모습을 보였다.

"그럼, 늘 준비하고 있지!"

베슈가 몸에 묻은 먼지를 털며 말했다.

"그 체포 영장, 꽤나 구김이 생겼겠구먼. 싸이다의 체포 영장도 가져왔나?"

기분이 상한 베슈는 아무 대꾸도 안 했다. 오라스 벨몽은 팔짱을 끼고는 계속 말했다.

"얼간이, 그럴 줄 알았어! 관할권자의 서명이 담긴 문서도 제시하지 않고, 자기 발에 강철 족쇄를 채우는 꼴을 싸이다가 가만히 지켜보고만 있을 거라 생각했나?"

그러고는 부엌 쪽으로 난 문을 열며 소리쳤다.

"도망쳐, 애송이야! 자네의 얼간이 친구들을 데리고 썩 도망치라고! 얼룩말처럼 발이 보이지 않게 도망가시게! 첫 기차에 올라 침대에 딱 붙어 있으면서 기력 좀 회복하게! 이번에는 침대에 기어들지 말고! 친구의 진심 어린 충고를 따르게나. 꺼지게, 안 그러면 싸이다가 돌아와 점심 식사로 경찰관 비프스테이크를 먹으려고 들지도 몰라!"

애송이 경찰관 두 명은 벌써 줄행랑을 친 상태였다. 베슈도 그들의 뒤를 따르려고 하는데 오라스 벨몽이 그를 붙들며 말했다.

"한마디 더 하지, 베슈. 누가 자네를 형사로서 이름을 알리게 해줬지?"

"자네지. 늘 고마운 마음을…."

"자네는 그 고마움을 나를 체포하는 것으로 표현하는군. 좋아, 용서해주지…. 베슈, 내가 자넬 수사반장으로 임명되게 해주길 원하나(베슈는 이미 《바르네트 탐정 사무소》에서 수사반장으로 승진했다. 이 부분은 작가 모리스 르블랑의 오류로 여겨진다 – 옮긴이)? 그래…! 자, 내일 토요일 아침 11시 반에 파리 경찰청에서 만나지. 상관들에게 수사 전권을 위임받는 백지위임장을 요청하게. 자네 도움이 필요하니… 내 말 알아들었나?"

"그래. 고맙네! 고마워….'

"꺼져!"

베슈는 이미 꽁무니를 뺐다. 오라스 벨몽은 퍼트리샤를 돌아보며 물었다.

"바로 당신이 그 잠자는 숲 속의 미녀였습니까?"

"네, 저였어요. 나는 어머니 쪽으로 프랑스계예요. 이곳에 살던 노부인은 괴팍하긴 하지만 미친 사람은 아니었어요. 내 친척이죠. 프랑스에 도착하자마자 나는 그분을 뵈러 왔지요. 나를 너무도 예뻐해주셨어요. 하지만 불행히도 병으로 몸져누우시고는 이내 돌아가셨죠. 돌아가시면서 이 황량하고 낡은 폐허 같은 영지를 제게 물려주셨답니다…. 나는 이곳에 정착하기로 했어요. 그분을 둘러싸고 전해져오는 전설을 이용해 주변의 호기심으로부터 나를 보호할 수가 있었으니까요. 이 지역 사람들은 감히 이곳에 들어올 엄두를 내지 않을 테고…."

"이해가 되는군요. 나를 가까이 두려고, 내가 기어코 메종 루즈를 사들이게끔 상황을 만들어갔고…. 당신은 안전한 은신처를 확보했고, 당신 거처에서 그리 멀리 떨어지지 않은 내 집에서 로돌프가 보살핌을 잘 받고 있다는 것도 알고 있었고 말이죠…. 그렇게 된 게 맞나요?"

"맞아요. 당신 곁에서 그리 멀리 떨어지지 않은 곳에 있는 것도 행복했고요."

퍼트리샤가 눈을 내리깔며 대답했다.

남자는 품 안에 여자를 끌어안으려 한발 앞으로 다가갔다가 이내 자신의 감정을 억눌렀다. 젊은 여자가 부드러운 감정 표현을 받아들일 채비가 되어 있지 않은 듯 보였기 때문이다.

"싸이다는 어떻게 된 겁니까?"

"생각보다 간단한 일이에요. 장터 이동 동물원에서 도망친 다음, 호랑이 수색 때 상처를 입고는 이곳으로 피해 왔다가, 내가 발견해서 붕대를 감아주고 돌봐줬어요. 은혜를 알고는 그 이후부터 충성심 가득한 애정을 바치고 있고요. 녀석의 보호 덕분에 이제는 마피아도 무섭지 않아요."

오라스 벨몽은 잠시 침묵하다가 퍼트리샤에게 몸을 기울이며 말했다.

"이렇게 다시 만나 너무도 기쁩니다, 퍼트리샤! 당신이 죽은 줄 알았어요…. 왜 진작 나를 안심시켜주지 않은 겁니까?"

약간의 비난조로 남자가 물었다.

여자는 한순간 아무 말 없이 눈을 감았다. 여자의 굳은 얼굴에는 적의까지 감돌고 있었다.

마침내 퍼트리샤가 대답했다.

"당신을 더 이상 보고 싶지 않았어요. 당신이 다른 여자와 밤을 보냈다는 사실을 잊을 수가 없었어요…. 네, 그날 저녁… 천막 안에서…."

"하지만 나는 그게 당신이라고 생각했어요, 퍼트리샤."

"그렇게 생각하면 안 되었던 거예요! 내가 당신을 용서할 수 없는 건 바로 그 때문이에요! 나를 그런 여자로 착각했다는 거요! 마피아노의 정부이자 하녀이고 그 악랄한 공범들과 놀아나는 여자 말이에요! 어떻게 내가 처신을 그렇게 함부로 하리라 생각할 수 있는 거죠? 당신의 머릿속에 그런 생각이 있었다는 걸 내가 어떻게 지울 수 있겠어요?"

"보다 아름다운 생각으로 대체하면 되잖습니까, 퍼트리샤."

"더 아름다운 생각은 이제 없을 거예요. 생각 자체가 없을 거니까요. 당신은 나를 못 여자로 취급했어요…. 나는 그런 여자와 경쟁하고 싶지 않아요…!"

여자의 질투에 오라스 벨몽은 기쁨에 벅찼고, 그녀 곁으로 다시 다가가 이렇게 속삭였다.

"경쟁이라니… 당신, 퍼트리샤가? 말도 안 돼! 당신과 경쟁할 수 있는 상대는 존재하지 않아요! 내가 열렬히 사랑하는 건 당신! 당신, 퍼트리샤밖에 없어요! 진실한 사랑! 유일한 사랑이라고!"

열에 들뜬 남자는 여자를 품 안에 안고 격렬하게 포옹했다. 성이 난 여자는 용서하고 싶지 않은 마음에 거부의 몸부림을 쳤고, 스스로 점점 약해져 간다는 것을 느끼는 만큼 일부러 더 저항했다.

"나를 놔줘요! 당신을 증오해요. 당신은 나를 배신했어!"

여자는 어쩔 도리가 없는 것을 알면서도 마지막 힘을 다해, 몸을 떨며 상대를 밀쳤다. 하지만 남자는 팔의 힘을 풀기는커녕 얼굴을 갖다 대는 것이었다.

그때 창문 문짝 두 개가 덜커덩 소리와 함께 요란하게 열렸다. 돌아온 암호랑이가 방 안으로 뛰어들고는 금방이라도 달려들 자세로 두 눈동자를 초록빛 별처럼 번뜩이고 있었다.

오라스 벨몽은 퍼트리샤를 놓아주고는 몸을 다시 일으켜 맹수의 눈동자를 쏘아보며 부드럽고 조심스러우면서도 다소 나무라는 투로 이렇게 말했다.

"자, 너로구나. 내가 보니 너와 상관없는 일에 끼어들려 하는 것 같구나. 자, 퍼트리샤, 당신의 작은 고양이가 제대로 훈련된 게 맞소? 맙소사, 존중받는 방법도 여러 가지군! 좋아, 좋아…. 존중해드리지! 다만 나도 우스운 꼴 되고 싶지는 않소. 게다가 내가 사랑하는 여인이 나를 조롱하고 있으니…."

남자는 호주머니에서 늘 지니고 다니는 크고 날카로우며 묵직한 잭나이프를 꺼내 들고는 칼날을 폈다.

"지금 뭐하는 거예요, 오라스?"

기겁한 퍼트리샤가 외쳤다.

"당신의 사랑스런 보디가드 앞에서 내 존엄성을 수호하려는 겁니다. 나는 이 녀석이 오라스 벨몽은 쫓아버리면 그만인 애송이구나 하는 생각을 갖길 원하지 않아요! 지금 당장 이 고양이가 보는 앞에서 내게 키스해주지 않으면 나도 저 녀석의 배를 가르겠어요. 꽤 치열한 전투가 되겠지! 이해했습니까?"

퍼트리샤는 망설이면서 얼굴을 붉히다가 결국 몸을 일으키고는 남자의 어깨에 몸을 기대며 입술을 내밀었다.

"세상에나, 이제야 명예가 회복되었군! 종종 이런 식으로 내 명예를 존중해주길 바랄 뿐입니다!"

퍼트리샤가 중얼거렸다.

"당신이 저 짐승을 죽이도록 둘 수 없었어요. 싸이다가 나를 보호해주지 않으면 어떻게 되겠어요?"

"내가 저 녀석한테 당했을지도 모르죠… 그 점에 대해 당신은 별로 개의치 않나 봅니다."

오라스 벨몽이 반박하며 그답지 않게 침울한 목소리로 마지막 말을 덧붙였고, 여자는 가슴 깊이 찡한 느낌이 들었다.

"그렇게 생각하세요?"

얼굴이 좀 더 발갛게 달아오른 여자가 중얼거리듯 물었다.

하지만 이내 감정을 추슬렀다. 잔인한 모욕이라 여겼던 일에 대한 기억이 아직 가시지 않은 것이다. 여자는 암호랑이에게 다가가 머리에 손을 얹고 말했다.

"얌전히 있으렴, 싸이다!"

맹수는 그에 대한 답으로 나른한 그르렁거림을 보냈다.

오라스 벨몽 역시 마음을 추스른 듯한 모습으로 퍼트리샤의 말을 되풀이했다.

"그래, 얌전히 있어야 한다, 싸이다. 이 아저씨가 한바탕 소동을 벌이지 않고 떠나도록 말이다! 안녕, 정글의 여왕님! 난 네 줄무늬만 보면 얼룩말이 연상돼. 하지만 꽁무니를 빼는 건 바로 나로군."

남자는 모자를 푹 눌러썼다가 암호랑이 앞을 지나면서 모자를 살짝 들어 정중한 인사를 전했다. 밖으로 나서려던 순간 그는 다시 돌아서서 퍼트리샤에게 외쳤다.

"곧 봅시다, 퍼트리샤! 당신은 마법사요. 싸이다 곁에 있으니

야수를 길들이는 미녀처럼 고대 여신 같은 분위기를 풍기는구려… 나는 여신을 정말 사랑하거든, 맹세하리다! 또 봐요, 퍼트리샤!"

오라스 벨몽은 서둘러 메종 루즈로 돌아왔다. 빅투아르는 문과 창문 모두를 굳게 닫아건 커다란 거실에서 기다리고 있었다. 주인의 발소리가 들리자, 유모는 허겁지겁 달려 나왔다.

"로돌프가 왔어요! 호랑이가 태우고 돌아왔는데, 지금쯤 벌써 잠들었을 거예요."

"암호랑이하고 별일 없었어요?"

"오! 다 잘 지나갔어요. 서로 한마디도 하지는 않았지만 말이죠. 혹시 몰라서 큼직한 재봉용 가위들을 준비해두고 있었지요."

"가엾은 싸이다! 큰일 치를 뻔했구먼! 호랑이 가죽으로 침대 밑 바닥 깔개라도 만들려고 했던 거예요, 빅투아르?"

"두 개는 충분히 나오겠던데. 그 맹수, 정말 몸집 한번 거대하더군요. 그런데 무척 온순한 것 같았어요."

"사랑스럽죠."

오라스 벨몽이 웃으며 맞장구쳤다. 그리고 다시 말을 이었다.

"빅투아르, 아주 중요한 얘기를 할 게 있어요!"

"지금 이 시간에? 내일까지는 못 기다리는 건가요?"

놀란 표정으로 유모가 물었다.

"네, 그럴 수 없어요. 여기 내 옆 소파에 좀 앉아요."

둘은 나란히 앉았다. 잠시 침묵이 흘렀다.

오라스 벨몽의 엄숙한 분위기에 빅투아르는 다소 의아한 표정이었다.

남자는 이야기를 꺼냈다.

"모든 역사학자들은 나폴레옹 1세가 가장 위대했던 시기가 바로 그의 치세 말년이라는 데 동의합니다. 나폴레옹의 군대도 1814년 프랑스 원정 때에 그 기세가 절정에 달했고요. 그를 무너뜨린 건 바로 일련의 배신들 때문입니다. 라이프치히 전투의 패전은 베르나도트(나폴레옹 휘하의 지휘관이었으나 배신하고 라이프치히 전투에서 프랑스군 격파 작전을 제안했음. 스웨덴 현現 왕가인 베르나도트 왕조의 시조 – 옮긴이)가 적과 내통했기 때문이죠. 또한 모로 장군(프랑스의 명장으로 나폴레옹의 견제를 받아 미국으로 망명함 – 옮긴이)이 수아송을 넘겨주지 않았다면 블뤼허(프로이센의 명장으로 대 프랑스 전쟁에서 전공을 세운 인물 – 옮긴이)는 진작에 무력화되었을 겁니다. 파리 함락도 마르몽(나폴레옹의 동지이자 친구였으나, 나폴레옹을 배신하고 휘하 전군을 이끌고 연합군에 투항함 – 옮긴이)의 획책이 없었더라면 불가능했을 테죠. 제 생각에 동의하죠?"

늙은 유모는 어리둥절한 표정으로 눈만 끔벅였다.

오라스 벨몽은 매우 진지한 어조로 말을 이었다.

"제가 지금 그 지경에 처해 있어요, 빅투아르. 샹포베르와 크라온, 몽미라이에서 승승장구하며 승전가를 울렸죠. 하지만 이젠 조금씩 떠밀리고 있어요. 패배가 임박해 있어요. 그동안 쌓아 올린 나의 제국, 나의 재산이 조만간 적의 수중으로 넘어갈 상황이에요. 저들 쪽에서 한 번만 더 용을 쓰면 나는 그대로 무너져서 무기력하게 패배하고 빈사 상태에 빠지게 될 거라고요… 세인트 헬레나처럼 말이죠….”

“그럼 누가 배신을 한 거죠?”

“네. 전에 내가 얘기한 거 말이에요. 이제 확신을 갖게 되었어요. 누군가 내 방에 들어왔고 금고를 열어 내 전 재산을 마지막 한 푼까지 죄다 털어갈 수 있게 해줄 서류들과 열쇠들을 훔쳐 갔어요. 약탈이 시작되었어요.”

“누가 도련님 방에 들어갔다는 거죠? 확실한 건가요? 누가…?”

빅투아르는 말을 더듬거렸다.

“모르겠어요.”

오라스 벨몽은 그녀를 지그시 바라보며 이렇게 덧붙였다.

“빅투아르, 짚이는 사람 없어요?”

순간 노파는 무릎을 털썩 꿇고 흐느끼기 시작했다.

“나를 의심하는 건가요! 아, 그럴 바엔 차라리 죽는 편이 낫겠군요…!”

“유모가 금고를 열었다고 의심하는 건 아니에요. 하지만 누군가 집에 들어오게 해서 내 방을 뒤질 수 있게 해주지 않았나 하는 생각이 들어요. 사실인가요? 솔직히 대답해줘요, 빅투아르!”

“그래요.”

노파는 두 손에 얼굴을 파묻으며 털어놓았다.

“누가 왔었나요? 퍼트리샤 아닌가요?”

오라스 벨몽은 너그러운 손길로 늙은 유모가 떨군 고개를 다시 올려주었다.

"맞아요. 며칠 전 도련님이 집을 비웠을 때 찾아왔어요. 아들을 본다고요. 한동안 둘이 방 안에만 틀어박혀 있었어요. 하지만 그 여자가 어떻게 자물쇠 비밀번호를 알 수 있었을까? 나도 모르는 건데… 도련님 말고는 아는 사람이 없잖아요…."

"그건 신경 쓸 거 없어요. 이제야 명확하게 보이기 시작하는 군요. 그나저나 자, 빅투아르. 퍼트리샤가 왔다는 걸 왜 진작 나에게 알리지 않았나요? 살아 있었다는 걸 알았더라면…."

"그 여자는 도련님께 알리면 도련님이 죽음에 처할 수도 있다고 했어요. 절대로 입을 열지 않기로 맹세까지 시켰죠."

"대체 뭘 걸고 맹세를 했어요?"

"내 영혼의 구원을 걸고 했죠."

노파는 한숨처럼 내뱉었다.

오라스 벨몽은 잔뜩 화가 나 팔짱을 끼고 말했다.

"그러니까 지상에서의 내 안위보다 저승에서의 당신 영혼이 중요했다는 거죠? 나에 대한 의무보다 당신 영혼의 구원이 더 중요했다, 이거네요?"

늙은 유모는 눈물을 펑펑 쏟았다. 빅투아르는 여전히 무릎을 꿇고 얼굴은 두 손에 묻고 구슬피 흐느껴 울었다.

갑자기 오라스 벨몽이 벌떡 몸을 일으켰다. 누군가 거실 문을 두드린 것이다. 그는 문가로 다가가 문은 열지 않은 채 널빤지 너머로 소리쳐 물었다.

"누구지?"

조장들 중 한 명의 목소리가 답했다.

"두목, 누가 뵙자고 합니다."

"그자가 지금 거기 있나?"

"네, 두목!"

"좋아. 만나겠네. 자넨 위치로 돌아가 있도록, 에티엔."

"네, 두목!"

발소리가 멀어져 가자, 오라스 벨몽은 여전히 문은 열지 않고 이렇게 외쳤다.

"자넨가, 베슈?"

"그래. 내가 돌아왔네. 분명히 해둘 게 있어서."

"영장 말인가?"

"바로 그거네!"

"가져왔는가?"

"가져왔지."

"문 아래로 밀어 넣게. 고맙네, 친구."

공식 문서 한 장이 문 아래로 미끄러져 들어왔고 오라스 벨몽은 몸을 숙여 그것을 집어 들고는 주의 깊게 살폈다.

"완벽하군! 완벽해! 형식을 제대로 갖췄어. 한 가지만 빼고."

오라스 벨몽이 목소리를 높여 말하자 당황한 베슈가 물었다.

"그게 뭔가?"

"종이가 찢어졌네, 친구!"

오라스 벨몽은 영장을 네 조각으로, 그다음엔 여덟 조각으로, 그러곤 열여섯 조각으로 박박 찢어버렸다. 그러곤 그것들을 공처럼 둥글게 말아 쥐고는 문을 열었다.

그리고 손에 쥔 것을 베슈에게 내밀며 말했다.

"자, 여기 있네, 친구."

"아! 아…! 이런… 이건… 이럴 순 없어."

베슈는 화가 나 어쩔 줄 몰라 하며 더듬거렸다. 오라스 벨몽은 진정하라는 몸짓을 하며 타일렀다.

"그렇게까지 소리 지를 것 없네. 품위 있는 사람이 취할 행동이 아니지. 자, 다른 질문으로 넘어가세. 자네 차 가지고 왔나?"

"그래."

언제나 오라스 벨몽의 냉정한 태도 앞에 깊은 인상을 받고마는 베슈가 얼떨결에 대답했다.

"나를 경찰청으로 데려다주게. 알다시피 지금은 자네의 수사반장 임명을 위해 손을 써야 하니까. 아, 잠깐만 기다려주게."

"어디 가는 건데? 우린 단 한 순간도 자넬 놔주지 않을 거야."

"코르네유 성에 퍼트리샤를 보러 가려고. 할 얘기가 좀 있거든. 같이 갈 텐가?"

베슈는 단호하게 대답했다.

"싫어!"

"잘못 생각하는 거야. 싸이다는 꼼짝도 하지 않을 거야. 녀석을 똑바로 쏘아보면 결코 함부로 굴지 않거든."

"분명히 말하지만, 나와 내 동료들은 그 녀석과 똑바로 마주할 생각이 전혀 없네."

"뭐, 각자 취향이 있으니. 그럼 코르네유 성 방문은 다른 날로 미뤄야겠군. 자, 신사분들, 난 이제 준비되었소."

오라스 벨몽은 다정하게 베슈의 팔짱을 꼈다. 두 사람은 현관에서 대기하고 있던 다른 두 경찰관과 함께 철책 문으로 향했다. 아침이 밝은 지 이미 오래였다. 그들은 길가에서 기다리고 있던 경찰차에 올라탔다. 오라스 벨몽은 유쾌한 기분이었다.

아침 9시, 베슈의 중재로 경찰청장과 면담을 가졌다. 경찰청장은 경찰행정에 엄청난 도움을 주어왔던 이 부유하고 영향력 있는 신사, 오라스 벨몽 백작을 정중히 맞이했다.

점잖은 분위기 속에서 진행되던 긴 토의를 마친 후, 오라스 벨몽은 경찰청을 나섰다. 베슈의 승진을 따낸 것이다. 아울러 유용한 몇 가지 정보들을 제공했고, 또 그만큼의 값진 정보를 얻어냈다. 타협이 완벽하게 이루어진 것이다.

9
금고

오라스 벨몽은 차 안에서 가짜 수염을 붙이고 거북 등껍질 테에 색이 약간 가미된 안경을 착용했다.

10시를 알리는 종소리와 더불어 길가에 차가 멈춰 섰고, 마지막 종소리와 함께 오라스 벨몽은 앙젤만 은행의 문턱을 넘고 있었다.

높다란 궁륭 아래에서 두 명의 은행 경호원이 회원증 제시를 요구하고는 이를 확인했다.

현관에는 영국 경찰 같은 건장한 체격의 거구 네 명이 보초를 서고 있었다. 다시 한 번, 신분증 확인과 점검이 있었다.

오라스 벨몽이라는 이름으로 엄격한 신분 확인과 통과 절차가 마무리되고 나서야, 아르센 뤼팽은 경비원들의 안내를 받으며 화려한 대리석 층계로 향했다. 계단 아래 1층, 철제 덧문까지 삼엄하게 드리워진 육중한 철문 앞에서 걸음을 멈춘 경비원들이 특이한 박자로 다섯 번 문을 두드렸다. '똑… 똑똑똑… 똑.' 이어 누군가 빗장을 푸는 소리와 함께 철책 문이 하나 열리면서 지하 금고실로 이어진 홀이 나타났다.

이 길 외에 다른 통로로는 금고까지 도달할 수 있는 방법이 전혀 없었다. 먼저 철책 문을 지나, 이어서 홀의 반대편 끝으로 통하는 청동 문을 통과해야 하는 것이다. 쇠못으로 장식한 참나무로 이루어진 격자천장과 강판을 입힌 벽이 인상적이었다.

홀에는 40여 명의 남자들이 벽을 따라 배치된 안락의자에 앉거나 사무직원들이 차지하고 앉은 좁은 단상 주위에 모여 있었다. 사무직원들 가운데 얼굴이 창백하고 야윈 몸에 차가운 눈빛을 한 어떤 젊은이가 눈길을 끌었다. 그는 프랑스 혁명기의 멋 부리기 좋아하는 왕당파처럼 멋을 내고는 로베스피에르 같은 태도를 보였다. 외눈 안경과 지팡이, 벨벳 재질의 넓은 옷깃을 한 프록코트, 부자연스러운 넥타이 차림이었다.

나머지 40여 명은 하나같이 우락부락한 체격, 네모진 턱, 거칠고 투박한 낯짝들이었다.

최종 도착자를 알리는 종소리와 함께 모두가 일사불란하게 자리에서 일어났다.

오라스 벨몽은 비웃는 듯한 미소를 흘리며 그들을 관찰했다. 그러고는 비꼬듯 과장된 찬사를 보냈다.

"이야, 갱단 친구들이 죄다 모여 있네!"

분위기가 어수선해졌다. 40명 모두 기분이 상한 듯했다. 특히 갱단이라는 표현이 듣기 거북했던 모양이었다. 투덜거리는 웅성거림이 일었다.

하지만 단상에 있던 창백한 얼굴의 젊은이가 개입했다. 그는 페이퍼 커터로 탁자를 두드려서 좌중을 조용하게 유도하며 말했다.

"저분을 용서해드립시다. 우리가 어떤 사람인지 몰라서 하는 얘기입니다. 저분이 바로 일전에 맥 앨러미 씨에게 우리의 이익에 필요한 정보들을 넘긴 프랑스 통신원입니다."

그리고 이내 젊은이는 가냘픈 목소리로 이야기를 시작하며, 주먹으로 단상을 쾅쾅 치는 행동과 준엄한 태도를 보이며 나약한 모습을 보완하려 애썼다.

"여러분, 오늘이 바로 집행위원회에서 미리 공지해드린 첫 총회 개최 날입니다. 이날을 맞아, 초기 멤버로 참여해 우리 대열을 강성하게 해온 여러분께 몇 가지 설명을 드리는 바입니다.

아시다시피 우리 단체는 수 세기 전, 르네상스 시대의 혼란 속에서 위협받는 교황의 권위를 수호하고자 한, 기독교 정신이 투철하고 용기가 충만한 사람들에 의해 결성되었습니다. 당시 교황은 프랑크나 게르만 등 북방 야만족들에 대항하여 남쪽 라틴 문명의 정신을 수호하려 힘을 쏟았습니다…. 그 단체가 지금에 이르러 저명인사이자 절친한 친구인 두 신사분에 의해 새롭게 세워지고 부활하게 된 겁니다. 따라서 두 분을 향한 감사와 애정 어린 충성심으로 이분들에게 합당한 경의를 바칩니다. 이 두 분은 제임스 맥 앨러미와 프레데릭 필즈입니다! 두 분은 현대인의 생활을 잘 이해하여 우리의 기본 원칙을 상황에 따라 적절하게 응용하고 제반 규약들을 강화하면서도 함께 노력해 추구해야 할 목표를 설정해주셨습니다. 행동 대원, 즉 투사들을 견고한 도덕성과 독립성을 갖춘 상위 임원들의 통솔 아래 조직화한다는 독창적 발상 역시 두 분의 아이디어였음을 밝힙니다. 그리하여 탄생한 것이 C.O.D.I.로, 바로 '전체 규율 및 징

계위원회Le Conseil de l'Ordre et de la Discipline Intégrale입니다. 바로 이 위원회를 현재 우리가 구성하고 있는 것입니다. 여기에 모여주신 40명의 회원들은 타인의 나약함은 물론이고 우리 자신의 결함에 대해서도 한 치의 연민을 허용하지 않는 최초의 청교도인들처럼 냉철하고 준엄한 정신으로 무장하고 있습니다. 언제나 냉철함과 자유의지 속에서 분별하고 판단하며 처단하는, 이른바 40명의 지옥의 사자들이죠. 그래야만 양심의 가책 따위는 신경 쓰지 않고 무슨 짓이든 할 하수인들을 부릴 수 있으며, 11인의 기본 위원회를 통제하고, 공공의 노력을 바탕으로 한 이득을 정당한 자기 몫으로 나눠 가질 수 있는 것입니다. 이 이득에 관해서는, 우선 C.O.D.I.가 50퍼센트를 취하고 난 나머지 50퍼센트가 세계 각지에 흩어져 활동 중인 회원들 몫으로 돌아갑니다. 착오란 있을 수가 없습니다. 특혜도 불공평도 없습니다. 이익 분배에 관한 장부는 언제든 공개가 가능합니다. 회계 절차에 대해서는 우리 중 어느 누구라도 확인을 요청할 수 있습니다. 도덕성과 통제력, 규율과 징벌을 원칙으로 하는 C.O.D.I.는 마피아 단체의 부활을 선도한 초기 11인 멤버의 위원회 고유 권한을 현재도 고스란히 이어가고 있습니다. 이들은 본디 우리 조직의 밑그림을 제시했고, 그들의 노고로 조직을 풍요롭게 만들어왔습니다. 이들 11인은 신성한 영감을 받은 예언자들이자 존경받아 마땅한 선구자들입니다. 그들 중 일부는 실수와 비행으로 비난받은 일이 있기는 했지만, 전체적으로는 우리 모두의 감사를 받기에 부족함이 없습니다. 그들 개개인의 사업 성과가 조직 전체에 얼마나 큰 이익을 안

겼는지, 그들 덕분에 여러분의 생활 수준이 얼마나 개선되었는지는 모두가 다 알고 있습니다. 그들 개개인의 눈부신 활약상이나 풍요로운 업적, 아무도 모르게 착복할 수도 있었던 전리품을 1년 전부터 중앙 재정에 그대로 축적시켜온 그 높은 정직성에 관해 이 자리에서 세세히 말씀드리지는 않겠습니다. 새삼 그들을 칭송할 필요가 없을지도 모르겠습니다. 모두가 정직한 사람들이기에, 그런 행동이 그들에게는 자연스럽고 단순한 일이었을 테지요. 마피아는 그들에게 대범한 행동과 신속한 활동을 가능케 하는 방안들을 제공했습니다. 그렇기에 그들은 왕성한 활동으로 성공을 쟁취한 데 대한 자부심과 더불어 마피아를 풍요롭고 강성하게 만든 것을 자랑스러워하는 것입니다. 그들의 계산은 돈 한 푼까지 정확합니다. 이 자리에서 우리 모두 그들에게 찬사를 바칠 것을 제안합니다. 영속하는 것이란 언제나 정의와 진실 위에서만 바로 설 수 있기 때문입니다. 마피아 초기의 동지들 가운데에서도 특히 이 자리에서 의지력과 실천력을 더욱 칭송하고자 하는 두 사람이 있습니다. 바로 맥 앨러미와 프레데릭 필즈입니다. 소규모 사업들은 작은 범주 안에서 행해지다 보니 성과 또한 미미할 수밖에 없습니다. 우리가 구성한 단체에는 개개인의 창의력을 끌어올리고 상상력을 살찌우는 원대한 목표가 필요한 법입니다. 그 목표를 맥 앨러미는 전광석화 같은 계시에 힘입어 우리에게 제시해주었습니다. 폴시너! 이 마법의 암호는 초기부터 우리의 귓가에 맴돌았던 단어입니다. 우리의 옛 동지였지만 지금은 가증스럽고 가공할 만한 적이 되어버린 퍼트리샤 존스턴이 그 숨은 의미를 만천하에 폭로했습니다. 마피아 대 아르센 뤼팽, 이것이 바로 우리 과업의 놀라운 진실입니다! 아! 〈알로 폴리스〉를 창건한 청렴과 정직의 상징인 맥 앨러미께서 뤼팽에 대한 증오심을 내게 불 뿜듯 토로하던 그때가 아직도 생생합니다! 뤼팽은 가장 돈이 많고 능수능란하며 약은 범죄자이면서도 사람들로부터 가장 많은 사랑을 받는 인물이기에, 그만큼 더 위험하고 가증스러운 존재였습니다. 다시 한 번 되풀이해서 강조하겠습니다. '가장 돈이 많다'는 겁니다. 맥 앨러미의 얘기에 의하면 뤼팽의 어마어마한 재산은 비참하게 살아가는 정직한 자들의 삶에 대한 모욕이나 마찬가지입니다. 따라서 바로 그의 재산을 빼앗아야겠다는 말씀이었죠. 아르센 뤼팽 같은 자가 백만장자 또는 억만장자라는 사실은 다름 아닌 우리 시대의 수치가 아닙니까? 그같은 파렴치한 일들이 버젓이 행해지는 것은 우리 문명이 썩을 대로 썩었다는 것을 의미합니다. 과거, 지나간 시절의 부를 멋대로 훔치고, 로마의 보물 같은 이미 사장된 재물을 몰래 발굴해 자기 것이라 여기는 걸 한번 상상해보십시오. 프랑스 제왕의 보물이나 중세 수도원의 숨겨진 재화가 이 사기꾼의 수중에 흘러 들어가 있다는 사실을 말입니다! 이로 인해 얼마나 엄청난 힘을 누리겠습니까! 고갈되지 않는 자산과 용납할 수 없는 막강한 권력을 휘두르며 말이죠! 하지만 그것을 압수하는 것이 가능해졌습니다. 제가 돈을 주고 사들인, 그 일부는 이미 확인된 일련의 비밀 정보에 의하면, 아르센 뤼팽이 다이아몬드를 비롯한 온갖 보석들과 세계 각국의 영지와 별장, 저택, 궁전 등의 건축물, 동산, 부동산을 망라한 모든 자산을 죄다 미국 금화로 전환했다는 것입니다. 그 결과 프랑스에는 프랑스 국립은행과 '아르센 뤼팽 은행', 즉 프랑스 국고와 아르센 뤼팽의 금고가 존재한다는 말까지 돌고 있습니다. 그 '아르센 뤼팽 은행'이 바로 이곳, 앙젤만 은행입니다. 즉 뤼팽의 금고는 지금 우리 곁에, 이 요새 같은 금고실에 있는 것입니다. 이를 개봉하는 열쇠와 암호가 지금 우리 수중에 있습니다. 달러와 금괴, 금화… 이 모든 게 지금 우리 손에 있습니다. 이는 맥 앨러미의 작품인 동시에 본인의 작품이기도 합니다. 제가 심혈을 기울여 일궈낸 작품이고, 그렇기에 이 자리에 모두를 소집해 본인의 정직성과 세심함을 입증하려는 것입니다. 자, 여기 열쇠들이 있고 종이 위에 암호가 적혀 있습니다. 자, 이제 결연한 각오로 중무장한 40명의 건장한 사내들과 아르센 뤼팽의 수십억 달러 사이에는 아무런 장애도 존재하지 않습니다!"

박수갈채 소리가 홀을 뒤흔들며 치솟았다가는 잠시 잠잠해지는가 싶더니, 다시 불붙어서 엄청난 기세로 타오르는 모습이 끝없이 계속되었다. 허공에 모자들이 날아다니는 가운데 마피아노가 지팡이를 휘두르며 소리치는 모습이 보였다.

"앨러미 만세! 필즈 만세! 만세!"

창백한 얼굴의 젊은이는 정숙을 요구하며 성공의 영광에 도취된 듯한 목소리로 얘기를 이어갔다.

"본 회의의 의장으로 이처럼 화합하는 분위기와 성공적으로 사업 보고가 이행되는 것을 보고 있자니 기쁘기 그지없습니다. 자, 모든 이야기는 끝났습니다. 말도 행동도 충분했습니다. 이제 금고에 집중합시다. 단, 금고를 개봉하기 전에 각자 나눌 몫을 명확하게 밝히기 위해 권리 소유자 명단을 공개하는 것이 적합하리라 생각합니다."

젊은이는 또박또박 한 번씩 끊어가면서 명단을 불러나갔다.

"1번 제임스 맥 앨러미?"

마피아노가 대신 대답했다.

"의문의 살인 사건 희생자요. 신분증은 분실되었소."

"2번 프레데릭 필즈?"

"의문의 살인 사건 희생자요. 신분증은 분실되었소."

마찬가지로 마피아노가 대답했다.

"3번 마피아노?"

"여기요."

시칠리아인은 대답과 동시에 연단 위로 뛰어올랐다.

"신분증은?"

"도둑맞았소."

"차후에 검토하여 C.O.D.I.에서 결정할 사안입니다. 계속합니다. 4번? 5번?"

"하나는 포츠머스에서, 다른 하나는 파리에서 각각 살해되었소. 신분증은 도난당했소."

"6번?"

"여기요. 신분증은 도둑맞았습니다!"

또 다른 참석자가 외쳤다. 그자가 오퇴유와 메종 루즈에서 마피아노와 함께 자신과 퍼트리샤를 습격했던 부하 중 하나라는 것을 아르센 뤼팽은 즉각 알아챘다.

"7번? 8번?"

또다시 마피아노가 대답했다.

"사흘 전부터 실종 상태입니다. 신분증은 그 전에 도난당했고요!"

"9번? 10번? 11번?"

아무 대답이 없었다.

젊은 의장은 상황을 이렇게 정리했다.

"초기 멤버 열한 명 중에는 단 두 명만 참석했군요. 네 명은 사망, 다섯 명은 실종, 그리고 여섯에서 어쩌면 여덟에 이르는 회원의 신분증이 도난당한 상황입니다. 오늘 소집에 응하지 못한 회원은 자동적으로 권리를 박탈당하게 됩니다. 따라서 아무런 정보가 없는 마지막 세 명의 명단을 다시 한 번 호명하도록 하겠습니다."

그는 약간 뜸을 들이고는 천천히 번호를 불렀다.

"9번…? 10번…? 11번…?"

목소리 하나가 외치듯 대답했다.

"여깁니다, 11번!"

여기저기서 웅성거림이 일었다.

"누구십니까?"

의장이 물었다.

덥수룩한 수염에 색안경을 낀 참석자 하나가 군중을 헤치며 밖으로 나왔다.

"누구냐고요? 방금 당신이 호출한 11번이오."

"신분증을 보여주시오."

"여기 있소."

남자는 창백한 안색의 젊은이 앞으로 신분증을 내밀었다.

"폴 시너, 11번…. 틀림없는 맥 앨러미의 필체 맞습니다. 정식 회원임을 인정합니다…. 그런데 누구신지?"

"방금 당신이 언급한 정보들을 제공한 사람입니다. 그것들이 이 과업의 토대가 되었죠."

"여기서 당신을 아는 사람이 있습니까? 누가 당신을 보증하죠?"

젊은이의 질문에 마피아노가 이 수상쩍은 11번에게 분노가 가득한 시선을 보내며 외쳤다.

"내가 알죠! 이자가 바로 분실된 신분증들을 죄다 챙긴 장본인이라는 것을 보증하지요!"

그러자 색안경을 낀 상대 역시 응수했다.

"그럼 마피아노 자네는 내가 보증하지. 맥 앨러미와 프레데릭 필즈의 살해범으로 말이야!"

좌중에 소란이 일기 시작했다. 의장은 모두를 진정시키려 애를 썼다.

"두 회원 간에 어떤 분쟁의 소지가 있는 듯하니 이 역시 추후에 C.O.D.I.에서 규명될 것입니다. 지금은 금고를 개방할 때입니다."

그때 11번이 다가오더니 단상으로 뛰어올라 크고 분명한 목소리로 이렇게 외쳤다.

"나는 이 금고 개방을 정식으로 반대하오!"

젊은 의장이 혼란스러워지는 상황을 무마하려 애처로운 노력을 기울이면서 물었다.

"무슨 자격으로 반대하는 거요?"

"나 스스로의 자격으로. 게다가 열한 장의 신분증이 아직 제대로 확인되었다고도 볼 수 없는 상황입니다."

"방금 전부 호출하지 않았습니까?"

의장이 발끈했다.

"규약에 의하면 모든 호출은 만일의 실수와 누락을 방지하는 뜻에서, 각각 세 차례씩 반복하기로 되어 있소."

"이번이 마지막입니다. 9번? 10번? 누구 이들에 대한 정보를 줄 수 있는 사람 없습니까? 이젠 더 이상 호출할 번호가 없으니…."

"12번은 어떻게 생각하세요?"

여자 목소리가 대답을 하더니, 한 사람이 남자용 망토를 훌쩍 벗어 던졌다. 그러자 검은 의상에 하얀 베일로 얼굴을 가린 젊은 여자의 모습이 드러났다. 여자는 절제된 걸음걸이로 앞으로 나와서는 단상 위, 11번 옆에 자리를 잡았다.

여자는 신분증을 의장에게 내밀며 말했다.

"이게 제 증표입니다."

마피아노는 기겁한 채 악을 썼다.

"퍼트리샤 존스턴이오! 앨러미 영감의 타이피스트이자, 그 아들의 정부! 우리의 정체를 폭로한 그 신문기자란 말이오!"

그러자 11번이 큰 목소리로 응수했다.

"동시에 마피아노라는 작자가 저 혼자 몸이 달아 괴롭히는데도 버텨온, 용기 있는 여인이기도 하지!"

"이젠 당신의 정부로군!"

11번은 한 손으로 퍼트리샤의 어깨를 감싸며 마피아노의 말을 정정했다.

"내 약혼녀요. 목숨이 아깝다면 알아서들 존중해야 할 내 약혼녀란 말이지!"

이 상황에 창백한 안색의 젊은 의장은 웃음을 터뜨리며 말했다.

"사적인 감정이 개입된 모양입니다. 이는 우리와 상관없는 문제 같습니다. 한 가지 질문을 드리겠습니다, 부인… 모든 신분증에는 거미 모양의 내 개인 인장이 위조 방지용으로 새겨져 있어야만 합니다. 그런데 당신이 제시한 증표에는 맥 앨러미의 서명뿐이군요. 이 점에 대해 어떻게 설명하시겠습니까?"

퍼트리샤가 대답했다.

"〈알로 폴리스〉에 게재된 기사를 보셨으면 아시겠지만, 저는 맥 앨러미가 살해당하기 몇 시간 전에 그분과 긴 대화를 나누었습니다. 그분은 헤어지기 전에 봉투 하나를 건네며 9월 5일이 되기 전까지 절대 열어선 안 된다고 제게 다짐시켰습니다. 저는 정확한 날짜에 봉투를 개봉하였고, 그 안에 든 신분증을 소지한 자가 맥 앨러미 본인이 정한 대로 10월 20일 파리의 이 은행 주소에서 열리는 중요 회합에 반드시 참석해야 한다는 사실을 알게 되었습니다. 그래서 여기에 왔고요. 당신 연설을 다 들었는데 그간의 정황과 제게 주어진 권리를 확연하게 설명하셨더군요."

"알겠습니다. 그래서 이제 금고를 여는 일만 남았다는 겁니다."

"금고는 개봉되지 않을 거요. 이 점에 관한 한 내 의지를 굽히지 않을 거요."

뚝뚝 끊어지는 목소리로 11번이 말했다.

주위가 험악한 협박의 말들로 들썩이기 시작했다.

의장 역시 비아냥거리는 말투로 대꾸했다.

"우리는 40명이고 당신은 혼자요!"

"나는 주인이고 자네들은 40명에 불과하지."

색안경을 낀 11번의 위협적인 응수가 이어졌다.

11번은 몸을 날려 금고실로 통하는 문 앞을 가로막더니 양손에 권총을 하나씩 빼 들었다. 위원회 회원들이 그 앞까지 몰려갔다가, 무질서하게 뒷걸음질을 쳤고 다시 얼마간의 거리를 두고 한데 모였다.

창백한 젊은이는 주저하는 듯했지만 자존심이 신중함보다 우월했는지, 위험 따위는 아랑곳하지 않고 세 걸음 앞으로 다가가 날카롭게 외쳤다.

"우리도 참을 만큼 참았소! 당신에게 경고하는데…."

"나도 한마디 하지. 조금이라도 움직이기만 해봐. 바로 죽여줄 테니, 풋내기!"

안색이 창백한 젊은이는 얼굴빛이 한층 더 하얗게 질렸고, 더 이상 앞으로 발을 떼지 못했다.

몇몇 사람이 이런 외침을 내질렀다.

"당신 누군데 감히 이런 짓을 하는 거야?"

그제야 11번은 권총 하나를 호주머니 속에 넣고 재빠른 동작에 들어갔다. 수염과 안경이 바닥에 떨어졌고, 멀끔한 얼굴에는 미소와 위엄이 서려 있었다. 그리고 그 입에서 청천벽력 같은 대답이 흘러나왔다.

"아르센 뤼팽!"

그 권위 있는 이름에 모두들 흠칫 물러섰고 공포에 젖은 적막이 공기를 뒤덮었다.

남자는 말을 이었다.

"모든 신분증의 소지자, 즉 여기 이 금고들 속 수십억 달러의 소유권을 전적으로 갖는 아르센 뤼팽이다. 맥 앨러미와 필즈가 마피아 단체를 재건하고, 그 이름을 드높이기 위해 나에 대항하는 십자군을 조직했다는 소식을 접한 이후부터 나는 내 재산을 보다 잘 지켜내기 위해 그들이 꾸미는 이 일에 잠입해 들어왔지. 나는 그들에게 내 거처와 부하들, 은신처들, 지하 아지트들, 비밀 통로들, 은닉처들에 관한 유용한 정보를 죄다 제공했지. 그 모든 게 결국 내 전 재산을 은밀히 모아두고 있던 이 금고로 향하는 길목에 너희를 끌어들이기 위함이었다!"

놀란 가슴을 가까스로 진정시키며 젊은 의장이 더듬더듬 대꾸했다.

"위험한 계획이군."

"하지만 꽤 재미있었어! 어쨌든 결론은 보는 대로네. 규약에 의하면 이득 분배는 보유 주식의 양에 비례해서 결정되지. 그런데 나는 이 주식회사의 과반을 확보했을 뿐 아니라 더 나아가 주식 전량을 보유하고 있기든! 불만이 있다면 정식으로 소송을 걸게나. 그때까지 내가 재산을 잘 맡아 간수하겠네. 양심으로 봤을 때 내겐 그럴 만한 권리가 있지. 그리고 무엇보다 능력으로 봤을 땐 더 그러하고 말이야…."

퍼트리샤가 뤼팽 곁으로 가까이 다가오더니 근심이 가득한 목소리로 중얼거렸다.

"누구 한 사람이라도 총을 쏘면 저들 모두가 굶주린 늑대 떼처럼 당신에게 달려들 거예요."

"감히 그러지 못할 거요. 악당들에게 있어 아르센 뤼팽이라는 인물이 의미하는 게 어떤 건지 생각해봐요! 나의 권위를 생각해보라고요!"

"실수하는 거예요. 분노와 탐욕에 미친, 눈먼 강도떼에게 뭐가 보이겠어요? 아무것도 두려울 게 없죠! 아무것도…."

"아니, 나라면…."

말이 채 끝나기도 전에 총성 한 방이 군중 사이에서 터져 나왔다. 총알은 뤼팽의 넓적다리를 스치고 지나갔다. 뤼팽은 비틀비틀하다가 넘어졌지만 다시 벌떡 일어났다. 하지만 벽을 짚고 버텨야만 했다.

"치사한 놈들! 숨어서 하는 공격 따위 난 두려워하지 않아! 나는 한 걸음도 물러서지 않을 테다! 어느 놈이든 이리로 지나가려고 해봐, 내가 죽음을 선사할 테니! 어디 한 번 더 쏴보라고, 나도 반격할 테니! 자, 누구에게 첫 발을 선사할까? 자넨가, 마피아노?"

뤼팽은 그렇게 소리치고는 무기로 위협했고, 모두들 다시 뒤로 주춤거렸다. 그러자 창백한 안색의 남자가 목소리를 높이며 끼어들었다.

"아르센 뤼팽, 나는 지금 당신에게 타협안을 제안하는 바이오. 수락하시오. 당신의 용맹을 의심하는 자는 아무도 없소. 하지만 이번 일은 당신의 능력을 벗어나는 것이오. 당신의 재산이 저기에 있고, 그건 우리에게 속해 있소. 우린 그걸 취하기만 하면 되오. 이를 막아서는 건 가능해 보이지도 않고 말이지. 그모든 걸 당신 혼자 다 가져 무얼 하겠소? 너무도 어마어마한 규모의 재산이라 다 가져도 당신에게 그리 유용하지 않을 것이오. 그러니 서로 합리적으로 분배합시다. 우리에게 1억 달러만 넘기시오. 그래도 당신에게는 막대한 자산이 남잖소."

여기저기서 항의의 웅성거림이 일었다. 아무도 그러한 희생을 만족스러워하지 않는 듯했다. 막대한 재산이 저기 손만 뻗으면 되는 곳에 있다고 그들은 믿었다. 그리고 그 생각이 이들 모두의 이성을 마비시켰다.

뤼팽이 대답했다.

"이보게, 로베스피에르 선생. 자네 친구들과 나, 우리들은 마음이 통하는 듯하군. 그들도 전부를 원하고, 나 역시 그러하지."

가짜 국민의회 의원은 연극처럼 과장된 몸짓으로 이렇게 외쳤다.

"죽음을 원하는 거요?"

"그렇다! 100번, 1000번을 물어봐도 대답은 동일해! 패배한 뤼팽은 더 이상 뤼팽이 아니지."

"하지만 당신은 이미 패배했어, 뤼팽."

"아니, 아직 살아 있지 않나… 이제 조심하는 게 좋을 거야, 여러분!"

그러면서 손짓을 하자, 가장 가까운 거리의 놈들이 안절부절 못하며, 자신들 뒤에 선 패거리들을 밀치며 부산하게 물러섰다. 하지만 뤼팽은 재빨리 두 개의 저고리 단추 사이로 권총 한 자루를 밀어 넣었다. 나머지 권총 한 자루는 계속해서 적들을 겨눈 상태로, 총을 들지 않은 한 손을 입으로 가져가, 거리의 솜씨 좋은 불량배들이 부러워할 만큼 능숙한 솜씨로 귀가 얼얼할 정도로 크고 날카롭게 휘파람을 불었다.

그 순간, 고함치는 소리, 위협하는 소리, 온갖 욕설이 일거에 찾아들었다. 각자 무슨 일이 벌어질 지 근심스러운 예상을 하는 가운데 침묵이 감돌고 있었다….

10

S.O.S.

사태의 변화는 급작스러웠다. 휘파람 신호에 무시무시한 응답이 돌아왔다.

천장을 따라 요란한 소리가 나더니, 격자 틀이 한 개씩 거꾸로 놓인 상자 갑의 뚜껑처럼 철커덕철커덕 열리는 것이었다.

잠시 후 머리 위로 가로 열다섯 개 곱하기 세로 열 개, 총 150개에 달하는 직사각형 구멍들이 해치가 열리듯 생겨났고, 마찬가지로 150개의 소총 총신이 그사이로 나타나 그 시커멓고 죽음을 부르는 총구를 아래쪽 군중에게 향했다.

"거총!"

상처를 잊은 듯 똑바로 버티고 선 채, 뤼팽이 오만하고 위협적인 태도와 여유있게 빙긋대는 낯으로, 카랑카랑한 목소리를 높여 명령을 내렸다.

그리고 다시 한 번 목소리를 높여 반복했다.

"거총!"

비장한 순간이었다. 40명의 악당은 겁에 질려 부동자세로 얼어 있었다. 총살 집행 대열에서 수많은 총구를 들이댔을 때의 사형수들처럼 꿈쩍하지 않았다.

뤼팽은 날카로운 웃음을 터뜨렸다.

"하하! 자, 친구들, 기운을 내! 너무 떨지들 말고! 다시 기운 좀 차리려면 유연성을 위한 맨손체조가 필요할 것 같군! 시작! 일동, 차렷! 허리에 손 얹고! 고개 앞으로! 따라 할 수 있지? 양 팔을 들어 올리고 다리 하나씩 번갈아 들어 올린다. 발끝은 앞으로 내밀고. 하나, 둘, 셋, 넷! 어이! 마피아노, 이 애송이! 자는 거야? 위에 양반들, 주목하시게. 이 친구가 바로 마피아노 선생이시네. 꼭 포주 같은 낯짝이지. 동료들 틈바구니에 숨어서, 좌측, 벽에 붙어 있는 놈 말이야. 제대로 따라 하지 않으면…."

총구 하나가 마피아노를 찾아 조용히 움직이기 시작했다. 조금만 꾸물대다가는 죽음을 면하지 못할 거라고 생각한 마피아노는 지체 없이 뤼팽의 명령에 복종했다. 머리와 상체를 뒤로 젖히고 두 주먹을 허리춤에 갖다 대는 모습이 꼭 성실한 꼬마 아이가 시키는 대로 체조를 하는 모습이었다.

"정지!"

뤼팽이 지시했다.

그 즉시 명령이 이행되었고 전원 정지 상태가 되었다. 그때 2층에서 내려온 경비반이 철책 문 뒤에서 모습을 드러냈다. 최근 반장 자리에 올라 자신감에 차 있는 베슈가 지휘관이었다.

뤼팽은 베슈 반장을 소리쳐 불렀다.

"내 오랜 친구! 경찰청과 협약을 맺은 대로 지금 자네에게 살인, 유괴, 납치, 보석 절도, 은행털이 등 각 분야에서 뛰어난 수완을 발휘한 가장 악질적인 범죄자들, 일급 갱단 40명을 넘겨주겠네. 이들의 수장인 마피아노 선생은 마피아의 두목이자 손에서 피 냄새가 가실 날 없는 음험한 인물이지."

철책 문이 열렸고, 갱단원들이 힘없이 하나둘 밖으로 나왔다.

갑자기 반장이 뤼팽에게 다가와 도발적인 말투로 외쳤다.

"자네, 뤼팽은?"

"나? 나는 볼일 없네. 나는 신성불가침이거든. 경찰청장 지시를 받지 않았나?"

"받았지. 154명 규모의 경찰력과 경비 인력을 동원하고 C. O.D.I.의 사내들, 즉 마피아를 일망타진하라는 지시였지."

"난 150명만 요청했는데?"

"나머지 네 명은 뤼팽 자네를 위한 걸세!"

"자네 돌았군!"

"천만에! 경찰청장의 지시네."

"오! 그럼 경찰청에서는 이제 나와의 인연을 끊으시겠다?"

"그러하네. 자네의 술수와 장난에 이젠 진저리가 났지. 자넨 우리에게 가져오는 것보다 더 많은 대가를 요구하거든."

뤼팽이 웃음을 터뜨렸다.

"멍청한 놈들이로군! 베슈 자네도 멍청해! 거듭 말하지만, 뤼팽 체포 지시가 내려졌다고 그 뤼팽이 튀긴 종달새처럼 입속으로 호락호락 들어가 줄 거라고 생각했나?"

"어쨌든 자네를 체포하라는 지시야."

상대의 태연한 모습에 불안을 느끼면서 베슈는 감히 접근은 하지 못한 채 으름장만 놓았다.

또다시 뤼팽이 웃음을 터트렸다.

"산 채로 잡아들이라고 하던가! 날 잡아 우리에 가둬 그랑 팔레(1900년 파리 만국박람회를 기념해 건립된 건축물 – 옮긴이)에 전시라도 하길 원하나?"

"바로 그거네."

"애송이, 꺼져!"

"갱단까지 합하면 우리 세력은 거의 200명이야."

"2만 명이 되거든 다시 오게!"

베슈는 상황을 납득시키려고 애를 썼다.

"자네는 지금 상처를 입었고 피를 흘리고 있다는 걸 잊었나? 몸의 4분의 3은 이미 위독한 상태일 텐데?"

"자네 말대로 4분의 3이 그러네, 내 친구 베슈. 하지만 아직 멀쩡한 4분의 1이 최상의 상태거든. 기력의 4분의 1만 있으면 자네 같은 어린양들은 죄다 손봐줄 수 있지!"

베슈가 어깨를 으쓱하며 말했다.

"횡설수설하고 있군그래. 가엾은 뤼팽! 기력이 다했나 보군…."

"내게 예비 병력이 있는 건 전혀 고려 안 했지? 내 황제 친위대 알아? 항복을 모르는 그 친위대 말일세. 자넨 알지, 이 빌어먹을 놈."

"그 친위대, 어디 나와서 지켜보라고 하게!"

"불쌍한 베슈, 자네가 요청한 거야."

"그래."

"조심해. 자네 완전히 산산조각이 날 거야."

"어서 불러."

"아니, 네놈이 먼저 시작해! 먼저 쏘시게나, 영국 신사들이여
(오스트리아 왕위 계승 전쟁 중 1745년에 벌어진 퐁트누아 전투의
유명한 일화에서 가져온 표현이다. 당시 근위 보병 연대의 사령관 찰
스 헤이 경이 이끄는 영국군이 적군인 프랑스군의 보병과 만나게 되
었는데, 프랑스군은 퇴각에 서두르다 보니 배가 부서져 많은 병사들
이 수장되고 말았다. 볼테르에 따르면, 이때 찰스 헤이 경은 "우리는
먼저 사격하지 않겠소. 당신이 먼저 쏘시오"라고 말했고, 이에 프랑
스 장교 드 안테로셰 백작은 "먼저 쏘시게나, 영국 신사들이여!"라고
대답했다고 한다 – 옮긴이)!"

베슈는 얼굴이 하얗게 질렸다. 자신은 있었지만 두렵기도 했
다. 그는 부하들을 향해 소리쳤다.

"주목…! 뤼팽을 겨누고 거총!"

150명이 일제히 뤼팽을 향해 총을 겨누었다. 하지만 방아쇠
는 당기지 못했다. 상처 입고 홀로 서 있는 인간을 총살하는 것
이 비겁해 보였고, 이 생각이 그들을 주저하게 했다.

베슈는 화가 나서 발을 구르며 소리쳤다.

"발사! 발사! 쏘란 말이야, 이런 멍청이들…!"

뤼팽도 거들었다.

"그래, 어서 쏴! 무얼 두려워하는 건가?"

그는 잿빛 얼굴을 한 채 출혈로 인해 비틀거리고 있지만 결
코 굴하지 않으려 했다.

퍼트리샤가 뤼팽을 부축했다. 여자 역시 창백한 얼굴이었지
만 뭔가 결의에 찬 표정이었다.

"때가 된 것 같아요."

퍼트리샤가 중얼거리자, 남자가 대꾸했다.

"어쩌면 너무 늦었을지도 몰라요… 정말 그러길 원하는 거요?"

"네."

"그러면 나를 사랑한다고 고백해줘요."

남자가 속삭이자 여자가 대답했다.

"너무나 사랑해서 당신이 살았으면 하고 바라는 거예요."

"당신 없이, 당신의 사랑 없이 내가 살 수 없다는 건 당신도 알 거요…."

여자는 그의 얼굴을 뚫어져라 바라보며 진지하게 말했다.

"알고 있어요. 그래서 당신이 살기를 바라는 거예요…."

"맹세의 말입니까?"

"네."

"그렇다면… 시작해요."

의식을 잃어가는 남자가 신음처럼 내뱉었다.

여자의 차례였다. 퍼트리샤는 예전에 남자가 준 은제 호루라기를 손가방에서 꺼내 들고는, 입가로 가져가 있는 힘껏 불어댔다. 귀청을 찌를 듯한 그 소리는 여자가 숨을 들이쉬려고 잠깐 입을 떼는 찰나를 제하고는, 계속해서 파동을 타고 울려 퍼져 복도와 지하 금고실, 바깥 정원에까지 퍼져나갔다.

그러고는, 적막…! 비장하면서도 아연한 기나긴 적막이었다! 이번에는 또 무슨 일이 벌어질까? 하늘로부터 도움의 손길을 준비해두기라도 한 건가? 아연실색하게 할 만한 결정적 구원병이 단숨에 도착하기라도 하는 것인가?

상황은 이렇다. 저만치 건물 깊은 곳에서 무시무시한 소리가 들려오더니, 점점 더 가까워지기 시작한 것이다.

"철책을 닫아라!"

베슈가 허겁지겁 소리치자 뤼팽도 침착하게 거들었다.

"철책을 닫아라. 문을 닫아 건 다음 하느님께 영혼의 안식을 위해 기도를 올려라, 이 찌질한 건달 녀석들아!"

그러고는 뤼팽은 털썩 무릎을 꿇고 주저앉았다. 더 이상 버틸 기력이 없는 듯했다. 그러면서도 실신하지 않으려 안간힘을 다했다.

퍼트리샤는 몸을 숙여 두 팔로 남자를 끌어안았다…. 그러곤 다시 호루라기를 입에 대고 온 힘을 다해 끊임없이 긴급한 신호를 불어댔다.

뤼팽은 마지막 힘을 다해 기력을 추슬렀다. 그는 이렇게 비아냥대고 있었다.

"베슈, 가엾군. 차라리 군대를 불러 와…. 탱크하고 대포로 무장한 군대 말이야…."

"그럼 자네는? 자네에게도 군대가 있나?"

"나야 당연하지…! 세계대전 당시의 용맹한 프랑스 군인들을 부를 거라네. 죽은 자들이여, 일어나라! 이승과 저승의 모든 힘들이여, 일어나라!"

뤼팽은 광기에 휩싸인 모습이었다. 문득 퍼트리샤가 호루라기를 입에서 뗐다. 더 이상 불 필요가 없어진 것이었다. 무시무시한 소리가 성난 파도처럼 홀 안으로 몰아쳐 들어오고 있었다.

지원군은 성난 발걸음으로 성큼성큼 뛰어오고 있었고, 이 예상치 못한 낯설고 강력한 지원군의 존재는 순간 모두를 공포에 휩싸이게 만들었다.

"싸이다! 싸이다! 싸이다! 어서 오렴, 싸이다!"

여자가 뛸 듯이 기뻐하며 그 이름을 외쳤다.

마침내 암호랑이는 겅중겅중 뛰어 도착했다. 질겁한 경찰관들은 도망가기 바빴다. 하지만 철책으로 된 장애물 앞에서 맹수는 주춤하는 기색이었다.

철책의 4분의 3 높이까지 이르는 강철 덧문은 필요할 경우 도약의 중간 디딤대가 되어줄 수 있을 것 같았다. 이 디딤대가 없었다면 호랑이는 그 철책을 뛰어넘을 수 없지 않았을까? 다행히 쇠창살 끝과 천장 사이에 충분한 공간이 확보되어 있었다.

암호랑이는 장애물을 충분히 뛰어넘을 수 있으리라 판단했는지, 한 번의 도약으로 새처럼 날아올라 뾰족뾰족한 쇠창살 끝을 아슬아슬하게 스치면서 퍼트리샤와 뤼팽 앞에 사뿐히 내려앉았다.

베슈는 악을 쓰며 부하들을 다시 철책 앞으로 소집했다.

"쏴라! 이 멍청이들아!"

그러자 누군가가 소리쳤다.

"직접 쏴보십시오!"

아르센 뤼팽도 맞장구를 쳤다.

"자네 부하 말이 맞네. 첫 발을 쏘게, 베슈! 한 가지 경고할 건, 싸이다는 자신을 향해 총을 쏜 사람을 정확히 기억한다는 거야. 만약 자네가 배짱 좋게 싸이다를 향해 총을 들이대고 방아쇠를 당길 거면, 동시에 자네는 이미 녀석의 먹잇감이나 다름없다는 사실 또한 알아둬야 할 걸세. 싸이다는 인육을 먹는 데다, 특히 베슈표 고기를 좋아하지!"

발끈한 베슈가 용감하게 방아쇠를 당겼다. 빗맞았는지 암호랑이는 제자리에서 펄쩍 뛰더니 사나운 비명을 내질렀다. 경찰관들은 어쩔 줄 몰라 했다. 그중 서너 명만이라도 냉정을 찾은 후, 상관을 지원해 매뉴얼대로 기계적 사격을 가했다면 싸이다는 그 자리에 쓰러졌을 것이다. 하지만 기이하고도 사나운 맹수의 예상 밖 출현은 사람들의 마음에 통제할 수 없는 공포심을 가득 채워 넣었다. 특히 그들에게 초인처럼 여겨지는 뤼팽이라는 자를 돕기 위해 도심 한가운데에 야수가 출몰했다는 것은 정말 초자연적인 일로만 여겨졌고, 그로 인해 평정을 회복하기 힘든 상황이 된 것이다. 맹수의 출현은 자연을 뛰어넘는 현상이고 법질서를 송두리째 뒤흔드는 사실이었으며, 기존 경찰력의 기술력을 넘어서는 사안이었다…. 그들은 이런 종류의 싸움에는 아무런 준비가 되어 있지 않았다. 베슈 자신도 어안이 벙벙했다…. 미신적인 공포의 파고가 모두의 마음을 휩쓸어 버린 듯했다. 인간과 호랑이의 동맹이라니… 파리 시 경찰청에 소속된 그 누가 이런 경우를 경험해보았겠는가…?

베슈는 내뺐다. 그 뒤로 40명의 갱단을 포함해 경찰관과 경비원 모두가 내빼기 시작했다. 누구도 잡은 포로를 지킬 엄두를 내지 못했다. 그중에서도 이전에 한번 암호랑이한테 당한 적 있는 마피아노가 가장 날래게 도망쳤다. 사이비 왕당파 친구는 바로 그 뒤를 뒤따르고 있었다.

"이렇게 해서 150여 명의 경찰관, 40명의 갱단, 그리고 그에 상응하는 수의 소총과 권총 모두는 아르센 뤼팽과 그의 연인, 그리고 한 마리 사나운 야생 고양이 앞에서 줄행랑을 쳤습니다! 하나같이 엉터리 영웅들 아닌가! 인원이 얼만데!"

뤼팽은 실신하기 일보 직전이면서도 승리의 기쁨으로 으스대며 중얼거렸다.

한편 임무를 성공적으로 마쳐 기분이 좋아진 싸이다는 머리를 쓰다듬어주는 여주인의 발치에 다소곳이 누웠다. 그러고는 눈꺼풀이 스르르 감기는가 싶다가도 아직도 들려오는 먼 소음을 향해 귀를 쫑긋 세우고, 다시 그르렁거렸다.

하지만 이내 벌떡 일어선 암호랑이는 또다시 으르렁댔다. 뤼팽을 보살피던 퍼트리샤와 서서히 정신을 회복하고 있는 뤼팽 모두 깜짝 놀랐다. 그렇다, 첫 번째 전투는 승리했지만… 그러나….

은밀히 걸어오는 발소리가 들려왔다. 가능한 한 몰래 외벽을 따라 접근해온 그림자들이 철책 문에까지 다가와 있었다.

자신들의 실패에 분개한 데다 수백만 달러에 대한 미련을 버리지 못한 갱단원이 비밀 통로를 통해 다시 안으로 들어와 철책 창살 사이로 총을 겨누는 것이었다.

그 모습을 보고 뤼팽은 장단을 맞춰 흥얼거렸다.

"거총, 발사! 거총, 발사! 거총, 발사!"

한편 싸이다는 철책 문으로 기어가더니 이빨을 드러내고 으르렁대며 도약을 위해 잔뜩 몸을 움츠렸다.

종전의 공포에 다시 사로잡힌 불한당들은 또다시 꽁무니를 빼고서 달아났다.

뤼팽이 말했다.

"서두릅시다. 또다시 공격해올지 몰라요. 우리도 빠져나가야 해요! 퍼트리샤, 당신은 열쇠들과 유용한 서류들을 모조리 챙겨요. 오늘 밤 이곳에 있는 돈은 전부 시골로 보낼 겁니다. 앙젤만 은행이 더 이상 안전하지 않다는 건 확실해졌어요. 자, 서두릅시다! 당신과 싸이다가 타고 온 차는 마당에 있죠?"

"네, 에티엔이 지키고 있어요…. 그가 경찰에 붙들리지 않았다면요…."

"왜 그런 걱정을 합니까? 그가 나를 위해 일한다는 거나 자동차가 내 거라는 것을 아는 사람이 없을 텐데. 게다가 베슈는 나와 40명의 갱단을 일망타진할 생각에, 오면서 다른 건 신경 쓸 여유가 없었을 겁니다. 경찰관들과 줄행랑을 칠 때는 싸이다의 발톱에 붙들리지 말아야 한다는 생각에 빠져 있었을 테고 말이오. 자, 서둘러요!"

"하지만 마당까지 걸어갈 수 있겠어요?"

퍼트리샤는 걱정스러운 표정으로 물었다.

"걸어가야지!"

뤼팽은 가까스로 일어섰지만, 바로 쓰러지고 말았다.

남자는 웃음을 터트리며 이렇게 중얼거렸다.

"이런, 괜찮지 않은 모양이군. 강심제와 붕대가 필요하겠어. 가서 찾아봅시다. 싸이다가 나를 정원까지 데려다줄 거요. 로돌프를 코르네유 성까지 데려다준 것처럼 말이지."

실제로 꼬마가 그랬듯 뤼팽은 맹수의 등에 걸터앉았고, 싸이다는 거리낌 없이 그의 몸을 등에 지고 복도를 통해 은행의 안 뜰로 나갔다. 뤼팽의 자동차 중에 가장 크고 안락한 자동차가 정예부대 대장인 에티엔의 감시 아래 기다리고 있었다. 암호랑이에 대한 공포심은 모든 적들과 단순한 구경꾼들조차도 멀리 떨어뜨려 놓았다. 아무도 마주치치 않고, 적어도 누구의 눈에도 띄지 않은 가운데 뤼팽과 퍼트리샤는 자동차 뒷좌석에 올라탔고, 암호랑이가 그들 앞에 얌전히 자리를 잡자 에티엔이 운전대를 잡았다.

뤼팽이 물었다.

"짭새들은 떠났나?"

"네, 두목. 갱단원들에게 모두 수갑을 채운 후 떠났습니다. 출구에서 기다렸다가 달아나는 걸 모조리 잡아들였지요."

"그 정도면 어느 정도 위안은 되겠군! 정말 그렇게까지 날 붙잡고 싶어 했을까? 여론에 뭔가 터트릴 만한 기삿거리가 필요했을지도 모르지. 솔직히 뤼팽을 잡아들이면 골칫거리만 늘어날 텐데 말이야. 에티엔, 전속력으로 밟게! 메종 루즈로!"

안뜰에서 출발한 자동차는 아무 장애 없이 은행을 빠져나와 메종 루즈까지 향했다.

영지에 도착하자마자 퍼트리샤는 아들을 만나러 계단을 달려 올라갔고, 뤼팽은 현관에서 의기양양한 목소리로 크게 소리쳤다.

"빅투아르! 빅투아르!"

늙은 유모는 계단을 구르듯 내려와 감동한 표정으로 모습을 드러냈다.

"그래, 여기 가요! 뭐가 필요하신가요, 우리 도련님."

"당신을 부른 거 아니에요."

"방금 '빅투아르!'라고 외쳤잖아요."

"당신 이름이 아니라 승리의 빅투아르victoire를 외친 거예요. 가엾은 할망구, 이름 때문에 꽤나 골치 아프겠어!"

"그럼 다른 이름으로 불러요."

"그거예요! 아주 고상한 걸로 정해줄게요. 이건 어때요? 패전지敗戰地를 의미하는 테르모필레? 아니면 톨비악?"

"기독교적인 이름은 뭐 없어요?"

"승리한 여장부 이름으로 할까요? 자, 그럼 잔 다르크는 어때요? 아주 잘 어울리는데요. 아, 저런 심통 났어요? 오해한 거예요, 놀려먹으려고 그런 건 아니에요. 안심해요. 전혀 생각지 못한 그럴싸한 게 떠오를지 모르니까. 우선, 내 무용담이나 좀 들어봐요."

뤼팽은 마치 초등학생처럼 웃으며 신이 나 얘기를 떠벌렸다.

"어때요, 웃기죠, 할망구? 최근 몇 년간 이처럼 재미있었던 적이 없었던 것 같아요. 경찰과 또다시 맞붙을 일이 있어도 걱정할 거 하나 없어요! 나는 코끼리든, 악어든, 방울뱀이든 내 편으로 끌어들일 거니까요. 그럼 나를 평화롭게 내버려 두겠죠. 게다가 그런 식으로 동맹군을 늘려나가다 보면 얻는 것이 꽤 많을 거예요! 창고에는 상아가 쌓여갈 테고, 악어가죽으로 구두를 만들어 신고, 집 문에는 방울뱀의 방울을 초인종 삼아 달아놓기도 하겠죠. 자, 이제 어서 먹을 것하고 붕대를 좀 가져다줘요!"

크게 놀란 빅투아르가 물었다.

"다친 거예요?"

"아무것도 아니에요. 찰과상이에요. 피를 좀 흘렸지만 뤼팽
한테 그 정도야 별거 아니지. 혹시 모를 응혈 현상을 방지하려
는 거예요. 자, 서둘러요! 나는 곧 다시 떠나야 해요!"

"또 어딜 가려고요!"

"내 돈 찾아야 해요!"

상처를 붕대로 동여매고 요깃거리를 맛있게 먹고 마신 후,
아르센 뤼팽은 한 시간가량 휴식을 취했다. 그리고 다시 원기
를 회복하여 차고에서 2번과 3번 자동차를 꺼내 놓으라고 지
시했다. 그는 퍼트리샤와 2번 차에 올랐고, 부하 중 가장 몸이
단단하고 가장 적극적인 네 명을 골라 3번 차에 태웠다.

뤼팽은 퍼트리샤에게 설명했다.

"우린 지금 앙젤만 영감네로 돌아갑니다. 가져올 게 있어서
말이죠."

한 시간이 채 안 돼 두 대의 자동차는 은행에 도착했고, 뤼팽
은 퍼트리샤와 부하들을 데리고 1층의 넓은 홀을 거쳐 이번에
는 곧장 금고실 안으로 들어갔다.

뤼팽은 열쇠를 가지고 있었다. 자물쇠의 암호를 맞춘 후, 첫
번째 금고의 문을 열었다.

이런, 텅 비어 있다!

두 번째 금고… 세 번째 금고… 네 번째 금고… 모두 다 비어
있다! 모든 금고가 비어 있었다! 금고 속 재산이 깡그리 사라져
버린 것이다!

뤼팽은 놀란 감정을 내보이지 않았다. 대신 냉소 섞인 어조로 실소를 흘리며 말했다.

"금고는 텅 비어 있고… 적금은 탕진했고… 돈은 도둑맞았네…."

퍼트리샤는 남자를 빤히 바라보며 물었다.

"짚이는 거라도 있어요?"

"딱 한 가지 가능성밖엔 없소."

"그게 뭐죠?"

"아직 확실치 않아요. 하지만 기다려봐요. 아무 생각 없는 듯 이야기하는 가운데, 내 안에서 일어나는 무언가를 찾아내는 일만큼 재미나는 놀이는 또 없거든!"

뤼팽은 은행 경비원 한 명을 불렀다. 사나운 암호랑이가 보이지 않는다는 것을 확인한 후에야 경비원이 주춤거리며 다가왔다.

"앙젤만 씨를 오시라 전하게."

그렇게 지시하고는 뤼팽은 다시 깊은 생각에 빠져들었다.

앙젤만은 소동이 벌어지는 동안 숨어 있던 자신의 아파트로 경비원이 찾아오자, 잠시 후 은행에 모습을 드러냈다.

그는 뤼팽에게 악수를 청했다.

"안녕하시오, 오라스 벨몽. 만나게 되어 반갑소이다. 잘 지내셨소?"

뤼팽은 악수를 외면한 채 이렇게 말했다.

"도둑맞은 남자 꼴로 지냈소. 내 돈을 바로 당신이 날치기했거든. 금고가 모조리 비어 있네."

앙젤만은 펄쩍 뛰었다.

"텅 비어 있다뇨? 금고가 비었다뇨? 그건 불가능해요! 아…!"

앙젤만은 얼굴이 창백히 질린 채 숨을 헐떡이며 거의 실신하기 일보 직전의 모습으로 의자에 주저앉았다.

"심장 때문입니다. 심장병을 앓고 있거든요… 이것 때문에 언젠가 나쁜 일이 벌어지고 말 거예요…. 사전에 주의를 주셨더라면 좋았을 텐데요."

"나는 있는 그대로를 말하는 거네. 내 돈을 빼돌린 게 자네가 아니면 누군가?"

"저에겐 조금의 의혹도 없습니다."

"말도 안 돼. 당장 진실을 말해. 금고의 다섯 개 자물쇠 다이얼과 연관된 암호를 누가 알려줬는지 말해! 거짓말할 생각 말고, 알았어?"

뤼팽은 냉혹한 시선으로 앙젤만을 쏘아보았다.

마침내 앙젤만이 항복했다.

"마피아노요…."

"돈은 어디 있나?"

은행가의 어조가 단호해졌다.

"그건 나도 모르오… 어딜 가는 거요, 벨몽?"

"이 흥미진진한 문제를 해결하러!"

뤼팽은 서두는 기색 없이, 금고실을 나와 또 다른 홀을 가로질러 갔다. 발을 세차게 구르면서 그는 화려한 대리석 계단으로 다가가고 있었다. 앙젤만이 그 뒤를 쫓아가며 외쳤다.

"벨몽! 안 돼요, 벨몽! 제발 부탁이야, 거긴 가지 마! 안 돼! 벨…."

목소리가 목구멍으로 잠겨 들더니 은행가는 다시 의식을 잃고 계단 초입에 쓰러지고 말았다.

퍼트리샤는 은행 경비원과 뤼팽 부하들의 도움을 받아 은행가를 일으켜 세우고는, 홀 구석으로 데려와 안락의자에 앉혔다.

곧 의식을 찾은 앙젤만이 이렇게 더듬거렸다.

"파렴치한 자식… 놈의 계획이 뭔지 알아… 하지만 내 아내는 입도 뻥긋하지 않을 거야. 난 그녀를 잘 알지. 한마디도 하지 않을 거야. 아! 흉측한 놈! 무슨 짓이든 할 수 있다고 믿는 놈이야. 애당초 저런 몹쓸 녀석들과는 거래를 하지 말았어야 했어."

무슨 말인지 영문을 몰랐던 퍼트리샤는 이내 창백한 얼굴이 되었다.

"그를 따라가 보세요!"

여자는 다급한 목소리로 외쳤다.

은행가는 신음 소리를 내뱉으며 말했다.

"불가능해요! 지나치게 흥분하면 내가 먼저 끝장날 거요! 심장이…."

앙젤만은 침울한 침묵 속에 빠져들었다. 퍼트리샤는 홀 저쪽 끝으로 가 의자에 앉아 꼼짝 않고 있었다.

10분이 흐르고… 15분이 흘렀다….

절망감에 빠진 앙젤만은 훌쩍거리며 자기 아내에 관해, 즉 그녀의 미덕과 용기와 조심성에 대하여, 남편으로서의 아내에게 갖는 한없는 신뢰심에 대해 횡설수설했다. 그 모든 것이 진실일 수도 있겠으나… 진실이 아닐 수도 있을 것 같았다.

마침내 가볍고 흥겨운 휘파람 소리와 발소리가 들리더니 뤼팽이 승자의 모습으로 다시 나타났다.

앙젤만은 주먹을 휘두르며 악을 써댔다.

"진실이 아니야! 진실이 아니라고! 진실이 아니야! 당신은 그러지 못했어!"

뤼팽은 진지한 말투로 말했다.

"진실이란 바로 자네가 도둑질을 했다는 것이네. 이틀 전부터 자네는 준비를 해왔지. 대규모 유랑 서커스단의 감독들과 공모하여 화물차 열여덟 대를 빌리기까지 했어. 빼돌리기는 간밤에 시작되었고. 네 시간 전부터 내 돈은 협곡 위, 범접할 수 없는 암벽 꼭대기에 세워진 자네의 타른 성으로 실려 들어가는 중이야. 만약 내 돈이 그곳으로 흘러들어 간다고 하면, 난 망하는 거지. 다시는 만져볼 수 없을 테니."

"억지야, 꾸며낸 얘기, 신문 연재소설 같은 얘기야."

은행가가 반발하자 뤼팽은 확고한 어조로 못 박았다.

"내게 정보를 제공한 사람은 아주 믿을 만한 사람이네."

"그 사람이 내 아내, 마리 테레즈라고 말하려는 거지? 거짓말! 그 여자가 왜 당신한테 그 말을 하겠어?"

아르센 뤼팽은 대답을 하지 않았다. 단지 대담하고 잔인한 미소만 슬그머니 입가에 흘렸을 뿐이다.

앙젤만은 또다시 허물어졌다.

한편 멀리서 아무 말 없이 지켜만 보던 퍼트리샤는 뤼팽에게 다가와 한 팔을 붙들더니, 간결하고 떨리는 음성으로 말했다.

"만약 그게 사실이면, 결코 당신을 용서하지 않을 거예요…."

뤼팽은 여자의 손에 자신의 손을 얹으며 부드럽게 말했다.

"사실이야, 당연히 사실이지."

여자는 남자의 손을 거칠게 뿌리쳤다. 그 눈에는 눈물이 맺혀 있었다.

"싫어요. 또다시 나를 배신했어요!"

"퍼트리샤, 배신은 당신이 나한테 한 거지! 마피아노는 내 금고의 암호를 알 수가 없소. 그걸 알 만한 유일한 사람은 바로 퍼트리샤, 당신뿐이지. 이번 모험에서, 내 정신 속에서 폴 시너라는 이름의 첫 글자, 즉 '폴'이라는 이름이 갖는 중요성에 대해 알고 있었던 당신 말이지! 왜 나의 비밀을 마피아노에게 알린 거지?"

여자는 얼굴을 붉혔으나 망설이지 않고 솔직히 털어놨다.

"라봄가에서 그랬어요. 그자가 테라스 윗방에 나를 가두고 있었을 때 말이에요. 그때 나는 로돌프도 걱정되었고, 무엇보다도 나 자신에 대한 걱정 때문에 하루하루 두려움에 짓눌리고 있었죠…. 마피아노는 끔찍한 결정을 내리기 전, 하루 더 여유를 주는 조건으로 다섯 개의 글자로 된 금고 암호를 요구했어요. 그자는 이미 금고 자물쇠가 다섯 개의 다이얼로 작동되는 걸 알고 있었어요. 그리고 나는 '폴Paule'을 시도해보라고 말했어요. 결국 그는 성공했어요. 그렇게 얻은 하루의 유예 시간 동안 로돌프를 당신한테 보낼 수 있었고, 구출될 수 있었던 거예요. 게다가 로돌프를 살해하겠다는 협박 편지 때문에 다른 비밀도 공개하지 않을 수가 없었어요. 그 아이에 대한 걱정으로,

그리고 당신에 대한 걱정으로 겁에 질려 떨었어요. 뭐든 효과적으로 행동을 취할 기회가 오지 않았어요…. 그런데 제가 뭘 할 수 있었겠어요?"

고통에 가득 찬 얼굴로 퍼트리샤가 이야기를 마쳤다.

뤼팽은 다시금 여자에게 손을 얹으며 말했다.

"잘했소, 퍼트리샤. 그러니 나도 용서해줘요. 날 용서해줄 거지, 응?"

"싫어요! 당신은 나를 배신했어요. 더는 당신을 보고 싶지 않아요. 나는 다음 주에 미국으로 떠날 거예요."

"무슨 요일에?"

"토요일이요. 보나파르트호에 자리를 예약했어요."

남자가 미소를 지었다.

"나도 마찬가지요. 오늘이 금요일이니, 앞으로 여드레가 남았군. 나는 부하 네 명과 화물차 추적에 나서야 할 것 같소. 따라잡아서 파리로 압송한 후, 보다 확실한 은닉처가 마련되어 있는 노르망디 지방으로 옮겨가고 말이야. 그런 뒤 금요일 저녁에는 르아브르에 있을 것이오. 우리는 쌍둥이처럼 똑같은 선실에서 각자 여행을 하겠구려."

여자는 맞설 기력도 없는 듯했다. 남자는 여자의 손등에 입을 맞추고는 그녀 곁을 떠났다.

흥분 상태 속에서 몸도 못 가누는 앙젤만은 간신히 몸을 일으켜 뤼팽이 문에 도달하기 전에 따라잡고는 이렇게 중얼거렸다.

"자, 나는 파산했네… 이 나이에 대체 어떻게 살겠소?"

"흥, 자네는 쌈짓돈이 있지 않나…."

"없소! 맹세하오!"

"자네 마누라 지참금은?"

"그것도 나머지와 함께 다 보냈단 말이오."

"어느 화물차에?"

"14번 차량이오."

"14번 차량은 내일 이곳에서 앙젤만 부인에게 직접 돌려보내 주지. 내 개인적인 선물과 함께 말이야…. 걱정하지 말게. 나는 신사로서 할 바를 아는 사람이니…."

"당신은 나의 벗이요, 오라스! 당신을 의심해본 적은 내 평생 단 한 번도 없소!"

앙젤만은 감사의 마음에 상대의 손을 꼭 잡아 쥐었다.

뤼팽도 겸손한 척 말을 이었다.

"솔직히 말하면 나도 그다지 나쁜 사내는 아니네. 앙젤만 부인에게 내가 경애의 찬사를 보낸다고 전해주게…. 아! 선물 말인데… 내게 조언 좀 해주게… 내가 15번 화물차를 선물로 그녀에게 보낸다면 기분 상해할까?"

앙젤만의 얼굴이 밝아졌다.

"천만의 말씀! 오히려 그 반대지! 반대이고말고! 아내는 크게 감격할 거요…."

"그럼 됐네. 잘 있게, 앙젤만. 다음에 기회가 생기면 또 보지…. 이곳을 지나가는 일이 생기면 말이야…."

"당연히 그래야죠! 식탁에 당신 자리를 마련해두겠소. 내 아내도 무척 기뻐할 거요…."

"그 점에는 의심의 여지가 없지…."

퍼트리샤는 메종 루즈에 있는 로돌프의 곁으로 돌아왔다. 아르센 뤼팽은 자신의 몸 상태나 상처는 아랑곳 않고 부하 네 명을 데리고 화물차 대열의 뒤를 쫓았다.

쉬지 않고 그렇게 사나흘 활동을 벌인 끝에 모든 것이 정리된 상태로 제자리에 돌아왔고, 그 또한 메종 루즈로 다시 돌아올 수 있었다. 다른 사람이었다면 기진맥진해서 쓰러지고 말았겠지만 뤼팽은 강철 같았다.

하지만 집에 도착하자마자, 방으로 가 침대에 널브러졌다. 빅투아르는 아기를 돌보듯 침대로 다가와 이불을 덮어주었다.

뤼팽이 늙은 유모에게 말했다.

"잘됐어요. 모든 게 정리됐어요. 이제 잘게요. 24시간 동안 잘 거예요!"

"춥진 않아요, 도련님? 열은 없고요?"

빅투아르가 걱정스레 물었다.

뤼팽은 이불 속에서 기분 좋게 늘어져 대답했다.

"참, 수다스럽기는! 승리의 여장부님, 이제 그만 나 좀 자게 내버려 둬요."

"춥진 않은 거죠? 확실해요?"

유모는 여전히 고집스레 물었다.

"피곤해서 온몸이 덜덜 떨려요."

뤼팽은 신음처럼 내뱉었다.

"그럼, 따끈한 그로그(럼 또는 브랜디에 설탕, 레몬, 더운물을 섞은 음료 - 옮긴이)를 한 잔 줘요? 보온용 스팀 물통도 하나 갖다 줘요?"

"스팀 물통이요? 사모트라케(그리스 신화에 나오는 승리의 여신을 묘사한 사모트라케 섬의 조각상, 빅투아르 드 사모트라케를 유모의 이름인 빅투아르에 빗대어 뤼팽이 언어유희를 하는 것이다 – 옮긴이)여, 그거 정말 꿈처럼 달콤하겠는걸요! 그나저나 유모가 '승리'에 어울리는 성으로 이름을 보완하길 원하면 사모트라케 어때요? 꽤 멋지지 않아요? 왜 그리 발걸음이 느려요! 어서 그로그 한 잔하고 스팀 물통 갖다줘요, 사모트라케…!"

하지만 늙은 유모가 그로그와 스팀 물통을 가져왔을 때, 아르센 뤼팽은 이미 모든 것을 잊은 채 깊은 잠 속에 빠져 있었다.

"아이처럼 잔단 말이야."

탄복하는 표정으로 빅투아르가 물끄러미 바라보며 말했다.

그리고 그로그를 들이켰다.

11
결혼

　두 사람을 미국으로 데려다주는 대서양 횡단 여객선 보나파르트호의 갑판 위, 오라스 벨몽과 퍼트리샤는 나란히 앉아 수평선을 바라보고 있었다.

　느닷없이 오라스 벨몽이 입을 열었다.

　"내 생각에는, 퍼트리샤. 지금쯤 당신의 세 번째 기사가 〈알로 폴리스〉에 실렸을 것 같군요."

　여자가 대답했다.

　"그럴 거예요. 나흘 전에 전신으로 송고했으니까요. 게다가 제2 갑판의 최신 소식 게시판에 게시된 전신 용지에 기사 발췌문이 있어서 봤거든요."

　"이번에도 내가 멋진 역할인가요?"

　짐짓 무관심한 듯 오라스 벨몽이 물었다.

　"당연하죠, 특히 금고 장면에서요. 싸이다를 동원한다는 당신의 생각은 매우 기발하고 독창적인 것으로 소개되었어요…. 호랑이 대 경찰이라니…. 정말 보통 사람은 상상조차 못 할 생각이었고, 그건 바로 천재성의 발현이었죠."

벅찬 기쁨에 오라스의 마음이 한껏 부풀어 올랐다.

"세상이 시끌벅적해지겠군! 북을 울려라! 깃발을 올려라! 슈퍼스타가 납신다!"

박수갈채를 받는 배우인 양 허세를 부리는 그 모습에 퍼트리 랴는 웃음 지으며 말했다.

"우리는 영웅처럼 환영받을 거예요!"

그런데 남자가 갑자기 어조를 바꿨다.

"당신은 그럴 거요, 퍼트리샤. 분명히 그럴 테지…. 하지만 난 아니오. 나에겐 전기의자가 준비되어 있겠지."

"미쳤어요! 당신이 무슨 죄를 지었는데요? 승리한 건 당신이 고, 악당들을 일망타진하게 만들어준 것도 당신이잖아요. 당신 이 아니었다면 나는 아무것도 이루어낼 수 없었어요…."

"당신은 어쨌든 같은 결과에 도달했을 거요. 사슬에 묶인 뤼 팽을 당신의 개선 전차에 노예처럼 매달고 귀환하는 이 결과 말이오."

여자는 그 말에 놀라 남자를 바라보았다. 특히 남자가 하는 이야기에 실린 심각한 어조에 놀란 듯했다.

"나 때문에 당신이 난처한 일을 겪지 않았으면 해요."

남자는 어깨를 으쓱하며 말했다.

"무슨 소리요? 나에게 국가 차원의 보상을 수여할 뿐 아니 라, 내 거처를 미국으로 정하기 위해 영예로운 마천루 한 채와 공공의 적 제1호 타이틀을 내게 선사하려 할걸!"

"이것이 당신이 일전에 내게 이야기한 결말인가요? 당신이 어쩔 수 없이 감내해야 한다고 암시한 그 희생에 대한 이야기

말이에요."

여자는 잠시 가만히 있었다. 그 아름다운 두 눈이 젖어 있었다. 여자는 다시 입을 열었다.

"당신이 나와 떨어지려 하는 건 아닌지 이따금 걱정이 돼요."

남자는 대꾸를 하지 않았다. 여자는 중얼거렸다.

"당신 없는 행복이란 내겐 있을 수 없어요…."

남자는 여자를 가만히 바라보면서 씁쓸한 어조로 말했다.

"나 없이는… 퍼트리샤… 도둑에다, 사기꾼인 나 없이 말이오? 나, 아르센 뤼팽 없이는 말이오?"

"당신은 내가 아는 사람들 가운데 가장 고귀한 심성을 가진 사람이에요…. 가장 섬세하고, 가장 너그러우며, 가장 용맹한 사람이죠."

"이를테면?"

다시 가벼운 어조로 남자가 질문을 던졌다.

"하나만 꼽죠. 숨어 있는 적들의 농간에 또다시 아들이 노출될까 염려해 로돌프를 미국으로 데려오길 꺼려한 내 마음을 알고, 당신은 아이를 메종 루즈에서 빅투아르의 보호 아래 있을 수 있도록 배려해주었죠…."

"그녀의 진짜 성은 사모트라케요."

"그뿐만 아니라 당신 친구들과 싸이다도 로돌프를 보호하겠죠."

아르센 뤼팽은 어깨를 으쓱하며 말했다.

"내가 그렇게 한 건 마음이 고와서가 아니라, 당신을 사랑하기 때문이오…. 아! 봐요, 퍼트리샤…. 당신은 왜 내가 사랑 얘기만 꺼내면 그렇게 얼굴을 붉히는 거요?"

눈길을 돌리며 여자가 중얼거렸다.

"당신이 내게 하는 이야기 때문에 얼굴이 붉어지는 게 아니에요. 당신의 그 시선… 당신의 은밀한 생각들 때문에…."

여자가 갑자기 벌떡 일어나 말했다.

"자, 가요! 최신 속보가 게시되어 있을 거예요."

"좋아요! 갑시다!"

남자 역시 몸을 일으키며 말했다.

여자는 그와 함께 최신 뉴스 게시판으로 향했고, 그곳엔 몇 가지 전신 기사가 붙어 있었다. 그중엔 이런 내용이 있었다.

뉴욕. 곧 도착할 프랑스의 여객선 보나파르트호는 〈알로 폴리스〉 신문사의 저명한 기자 퍼트리샤 존스턴을 우리에게 데려올 것이다. 최근 그녀는 프랑스 경찰로 하여금, 저명인사 J. 맥앨러미와 프레데릭 필즈를 상대로 뉴욕에서 벌인 두 건의 살인 사건을 포함해 수많은 범행을 자행한 시칠리아인 마피아노가 수장으로 있는 갱단을 일망타진하도록 하는 놀라온 활약을 보여주었다.

알다시피 마피아노는 프랑스에서 또 다른 범죄를 범해, 본국 송환이 이뤄지지 않을 것이다.

뉴욕 시청은 퍼트리샤 존스턴 양을 영예롭게 맞아들이기 위한 만반의 준비를 갖추고 있다.

그리고 이런 내용도 있었다.

…르아브르에서 날아든 전보에 의하면 아르센 뤼팽이 보나파르트호에 승선해 있다는 소식이다. 이 이름 높은 도둑이 하선하기 전부터 그의 신병 확보를 위해 엄격한 사전 조치가 취해질 것으로 보인다. 파리 치안국 소속의 가니마르 수사반장이 어제 뉴욕에 도착했으며, 25년 전에 그랬던 것처럼 그가 자신의 오랜 숙적 아르센 뤼팽을 체포할 수 있도록 뉴욕 시 당국에서도 반장에게 모든 편의를 제공할 것이다. 프랑스 경찰은 미국 경찰의 순시선에 탑승해 미국의 경찰 관계자와 군 당국의 지원을 받아, 보나파르트호를 마중하러 갈 것이다.

또 다른 내용은 이랬다.

〈알로 폴리스〉사는 사장인 앨러미 2세가 자신의 요트를 타고 당사 기자인 퍼트리샤 존스턴을 마중 나갈 것임을 밝혔다. 그녀의 하선을 위해 따로 경찰 한 분대가 투입될 예정이다.

"좋았어!"
오라스 벨몽은 소리를 질렀다.
"우리는 적절한 방식으로 환영받을 거요. 나를 위해서는 경찰이 동원되고, 당신을 위해서는 아이 아버지가 나타날 것이고…."
기사 내용도 그런데 남자가 이처럼 빈정대자 퍼트리샤의 마음은 더 어두워졌다.
"위험해요…. 앨러미 주니어 따위야 전혀 걱정 안 되지만 당신 상황은 끔찍하잖아요."

뤼팽은 농을 치며 대꾸했다.

"호루라기를 불어 싸이다를 불러와야겠군."

그러고는 진지한 목소리로 덧붙였다.

"내 걱정은 안 해도 돼요. 나는 위험하지 않소. 불가능할 테지만 설사 내가 기꺼이 저들에게 잡혀준다고 해도, 나를 상대로는 명확한 증거를 단 하나도 확보하지 못할 것이오…. 내가 궁금한 건 앨러미 주니어가 원하는 바가 무엇인가요…."

퍼트리샤는 자신의 생각을 이야기했다.

"우리가 함께 배를 탄 게 잘못이었어요. 조사해보면 우리가 르아브르에서부터 한시도 떨어져 지내지 않았다는 게 쉽게 밝혀질 거예요."

"아니, 밤에는 떨어져 있었잖소. 나는 당신 선실에 발을 들인 적이 없는데."

"나 역시 당신의 선실에 간 적 없죠."

남자는 여자를 뚫어져라 바라보며 낮은 목소리로 물었다.

"그래서 후회됩니까, 퍼트리샤?"

"아마도요."

여자가 진지하게 대답했다.

여자는 자신의 관능미 넘치는 아름다운 얼굴을 들어 남자를 바라보았다. 퍼트리샤는 길게 눈을 맞춘 후 파르르 살짝 몸을 떨더니, 결국 그에게 자신의 입술을 내밀었다….

그날 저녁, 그들은 단둘이 식사를 즐겼고 뤼팽은 샴페인을 주문했다.

"이제 당신을 떠나야 해, 퍼트리샤."

밤 11시경, 보나파르트호가 수로를 지나 항구에 정박하기 위해 닻을 내릴 무렵 남자가 말했다.

여자는 고통스러워하며 중얼거렸다.

"우리가 처음 함께한 행복의 시간이 마지막 시간이 되어버렸군요."

남자는 여자를 포옹했다.

이른 아침, 퍼트리샤는 화장을 하고 자신의 여행 소지품을 챙겼다. 오라스 벨몽, 아니 아르센 뤼팽은 그곳에 없었다. 문에는 자물쇠를 이중으로 잠근 열쇠가 그대로 있었다. 하지만 퍼트리샤는 습하고 찬 공기가 선실에 가득한 것을 느꼈다. 알고 보니 현창이 열려 있었던 것이다. 저기로 나갔을까? 무슨 의도로 그랬을까? 현창으로 나가면 갑판까지 도달하지 못할 텐데. 남자의 흔적을 조금도 찾아내지 못한 퍼트리샤는 그대로 보나파르트호에 남아 점심을 먹었다. 식사를 마친 후 갑판으로 올라갈 준비를 하는데 누가 메시지를 전해왔다. 헨리 맥 앨러미가 면담을 요청한다는 것이었다. 여자는 조금도 망설이지 않고 면담을 거절했다.

상황이 어떻게 전개될까 마음 졸이며 기다리는 퍼트리샤에게 시간은 끝이 보이지 않는 듯 너무도 더디게 흘러갔다. 어찌 될 것인가? 그녀는 전혀 알 수가 없었다….

항구는 빌딩들과 유람용 요트들, 순시함들, 수뢰정들로 북적대고 있었다…. 한편, 하늘에는 수상비행기들이 날아다니고 있었다. 군중이 운집해 있는 부둣가를 따라 시끌벅적한 활기가 가득했다…. 사이렌 소리, 증기기관선의 증기 배출 소리, 배에서 하역하는 짐들, 고함 소리 등 온갖 소음들이 한데 뒤섞이고 있었다.

퍼트리샤는 계속해서 기다렸다. 뤼팽이 어디에 있는지, 무엇을 하고 있는지 알 수는 없었지만 어떤 식으로든 그의 소식을 받게 될 것이라는, 그리고 소식이 있기 전에 하선해서는 안 된다는 뭐라 설명할 수 없는 확신이 들었다.

이 희망은 헛되지 않았다. 그날 저녁 5시, 석간신문 초판에서 경찰 측이 보도한 다음과 같은 내용의 단평 기사를 읽을 수 있었던 것이다.

해적 아르센 뤼팽

지난밤 야심한 시각, 당대 최고의 무법자가 몇몇 일당과 함께 맥 앨러미 주니어 씨의 요트인 알로 폴리스호를 습격했다. 갑작스러운 공격을 받은 승무원들은 무장해제되었고, 선실에 감금되었다. 습격자들은 결국 배를 장악하기에 이르렀다. 이런 믿지 못할 상황은 정오까지 지속되었다. 그때쯤 간이 벽에 난 구멍을 통해 승무원들은 교신을 할 수 있었고, 마침내 문을 하나 여는 데 성공한 선원들과 해적들의 싸움이 벌어지게 되었다. 해적들은 악착같이 저항했으나 결국 항복할 수밖에 없었다. 아르센 뤼팽 자신도 치열한 전투를 펼쳤으나 수적인 열세에는 도리가 없었다. 배 전체에서 사나운 짐승처럼 쫓겨 다니던 그는 결국 뱃전 난간 앞에 꼼짝없이 몰리게 되었다. 하지만 붙잡히려는 순간, 그는 난간 너머로 훌쩍 몸을 날려 물속으로 뛰어들었다. 그 장면을 목격한 수많은 목격자들 가운데 수면 위로 다시 떠오른 뤼팽의 모습을 본 사람은 아무도 없었다.

아침부터 비상에 걸려 있던 경찰이 모든 조치를 취해놓았다는 사실은 굳이 언급할 필요가 없을 것이다. 부둣가를 따라 경찰 비상선이 주위를 에워쌌고 항구 여기저기에 보트를 배치해놓은 한편 기관총도 포격 태세를 하고 있었다. 현재 시각 오후 3시 반, 해적 두목이 출현했음을 알리는 새로운 소식은 아직도 전해지지 않고 있다. 아마 뭍에 이르지 못한 아르센 뤼팽이 기진맥진하고 자포자기의 심정이 되어 거의 자의로 물에 뛰어든 거라는 게, 경찰 총수의 확신이다. 그래서 그의 사체 수색 작전이 진행되고 있다. 하지만 맥 앨러미 씨의 요트를 공격한 아르센 뤼팽의 의도는 의문점으로 남고 있다. 습격 당시 배에 승선해 있지 않았던 맥 앨러미 씨는 그자의 의도를 전혀 알 수가 없다고 밝혔다. 프랑스의 유명한 경찰관인 가니마르 역시 알 수 없다고 고백했다. 다만 그는 그 유명한 모험가의 죽음에 관해서는 회의적이라고 전했다.

퍼트리샤는 기사를 읽는 내내 매우 흥분된 감정에 휩싸였다. 특히 아르센 뤼팽의 실종과 사망 가능성에 관한 대목에서는 공포에 사로잡혔다. 하지만 이내 고개를 저으며 미소를 지었다. 아르센 뤼팽이 그런 식으로 끝난다… 익사한 아르센 뤼팽이라… 그럴 리가 없다. 가니마르 형사가 옳을 것이다….

젊은 여자는 허공에 대고 물었다.

"나는 무얼 해야 하지? 계속 여기서 기다려? 아니면 배에서 내려? 뤼팽이 나를 어디서 만나려 할까? 나를 다시 찾기는 할까…?"

혼자 중얼거리던 여자의 두 눈망울은 눈물로 젖어 들었다.

한 시간이 더 흘렀고… 그리고 또 한 시간… 신문 마지막 판이 새로운 소식을 전해왔고 퍼트리샤는 허겁지겁 기사를 읽어 갔다.

내용은 이랬다.

맥 앨러미 주니어가 〈알로 폴리스〉 사장실에서 손발이 결박되고 재갈이 물린 채, 안락의자에 묶여 발견되었다. 힘을 가해 억지로 열린 금고에는 안에 든 1500달러 대신 다음과 같은 짤막한 메모가 남겨져 있었다.

'돈은 전부 돌려줄 것이오. 내가 노르망디호에 좌석을 예약해야 하거든. 당신에게 빌린 돈은 선상에서 하룻저녁 승객들의 시계와 지갑을 목표로 마술 쇼를 선보여 갚을 생각이니 염려 마시게. A. L.'

맥 앨러미의 맞은편에는, 마치 대화를 나누는 듯한 모습으로 가니마르 수사반장이 팬티와 속옷 차림으로 결박되고 재갈이 물린 채 앉아 있었다. 수사반장은 자초지종에 대한 설명은 거부한 채 아르센 뤼팽이 자신의 옷을 빼앗아 변장을 하고 달아났다고 밝혔다. 한편 헨리 맥 앨러미 씨는 일체의 발언을 거부했다. 왜 침묵하는 것일까? 그 가공할 만한 모험가가 이 두 희생자를 상대로 어떤 위협을 가한 것일까?

기사를 다 읽은 후, 퍼트리샤의 얼굴에는 다소 거만한 듯 보이는 미소가 끊이지 않았다. 얼마나 대단한 인물인가, 이 뤼팽이란 사람! 그 대범함…! 그 능숙한 수완…!

그러면 이제 배 위에 더 머물러 있을 이유가 없는 게 아닌가? 뤼팽으로부터의 메시지가 날아들 곳은 이제 이곳이 아니었다….

서둘러 하선한 뒤, 여자는 택시를 잡아타고 집으로 향했다.

안으로 들어서자 집 전체가 꽃으로 가득 차 있었다. 둥근 탁자 위에는 저녁 식사가 준비되어 있었고, 손님 한 명이 탁자 옆 안락의자에서 몸을 일으켰다.

"당신! 당신!"

여자는 울음 반, 웃음 반의 상태로 남자의 품 안으로 뛰어들었다.

남자는 키스를 퍼부은 뒤 물었다.

"걱정 안 했나요?"

여자는 미소를 짓고 어깨를 으쓱하며 대답했다.

"오! 당신, 나는 당신이 언제나 잘 해내리라는 걸 알고 있었어요!"

두 사람은 즐거운 기분으로 저녁 식사를 했다. 그러다 남자가 갑자기 분위기를 바꿔 진지한 목소리로 입을 열었다.

"알다시피, 퍼트리샤. 모든 게 정리되었어요."

어리둥절한 여자가 물었다.

결혼 235

"뭐가요? 뭐가 정리되었는데요?"

"당신의 미래. 앨러미 주니어에게 재갈을 물리기 전에 우리끼리 얘기를 좀 나누었지. 긴 토론 끝에 우린 합의점에 도달했죠."

뤼팽은 샴페인을 한 잔 채우며 말을 이었다.

"그는 당신과 결혼할 거요."

퍼트리샤는 움찔했다. 그러고는 싸늘한 어조로 내뱉었다.

"그러라고 해요. 하지만 난 그와 결혼 안 해요! 어쩌면 그런 생각을 할 수 있죠? 그래요, 알겠어요, 당신은 나를 사랑하지 않는 거죠!"

여자의 목소리는 갈라져 있었고 눈에는 눈물이 그렁거렸다. 퍼트리샤는 다시 이야기를 이어갔다.

"이게 당신이 원한 결말인가요? 난 따를 수 없어요! 절대요!"

"그렇게 해야만 해요."

남자는 여자에게 시선을 고정한 채 명료하게 말했다.

여자는 어깨를 으쓱하며 대꾸했다.

"그걸 받아들이든 거부하든 그건 내 자유예요. 그런 것 같네요."

"아니."

"왜죠?"

"왜냐하면, 당신에겐 아들이 있기 때문입니다. 퍼트리샤."

여자는 또다시 움찔했다.

"내 아들은 내가 키워요!"

"당신과 그 애 아버지가 키워야지."

"그 애는 내가 지키고 키워왔어요. 나 혼자서 이날까지 키워 온 거예요. 이제 와 로돌프를 돌려줄 순 없어요."

뤼팽은 슬픈 어조로 얘기를 풀어갔다.

"당신의 미래를 생각해봐요, 퍼트리샤! 헨리 맥 앨러미는 당신과 아이를 받아들이기 위해 이혼하려 하고 있어요. 그렇게 해서 로돌프에게 나무랄 데 없는 성과 미국 최고의 막대한 재산을 물려주려 하는 거요. 내가 그 아이에게 그만큼을 해줄 수 있을까? 우리가 최근에 함께 겪은 일들을 돌아보면 알게 될 거요. 내 금고 안의 내용물은 탐욕스러운 적들의 표적이 된다는 사실 말이오. 과연 그들이 늘 실패만 거듭할까?"

우울한 침묵이 흘렀다. 퍼트리샤는 기가 죽은 듯했고 뤼팽은 한층 목소리를 낮춰 말했다.

"로돌프가 어떤 성을 가져야 하겠습니까? 아이의 사회적 신분은 또 어떻고? 누구도 뤼팽의 아들이 될 수는 없는 노릇이오."

또다시 침묵. 퍼트리샤는 여전히 망설이긴 했지만, 희생이 불가피하다는 것을 잘 알고 있었다.

마침내 그녀가 입을 열었다.

"내가 졌어요. 단, 당신을 다시 볼 수 있다는 조건일 경우 그렇게 하겠어요."

"결혼식은 여섯 달 후에나 열릴 거예요, 퍼트리샤…."

순간 퍼트리샤는 자리에서 펄쩍 뛰어올라 남자를 바라보았다. 여자의 얼굴은 기쁨으로 빛나고 있었다.

"여섯 달이요? 왜 진작 말하지 않았어요! 여섯 달! 그건 영원의 시간이나 마찬가지예요!"

"잘 활용한다면 더 많은 시간이 될 테지. 서두릅시다."

그렇게 말하며 뤼팽은 샴페인 두 잔을 가득 채웠다.

"내가 앨러미 주니어의 요트를 샀죠. 그걸 타고 프랑스로 돌아갈 거요. 경찰도 나를 그냥 내버려 둘 거고. 그들은 나를 너무도 필요로 하거든. 경찰청장하고도 잘 지내고, 가니마르도 베슈를 진정시킬 거요. 나를 가만히 놔두면 나도 입을 열지 않겠다고 해두었지. 그래, 그자의 옷을 벗긴 얘기. 연말 잡지에 실린 속옷 차림의 수사반장 얘기를 한번 떠올려 봐요. 두고두고 웃음거리가 되겠지…. 그리고 그는 나에게 마피아노가 단두대에 오를 때 자리를 마련하겠다고 약속해주었지요."

퍼트리샤는 더 이상 이야기가 귀에 들어오지 않았다. 오로지 두 사람 생각만이 머리에 가득했다.

기쁨으로 얼굴이 발갛게 상기된 여자가 뤼팽에게 말했다.

"그 요트를 타고 당신과 함께 떠날래요! 멋질 거예요! 가능한 한 빨리 떠나요."

뤼팽은 웃음을 터뜨렸다.

"곧, 아니 지금 당장 떠납시다…! 대서양을 건너고 센 강을 거슬러 올라 메종 루즈까지 갑시다! 거기서 함께 지내요. 로돌프도 다시 보게 되겠지…. 이 얼마나 매력적이오!"

뤼팽은 잔을 높이 쳐들고 외쳤다.

"우리의 행복을 위하여!"

퍼트리샤도 그 말을 되풀이했다.

"우리의 행복을 위하여!"

아르센 뤼팽의 어떤 모험

등장인물

아르센 뤼팽

댕블발 조각가, 나이 55세

마레스코 치안국 부국장

부하

경찰관 1

경찰관 2

치안국 형사들과 나머지 경찰관들

마르셀린 댕블발의 딸

공범

무대는 조각가의 아틀리에로, 오른쪽 앞에는 모델들의 분장과 탈의를 위한 공간이 병풍으로 반쯤 가려져 있다.

무대 안쪽으로 큰 문이 보인다. 그 문을 열면 출입문이 딸린 현관이 보인다. 좌측에는 두 개의 문이 있고, 전방 우측으로는 빗장과 방범용 사슬이 채워진 보다 육중한 문이 있다.

아틀리에에는 창문이 없고 천장 일부가 비스듬한 유리로 설계되어 있다.

방 안에는 책상, 발 받침대, 석재 조각, 미완성 작품, 화판, 안락의자와 가죽 의자 몇 개, 모델용 의상, 망토와 액세서리, 탁자 위 전화기, 큐피드 상이 있다.

막이 오르면 텅 빈 무대가 보이고 조명은 꺼져 있다.

안쪽의 출입문이 활짝 열린다. 무도회 옷차림의 마르셀린이 아버지와 함께 입장한다.

마르셀린 (숨을 헐떡이며) 층계에 아무도 없었어요?

댕블발 (서둘러 빗장과 방범용 사슬로 현관문을 굳게 닫으며) 아니, 아무도 못 봤는데.

마르셀린 누가 우릴 미행하고 있었어요.

(마르셀린이 불을 켠다)

댕블발 이런 맙소사! 대체 누가 말이냐?

마르셀린 누군가 발통 트레모르 부인 댁의 문 쪽에서 우리를 엿보고 있었어요.

댕블발 마르셀린, 네가 겁이 나서 터무니없는 소리를 다 하는구나.

마르셀린 터무니없다니요! 아빠야말로 왜 내게 이 목걸이를 하고 있으라고 하는 거예요?

(여자는 왼쪽 문으로 자기 방으로 들어가 안에서 망토를 벗고는 다시 돌아온다)

댕블발 뭐라고! 얘야, 그 기념비적인 목걸이가 나를 유명하게 해줬잖니. '댕블발? 아, 그래. 딸에게 에메랄드 목걸이를 선물한 그 조각가!' 다들 이렇게 말하지. 그 덕에 내 최고의 걸작, 큐피드 상도 주문이 늘고⋯!

마르셀린 사실 내 것도 아니잖아요⋯.

댕블발 무슨 소리야? 브레브 공작부인이 이 목걸이를 내게 맡기는 대신 내가 1만 프랑을 빌려줬잖아. 그리고 약속한 날짜에 공작부인은 내게 돈을 돌려주지 못했고. 부인한텐 안된 일이지만 뭐.

마르셀린 하지만 실제 가격이 열 배는 더 되잖아요.

댕블발 사실, 나한텐 잘된 일이지.

마르셀린 아무래도 그럴 권리는 없는 것 같아요, 아빠.

댕블발 천만에! 엄연한 담보대출이었잖아⋯! 어쩌라는 거야, 요 계집애야. 요즘 시대에는 예술만으로는 벌어먹기 힘드니 알아서 돈벌이를 해야 한다고!

마르셀린 그건 아빠 소관이에요. 난 아빠 목걸이가 여기 있는 이상 사는 게 사는 게 아니라고요. 언젠가는 강도가 들 것 같단 말이에요….

댕블발 안 그래도 내일 크레디 리요네에 목걸이를 가져가 맡길 거다.

마르셀린 근데 만약 오늘 밤에 강도가 들면요?

댕블발 왜 하필 오늘 밤이겠니?

마르셀린 오전에 아빠의 모델인 그 러시아 노인이 아빠가 목걸이를 책상 속에 넣어두는 걸 빤히 지켜봤다고요.

댕블발 그래? 그럼 다른 곳으로 옮겨놓아야겠군… 대충 아무 데나… 귀중품을 숨길 것 같지 않은 바로 그런 곳에…. 옳거니, 이 꽃병이 좋겠군. 자, 이러면 아무 위험이 없어….

(댕블발은 목걸이를 꽃병 안에 넣는다. 그때 갑자기 전화벨이 울린다. 부녀는 서로 바라본다. 또다시 전화가 울린다)

댕블발 (목소리를 낮추며) 전화가….

마르셀린 네, 전화예요, 어서 받아보세요, 아빠.

댕블발 새벽 2시에 전화라니. (성급히 수화기를 든다) 여보세요… 네, 접니다…. 경찰청이라고요…? 네? 뭐라고요? (점점 더 불안한 목소리로) 네…? 뭐요…? 그럴 수가…. 여보세요… 젠장… 끊겼어!

마르셀린 무슨 일이에요?

댕블발 (수화기를 내려놓으며) 치안국에 보고가 올라왔는데, 오늘 밤 우리 집에 도둑이 들지도 모른다는구나.

마르셀린 목걸이 때문이에요! 보세요! 소름 끼쳐요! 게다가 하인들도 휴가를 보내놨으니!

댕블발 마레스코 부국장이 형사 여섯을 데려오고 있다는구나. 마레스코 부국장이라면 마침 나도 아는 사람이지….

마르셀린 너무 늦게 도착하면 어떡하죠?

댕블발 뭐 어떠니! 내가 있잖아! 게다가 이 건물엔 세입자가 세 집이나 된다고.

마르셀린 모델 전용 출입문은요?

댕블발 (빗장과 방범용 사슬을 확인한 후) 열쇠를 가지고 있으렴.

마르셀린 뭐하시는 거예요?

댕블발 (꽃병을 들고는 딸의 방으로 걸어가며) 목걸이를 가져다놓아야겠다.

마르셀린 제 방에요?

댕블발 그래, 경찰이 도착할 때까지 너랑 같이 있으련다….

마르셀린 제 방에 두고 싶지 않아요. 그냥 여기 두세요.

댕블발 (꽃병을 책상 위에 둔다) 네 말이 맞다. 여기보다 훌륭한 은닉처도 없을 게다. 아마 여기만 빼고 다 뒤질 게야. 그래, 안심해도 되겠다.

마르셀린 전 아무래도 상관없어요. 제 방만 아니면 돼요.

(댕블발이 불을 끄고, 부녀는 각자 자기 방으로 들어간다. 무대는 텅 비고 잠시 후, 환한 달빛이 천장 유리를 통해 비쳐든다. 갑자기 위쪽에서 작은 소리가 들려온다. 천장의 격자무늬 유리창 하나가 들어

올려지며 굵은 밧줄 하나가 조금씩 내려오는 게 보인다. 흔들거리던 밧줄 끝이 바닥으로부터 2미터쯤 높이에서 내려오는 걸 멈춘다. 순식간에 검은 그림자 하나가 밧줄을 타고 위에서 아래로 미끄러져 내려온다)

뤼팽 (전기 스위치를 찾아 더듬으며) 자, 도착했군…! 아, 너무 어둡군…. (불을 켠다. 헐렁한 긴 작업복에 모자를 눌러쓰고, 뾰족하게 기른 붉은 수염으로 불량배처럼 변장한 모습이다. 화장대 위의 거울을 집어 들고 자신의 모습을 바라본다) 낯짝 좀 봐라! 부랑자가 따로 없네… 부랑자 뤼팽. 오! 권총이구먼, 내 것은 깜빡했는데 잘됐군. 좋아. 아니, 이게 뭐야? 총 모양 향수 분무기인가?

부하 (천창으로 반쯤 상체를 기울이며) 뤼팽!

뤼팽 뭐야?

부하 미쳤어요?

뤼팽 뭐가?

부하 조명이요!

뤼팽 불편한가?

부하 그럼요.

뤼팽 그럼 눈 감아.

부하 하지만….

뤼팽 입도 닫아.

부하 두목….

뤼팽 아! 그러니까… 그 사다리나 신경 써, 야곱.

부하 왜 날 야곱이라고 부르는 거예요?

뤼팽 (사진 한 장을 살피며) 자넨 말해줘도 모를 거야(성서에 나오는 '야곱의 사다리'로 언어유희를 한 것 – 옮긴이)! (책상으로 다가가며 혼잣말을 한다) 오! 이런, 발통 트레모르의 무도회에서 봤던 아가씨로군…. 미안해요, 아가씨. 어쩔 수 없이 이런 누추한 작업복으로 갈아입고 찾아왔소이다. 딱한 아가씨, 에메랄드 목걸이를 뺏기게 생겼군…. 아! 버터값이 예전 같지 않아서 말이지, 물가가 너무 올라 어쩔 수가 없어요! (책상 위에 사진을 다시 올려놓는다) 보자, 러시아 노인의 설명에 따르면… (손가락으로 실내를 여기저기 가리킨다) 저기가 현관… 오늘의 희생양이 될 아가씨의 방 앞으로 복도가 있군…. 여기가 바로 모델 전용 계단으로 통하는 문이고…. (병풍을 가리키며) 저기가 모델 탈의실이군…. 저기가 책상… 순조롭군. (호주머니에서 열쇠 꾸러미가 들어 있는 작은 주머니를 꺼낸다) 책상… 세 번째 서랍, 러시아 노인이 그렇게 말했겠다!

부하 네, 두목.

뤼팽 시작하지. 에메랄드 목걸이 도난 사건. 총 5막극. 뤼팽 음악이 흐른다. 넷을 세면, 아르센의 마스터키가 서랍을 연다. 하나… 둘… 셋… 넷… (책상이 열린다) 짠! 식은 죽 먹기군…. 그래도 자네는 반평생은 족히 걸릴 거야…! 아! 이런! 설마?

부하 무슨 일이에요?

뤼팽 세 번째 서랍이 비어 있어.

부하 나머지 서랍은요?

뤼팽 (잠시 후, 노발대발하며 방문 쪽으로 몸을 돌린다) 이런 버릇

없는 아가씨 같으니! 좋아… 이쯤에서 그만하지… 괜히 위험을 무릅쓸 거 없어.

부하 그래요, 어서 떠요.

뤼팽 (한 발을 사다리에 올려놓고는 잠시 머뭇댄다) 아! 아냐, 아직은 아냐. 너무 터무니없잖아! (책상 위를 뒤진다) 겁쟁이 아가씨가 목에 걸고 자나 보군.

부하 이러다가 들통나겠어요.

뤼팽 이제 그만! (잠시 생각에 잠기더니만 결심한 듯 외친다) 야곱!

부하 네, 두목?

뤼팽 사다리 올려!

부하 뭐라고요?

뤼팽 시키는 대로 해.

(사다리가 들어 올려진다)

부하 그러고요?

뤼팽 보초 서고 있어. 대로 쪽을 감시해. 필요하면 휘파람을 불거야. 서둘러! (스위치로 다가가 불을 끄고는 중얼거린다) 세 번 두드리면… (바닥을 발로 세 번 두드린다) 막이 오르지! (병풍 뒤로 달려가 몸을 숨긴 뒤 틈새로 주위를 엿본다. 방문이 열린다. 댕블발이 모습을 드러낸다. 불안한 듯 고개를 내밀고는 슬며시 팔을 뻗어 스위치를 켠다)

댕블발 (실내복 차림으로 문지방에 서 있는 딸에게) 아무도 없다.

마르셀린 아빠, 잘 살펴봐요.

댕블발 (앞으로 발을 내디디며) 아무도 없다고 했잖니.

마르셀린 문은요?

댕블발 (무대를 가로질러 현관문으로 다가간다) 아무도 없다니까.

마르셀린 아! 목걸이는요…?

댕블발 (책상 위 꽃병을 들어 올리며) 이거라면 안심이야. 걱정할 게 전혀 없어. 꼼짝 않고 있잖아. (목걸이를 꺼냈다가 다시 집어 넣는다) 아! 그러니 제발 진정해라! (둘은 다시 퇴장하며 댕블발 이 불을 끈다) 너 때문에 나까지 겁이 다 나는구나!

뤼팽 (다시 불을 켜며 책상으로 다가간다. 꽃병을 집어 들고는 목걸 이를 살펴본다) 친절하기도 하지! 자, 애썼으니 꽃병하고 꽃은 그를 위해 남겨둬야겠군. (목걸이를 호주머니에 넣고는 사다리 근처로 가서 부하를 부른다) 이봐! (잠시 시간이 흐른다) 어이, 뭐 하나…? 이봐… 야곱…!

부하 (놀란 모습으로 고개를 들이밀며) 네! 두목!

뤼팽 어디 있었어?

부하 반대편에요…. 저 아래서 초인종을 누르는 사람들이 있어 요… 여섯 명쯤 되는 사내들이에요.

뤼팽 서둘러, 밧줄! (부하가 밧줄을 내린다) 자자, 서두르라고… 아니, 뭔가 소리가 들리는데? (그때, 현관 벨이 울린다)

부하 조심해요, 두목. 이런, 밧줄을 놓쳤어요.

뤼팽 너무 늦었어. 너나 튀어.

부하 그럼 두목은요?

뤼팽 알아서 할게…. 서둘러 도망쳐…. (불을 끈다. 천창은 그대로 열 려 있고 뤼팽은 병풍 뒤로 숨는다. 댕블발이 방에서 나와 불을 켠다)

댕블발 아니, 이 시간에 찾아올 사람은 경찰밖에 없는데. 거기
　누구요? 거기 누구요?

목소리 치안국 부국장, 마레스코입니다.

댕블발 (방 문을 닫으면서) 아! 이제 숨 좀 쉬겠구먼! (무대를 가
　로질러 안쪽 문을 열고 현관으로 나아간다) 잠시만요⋯. 가요,
　가⋯.

뤼팽 (현관 문간까지 달려가서 상황을 엿본다) 부국장 마레스코
　군⋯. 이거, 간담이 다 서늘해지는데! (목소리를 낮춰 부하를 부
　른다) 야곱⋯ 야곱⋯ (탁자를 옮겨놓고, 그 위에 석재 조각을 올
　린다. 하지만 천장까지 거리가 너무 먼 것을 보고 이내 중얼거린
　다) 안 되겠군⋯! 그래도 이렇게 경찰에 체포될 수는 없지⋯!
　차라리 목걸이를 그냥 놓아둘까?

　(잠시 망설이다가, 안쪽 문으로 다가가 잠가버린다. 떠들썩한 소리
가 들리고 두 개의 덧문이 심하게 흔들린다)

댕블발 (무대 뒤에서 외친다) 안에 누가 있다! 문은 부수지 마시
　오, 그보다 열쇠업자를 부릅시다! (눈 깜짝할 사이에 뤼팽은 작
　업복과 모자를 벗어 석재 조각 발치에 있는 탁자 위에 던져놓고, 제
　법 괜찮은 모습이 되어 병풍 뒤에 가 몸을 숨긴다. 부국장과 형사
　들이 거칠게 문을 밀고 들어온다. 댕블발이 전등을 켠다. 병풍 뒤에
　숨은 뤼팽은 이제 정장 차림이다. 붉은 수염을 베어내고는 의자에
　앉아서 천천히 분장을 지운다)

댕블발 (얼이 빠진 표정으로) 어딨지?

부국장 숨은 것 같소.

댕블발 이런! 내 방을 살펴보시오, 마레스코, 숨을 데라곤 거기 밖에 없어요. 앞장서요.

부국장 (방문을 열며) 아무도 없소…. 저 병풍 뒤는 어때요? (무대를 가로질러 간다. 뤼팽은 긴장한 자세를 한다. 그런데 탁자와 석재 조각이 갑자기 부국장의 눈에 띈다) 아니, 여긴… 이것 좀 봐요….

댕블발 말도 안 돼.

부국장 하지만… 이 탁자… 저 사다리… 확실해요. 지붕으로 도망쳤어요….

댕블발 그럼 어디로 들어온 겁니까?

부국장 같은 통로로요.

댕블발 그러기엔 너무 높아요!

부국장 봐요…. 공범이 있어요… 천창이 여전히 열려 있잖소…. 지붕 위로 올라가 볼 수 있소?

댕블발 내려가서 건물 관리인한테 하인 전용 계단 사용을 요청해야 해요. 저기로 내뺐다면… 이미 멀리 갔을 거요.

부국장 이봐요, 그건 모르는 일이오. (작업복을 가리키며) 이게 뭐죠? 이건 뭡니까? 당신 거요?

댕블발 아니오.

부국장 아무렴, 그럼 그렇지! 놈이 두고 갔군…도망치기 편하게 벗어 던진 거야…. 그리고 이 모자, 러시아 노인이 말한 인상착의와 맞아떨어지는구먼.

댕블발 그 러시아 노인, 내 모델 말입니까?

부국장 그래요. 만취해서 도랑에 빠져 있는 걸 도와주었는데, 내게 털어놓더이다.

댕블발 그자가 공범입니까?

부국장 우리가 며칠 전부터 찾고 있던 자의 공범이었소…. 붉은 수염을 한 자인데… 아주 위험한 부랑자죠. (뤼팽의 몸짓을 흉내 내며) 오늘 밤 절도가 있을 거라는 사실을 바로 그 러시아 노인을 통해 안 거요…. 목걸이가 사라질 거라고.

댕블발 (차분한 목소리로) 그럴 리 없소!

부국장 하지만… 책상 안에 에메랄드 목걸이가 있다는 것까지 알고 있더이다.

댕블발 (빈정대는 말투로) 틀림없이 거기라고 했소?

부국장 그럴 거라고 했소.

댕블발 천만에. 내가 그렇게 터무니없지는 않아요….

부국장 그래도 당신에게 에메랄드 목걸이가 있긴 하잖소.

댕블발 그럼요… 기가 막히죠….

부국장 어디 있습니까?

댕블발 안전한 곳에 있어요. 샅샅이 뒤져봐도 찾을 수 없는 은닉처지요. 내 장담하오.

부국장 지금도 얌전히 있을까요?

댕블발 내 직접 당신 앞에 대령하리다.

부국장 댕블발!

댕블발 (손가락으로 가리키며) 저기, 저 꽃병 속에 있어요…. 아주 단순해요…. 도둑이 감히 상상도 못할 장소 아니오? (꽃병을 살피다 얼이 빠진 얼굴을 한다) 아!

부국장 왜 그래요?

댕블발 도둑맞았어요! (안락의자에 주저앉는다) 어서 놈을 뒤쫓아요… 어서 놈을 잡으라구요…. (몸을 일으켜 딸의 방으로 발걸음을 서두른다) 마르셀린…! 목걸이가…!

마르셀린 (모습을 드러내며) 그럴 리가!

댕블발 것 봐! 내가 누누이 얘기했잖아… 네가 목걸이를 갖고만 있었어도….

마르셀린 도대체 누가 훔쳐 간 거예요?

댕블발 (좀 더 당황한 기색으로) 수염 난 남자… 붉은 수염을 가진 자… 부랑자… 살인자.

부국장 자, 좀 진정하세요…. 조르주… 뒤피, 위로 올라가게.

댕블발 그래요! 올라가 봐요! 아! 그자가 픽도 기다리고 있겠구먼!

부국장 하지만….

댕블발 (분해서 발을 동동 구른다) 픽이나 그렇겠소! 이미 다른 집으로 내뺐을 수 있지 않소! 지붕이 드뢰 백작의 저택 지붕으로 통한단 말이요!

부국장 그럼… 거기로 갑시다!

댕블발 (여전히 같은 몸짓으로) 저택 정원으로 도주했다면요? 담을 뛰어넘었을 수도 있을 테고….

부국장 우리가 먼저 도착할 겁니다.

댕블발 (여전히 같은 몸짓으로) 아니, 대로를 깡그리 순찰해야 할 거요. 아! 이런 무시무시한 일이 일어나다니!

부국장 저 문은…?

댕블발 모델 전용 계단으로 연결되는 문이오.

부국장 어디로 연결되나요? 대로 쪽입니까?

댕블발 (여전히 같은 몸짓으로) 아뇨, 광장 쪽으로요. 마르셀린, 열쇠 좀 줘라.

마르셀린 제 방에 있어요.

댕블발 그럼, 그럴 필요 없으니 그냥 둬라. (안락의자에 다시 주저 앉는다) 시간만 버릴 뿐이야…. 아! 차라리 몰랐더라면! 아! 이런….

부국장 (경찰관들을 향해) 바르니에… 출구 아래서 광장 쪽을 살 피게. 자네, 뒤피. 느무르가 경찰서로 당장 달려가 경찰관 대 여섯 명 정도를 지원해달라고 요청하게. 아무래도 일당이 있 는 것 같아.

댕블발 (몸을 일으켜 천창을 가리키며) 만약 그자가 저리로 다시 돌아오면… 내 딸이….

부국장 아, 그럴 것 같아 보이지는 않습니다만 아가씨는 방 안에 꼼짝 않고 있으십시오…. 아버지와 나 외엔 누구에게도 문을 열어주지 마십시오…. 자, 그리고… (형사 한 명에게) 공트랑, 자넨 여기 남고… 필요한 경우 발포하게. 우리가 상대하는 놈 은 매우 위험한 놈이니….

댕블발 악당, 살인자…. 서둘러요, 마레스코. 어서, 앞장서요, 내 가 열쇠로 문을 잠가야 하니.

(공트랑만 남고 모두 밖으로 나간다. 장면 내내 뤼팽은 느긋하게 앉아 있다. 얼굴 분장을 닦아내고 손톱을 정리하고는 가짜 수염을 빗

질해서 호주머니 속에 넣는다. 그런 후 화장 용품, 향수병, 권총 모양 향수 분무기, 머리 인두 등을 집어 들고 장난친다. 그러다 행동에 나설 준비가 된 듯 자리를 박차고 일어난다. 형사는 안쪽의 큰 문을 잠그고 무대 앞쪽으로 걸어 나오며 주위를 찬찬히 살핀다. 모델 전용 계단 방면으로 걸어가다 병풍 뒤를 지나치고는 무대 중앙으로 돌아온다. 그와 동시에 뤼팽은 형사가 자신을 발견하지 못하도록 병풍을 조심스레 한 바퀴 돌아 다시 제자리로 돌아온다. 뤼팽은 잠시 생각에 잠기더니만, 담배를 말고 있는 형사를 향해 발끝으로 살금살금 다가가서는 병풍 뒤에서 주운 수건으로 그의 입을 틀어막아 넘어뜨리고는, 형사의 얼굴 바로 위 20센티미터 지점에서 권총을 겨눈다)

뤼팽 손 들어, 움직이지 말고, 해치지는 않을 테니…. (형사는 벗어나려 발버둥을 치며 끙끙댄다) 오! 조용히 하는 게 좋을 거야…. (뤼팽은 자신의 호주머니를 뒤지고는 작은 병 하나를 꺼낸다) 마취약을 좀 써야겠군…. 머리가 맑아지는 데 도움이 될 거야…. (약에 마취된 형사는 잠에 빠진다) 잘됐군. 꼬마야, 그렇게 얌전히 있어라. 자, 고생했으니 향수 좀 뿌려줄게. (권총 모양 향수 분무기를 다시 한 번 겨누고 분무한다) 잘 자게. (그러곤 댕블발의 방까지 남자를 데굴데굴 굴려 넣고는 문을 닫는다) 그래… 잘 자거라…. (뤼팽은 벌떡 몸을 일으키고는 안쪽 문을 열고 현관문으로 달려가 손잡이를 부수기 위해 연장을 꺼내려 문득 멈춰 서서 귀를 기울이더니 중얼거린다) 아, 이런! 놈들이 내 도구들을 빼돌렸지, 이런 날강도 같은 놈들! (다시 돌아와 아틀리에의 문을 닫고는 잠시 생각에 잠긴다. 그러더니 이내 모델 전

용 문으로 향한다) 제길…! 열쇠가 필요해…. 어쩐다…! 잠겼
잖아… 볼 장 다 봤군! 아! 젠장! 아, 젠장…! (화가 난 맹수처
럼 한동안 이쪽저쪽을 맴돌다 탁자 앞에 자리를 잡고 앉는다) 자,
머리를 굴리자, 뤼팽…. (곁에 놓인 전화기에 눈길이 닿자 잠시
생각하더니 모델 전용 출입구와 마르셀린의 방문을 차례로 바라
보고 다시 이렇게 중얼거린다) 그래, 확실히 열쇠가 필요해. (잠
시 시간이 흐른 후) 기왕 이렇게 된 거, 안 될 것 없잖아? (시계
를 본다) 15분 여유가 있군, 그 정도면 충분해. (수화기를 들고
는 목소리를 낮춰 교환원에게 분명한 명령조의 목소리로 말한다)
64875번 연결해줘요. (잠시 후) 여보세요…! 64875번 연결
부탁해요…. (성을 내며) 아, 이런, 어쩔 도리가 없구먼…. 감
독관, 감독관 좀 연결해주시오…. (잠시 후) 감독관이오…? 카
롤린이오? 내 말 잘 들어, 자기. (버럭 성을 내며) 말 많네, 제
길! 내 말 좀 들어봐…. 지금 당장 일 중단하고 차를 타고 곧
장 사무실로 가. 베르나르와 그리팽이 있을 거야. 그들에게
내가 지금 조각가 댕블발의 아파트에 포위되어 있다고 전해.
보초 서고 있는 형사들이 있어. 광장 쪽으로 나 있는 모델 전
용 계단 아래에도 몇 놈 있고. 놈들을 피해서 나를 기다리라
고 있으라고 해. 10분 후야…. 참! 사무실에 다른 놈들도 있
으면 죄다 오라고 해… 10분 후야…. (수화기를 내려놓은 뒤,
시간을 확인하고는 방문으로 다가가 귀를 기울이더니 갑자기 문을
두드린다) 어서요… 문 열어요… 마레스코 부국장입니다…
긴급 상황이에요… 모델 전용 출입문 열쇠 좀 가지고 나와요.
(문이 열리고 모습을 드러낸 마르셀린이 외마디 비명을 내지른다)

뤼팽 (사나운 기세로) 조용히 해요! (여자가 문을 다시 닫으려는 것을 막아서고는 두려움에 떠는 여자를 무대로 끌고 나온다)

마르셀린 누구시죠?

뤼팽 아무 말도 하지 말아요…! 자, 가만히 있어요…. 괜한 상상하지 말아요. 내가 설명하리다…. (겁먹은 마르셀린이 무대 뒤에서 앞쪽으로 나온다) 이런, 절대 두려워 말아요…. 해치지 않을게요.

마르셀린 하지만, 이봐요.

뤼팽 좀 더 목소리를 낮춰줘요, 제발… 우리 소리가 새어 나가면 안 돼요…. 누구도 우리 소리를 들어선 안 된다고요. (안쪽 문을 잠그러 간다) 그럴 만한 중요한 이유가 있어서 그래요. 내가 이렇게 당신 곁에 와 있는 것을, 당신을 찾아 이곳에 온 것을 사람들이 알아선 안 돼요. (마침내 뭔가 변명거리를 찾은 듯, 좀 더 격한 어조로 말한다) 그래요, 당신을 만나러 왔어요! 오늘 저녁, 발통 트레모르 댁 무도회장에 당신이 있었죠…. 당신을 보았어요…. 오! 실은 처음이 아니었어요…. 항상 당신 곁을 맴돌았소… 시장에서도….

마르셀린 (그 말을 듣고 놀란 표정으로) 시장에는… 가본 적이 없는데요….

뤼팽 아뇨, 아뇨, 백화점 안에 있는 식료품 가게 말이에요…. 그리고 매번 당신이 극장을 찾을 때에도….

마르셀린 극장도 안 갔는데….

뤼팽 (계속해서 주위를 살피며) 오! 제발, 내 말을 가로막지 말아요… 우리에겐 시간이 10분밖에 없어요…. 얼마나 오랫동안

당신과 얘기할 기회를 기다려왔는지 모릅니다! 너무도 오래
전부터 말이외다! 그러다 결국 오늘 저녁, 내 벗인 발통 트레
모르가의 무도회에서… 부인이 매력적이죠…. 부인의 남편
과 나는 서클에서 매일같이….

마르셀린 부인은 과부인데요….

뤼팽 (여전히 신속하게 주위를 살피며) 아, 그렇죠. 남편이 죽은 후
로…. 아니, 그것보다 나를 먼저 소개해야겠구려…. 난 언제
나 당신 곁에서 당신을 바라보고 있었소…. (여자 가까이로 다
가서며) 오! 당신은 나를 볼 수 없었을 거요…. 늘 당신 눈길
이 닿지 않는 곳에 숨어 있었으니…. 나는 지독하게 부끄럼쟁
이요. 그런 내가 어찌 당신에게 다가가 말을 걸 수 있었겠어
요…! 그런데 이곳을 찾기로… 무턱대고 당신을 찾아온 것이
라오…. 이리하여 오늘 저녁, 내가 이 절도 사건 현장 한가운
데에 와 있게 된 거요. 난 그저 당신이 보고 싶었고… 당신과
이야기 나누고 싶었을 뿐… 그리고 곧 돌아가려 했어요. 그래
요, 이내 돌아가려고 말이죠…. 그러니 누군가와 마주치지 않
아야 할 거 아니오, 그렇지 않겠소…? 난 이 출구로 가겠소….
자유롭게 나갈 수 있는 문이 이것뿐이니… 이제 곧… 이제
곧 나가겠소…. 이제 내 말 이해하겠죠?

마르셀린 (불신하는 눈빛으로 남자를 관찰하며) 아니요… 아니
요… 이해 안 돼요… 전 아버지와 집에 같이 들어왔어요.

뤼팽 그런데요?

마르셀린 (남자에 대한 의혹이 점차 커지며) 들어오면서 문을 잠갔
어요…. 그런데… 당신은… 어떻게?

뤼팽 아, 이런. 그건 전혀 중요하지 않아요.

마르셀린 (한 발 더 물러서며) 중요해요, 중요하단 말이에요…. 당신 그 남자와 함께 온 거죠…?

뤼팽 (격분하며) 붉은 수염 난 그 남자 말이오?

마르셀린 (완전히 멀리 떨어지며) 날 놓아줘요… 안 그러면….

뤼팽 (거칠게 여자를 붙들며) 어딜 가는 거요? (여자는 망연자실한 표정으로 멈춰 선다. 잠시 후, 뤼팽은 진정하고 부드럽게 여자를 의자에 천천히 앉힌다) 오! 미안합니다… 무례를 용서하십시오…. (슬그머니 시계를 보고는 중얼거린다) 제길! (매우 저자세로, 자신이 무어라 말을 하는지도 헤아리지 못한 채 앞뒤가 다른 말을 다시 지껄인다) 그래요, 맞아요. 그 남자와 함께 왔소…. (무대 안쪽의 큰 문으로 다가가려 마르셀린이 움직인다) 아니, 아니. 두려워 말아요, 내가 그놈의 공범은 아니라고요…. 오! 아니에요! 그 불한당 같은 놈! 파렴치한 악당 중의 악당…! 하지만 난 그자의 계획을 알고 있었고 당신에게 오기 위해 그걸 이용한 것뿐이에요…. 나는 당신에게서 무언가를 가져가려고 했어요…. 하지만 목걸이는 아니에요…. 목걸이는 그자가 가져갔소, 맹세합니다…. 그것 말고 다른 것… 아무거나… 당신 사진… 그래요, 자, 이거요, 봐요… 돌려드리죠…. 보시다시피 저는 정직한 남자입니다…. 보세요… 보시라고요…. (여자는 차츰 안심하며 자기도 모르게 남자의 말에 귀 기울인다. 한편 뤼팽은 여전히 주의 산만한 모습으로, 자신이 연기하는 역할과 목적을 달성하려는 초조함 때문에 더욱 간절함이 배어든, 끊어지는 목소리로 이야기를 계속한다) 부탁해요, 나를 돌려보내 줘요….

나를 문으로 내몰아요… 제발…. 그렇지 않으면 당신에게 말할 것 같아요. 당신이 들어서는 안 되는 그 말을…. 나는 침묵하고 싶어, 나는 도저히…. 당신을 사랑해요…. 오직 당신만이 내 머릿속에 가득합니다. 당신께 털어놓고 당신이 기꺼이 내 말에 귀 기울여주니 내 마음은 기쁨이 충만하구려…. 다 털어놓았어요, 내 사랑. 더 이상 당신을 보지 못한다는 사실에 한없는 고통과 슬픔을 느낍니다. 자, 이제 마지막 인사를 전하오. 모든 게 끝났어요. 이제 끔찍한 순간만이…. 아! 당신을 사랑해요…. 당신을 사랑해요…. 내게 열쇠를 줘요! (마르셀린은 남자의 말들에 도취된 표정이다. 그의 목소리, 기묘한 상황, 그 모든 것이 마음을 뒤흔들었다. 일순간 현기증을 느끼며 마르셀린은 현실에 대한 감각을 잃는다. 결국 부지불식간에 여자는 열쇠를 넘겨준다)

뤼팽 고마워요… 오! 고마워요…. (득의만면한 표정으로 일어나 중얼거린다) 후유! 됐다! (문 쪽으로 다가가 열쇠를 꽂으려다 흘끔 뒤를 돌아본다. 마르셀린이 두 손에 얼굴을 파묻고 있는 모습이 보인다. 뤼팽은 일순 행동을 멈추고 잠시 생각에 잠기며 여자의 마음을 헤아려보고는 감동한 얼굴로 마르셀린에게 다시 다가선다) 아무 말 말아요, 부탁이오. (잠시 후) 나를 용서하시오…. (당황해하는 태도, 감격한 목소리로) 당신은 알 수 없는… 그런 인생이 있어요…. 이리저리 당신을 떠밀어 가는 상황들… 그리고 어느 날 문득, 당신의 두 눈 앞에 당신을 물끄러미 바라보는 또 다른 두 눈을 발견하게 되지… 그리고….

마르셀린 (걱정스러운 목소리로) 어서 가세요!

뤼팽 당신의 호의를 훔칠 생각은 없습니다. 또한 용맹한 연인의
모습으로 당신에게 기억되는 걸 원하지도 않아요. 내가 당신
에게 했던 모든 말들을 잊어버려요. 모두 거짓이었소. 내가
비열한 행동을 연기한 거요.

마르셀린 가세요! 어서요!

뤼팽 아! 유감스러운 인생이여. 이제야 당신을 바라보는 내 마음
이 정직해진 것 같구려…. 이젠 정말 가야 할 시간이오. (모델
전용 계단에 난 문을 향해 다가간다. 그리고 갑자기) 너무 늦었어!

마르셀린 뭐가요?

뤼팽 보시다시피! 열쇠를 얻기 위해 거짓말을 했다고 날 원망하
지 말아요. 내게 열쇠를 건넨 당신의 아름다운 행동에 난 이미
진심 어린 마음이 되었어요. 진실함이란 사치죠…. 자, 여기
당신의 열쇠가 있어요. 나는 더 이상 이걸 사용할 수 없어요.

마르셀린 (불안한 목소리로) 미쳤군요! 아직 시간이 있어요….
아! 세상에! 진짜예요, 내 말 들어요!

뤼팽 아니, 아니요, 괜찮습니다!

마르셀린 (밝은 얼굴로) 아!

뤼팽 그게 아니라, 경찰이 와 있어요.

마르셀린 (테이블 옆 좌측으로 움직인다) 세상에!

댕블발 (마레스코와 함께 안으로 들어온다) 아! 이건, 또… 무슨 상
황이야?

(뤼팽은 마르셀린으로부터 눈길을 거두고 모델 전용 출입문을 바
라보며 시계를 힐끗 본다. 그리고 짜증이 난 몸짓을 취한다)

댕블랑 당신은 누구요?

뤼팽 (매우 거리낌 없는 태도로) 방금 아가씨에게 설명하던 중이었습니다. 집을 잘못 찾아왔습니다.

(뤼팽이 무대 안쪽으로 발길을 옮기는데 부국장이 그 앞을 막아선다)

댕블랑 집을 잘못 찾으셨다! 난 이 건물에 사는 사람을 모두 알고 있소! 성함이 어떻게 되시오, 선생? (뤼팽은 명함을 꺼내 그에게 건넨다) '오라스 도브리, 탐험가' (의심에 찬 눈길로) 탐험가라….

뤼팽 (당당한 목소리로) 탐험가요…. 파리에 들른 김에 위층에 사는 친구를 방문하러 왔소.

댕블랑 위층이라! 거긴 지붕인데…!

뤼팽 (다시 발길을 옮기려 하지만 부국장이 가로막는다) 내려갑시다, 설명해드리죠.

부국장 (목소리를 높이며) 우선 설명부터 하시지요, 선생.

댕블랑 (뤼팽의 팔을 덥석 붙잡으며) 여긴 어떻게 왔소?

뤼팽 걸어서요.

댕블랑 내 말은, 어떻게 집 안에 들어왔냐는 거요.

뤼팽 문으로요.

댕블랑 불가능해! 문은 잠겨 있었소. 보다 정확하게 대답하시오, 선생. 그렇지 않으면…. (딸을 바라보며) 그렇지 않으면 누군가 당신에게 문을 열어줬다고 생각할 수밖에 없소. 그리고 언제 들어왔는지도 대답해보시오. 왜냐면 건물 전체가 감시되고 있었단 말이오. (갑자기 딸에게 소리친다) 아니면, 네가 대답해보렴, 넌 계속 집에 있었잖아…! 넌 알고 있어… 이 남자와 얘길 나누고 있었으니까… 그래… 자… 대답해라….

마르셀린 네, 알겠어요, 아빠.

댕블발 아! (잠시 침묵한 후, 점잔 빼는 어조로) 부국장님, 이건 경찰과 관계없는 가정 문제입니다. 대답해라, 어서.

뤼팽 (끼어들며) 아니, 아가씨. 안 돼요, 용납하지 않습니다…. 아니, 무슨 일이 있어도 절대 안 됩니다. (몸을 홱 돌리며) 그 명함에 쓰인 이름은 내 이름이 아니오. 내 이름은 좀 더 충격적이지. 부당하게 한 여인에게 폐를 끼치느니 (여자에게 경의를 표하는 몸짓을 한다) 당신 둘을 차라리 죽여버릴 남자, (두 남자는 두려움에 떠는 몸짓을 한다) 그 나름의 방식으로 정직한 남자의 이름이지. 나는 아가씨의 환심을 사려고 이곳에 온 것이 아니오…. 하지만 아가씨를 뵈는 영광을 누린 후부터, 내가 이곳에 다시 올 가능성이 (댕블발을 보며) 매우 커졌다는 것을 고백할 수밖에 없군요. 아가씨께 청혼하기 위해서 말이죠.

부국장 (옆으로 다가와서) 그러면 뭣 때문에 이곳에 온 거요?

댕블발 자, 자, 마레스코. 괜히 빈정대지 말아요. 말했잖소. 이건 경찰과 상관없는 일이라고.

뤼팽 자, 뭐가 더 필요하신 게요?

댕블발 (비꼬는 말투로) 설마, 당신이 목걸이 때문에 왔다고 우리가 생각하길 바라는 거요?

뤼팽 (목걸이를 꺼내 놓으며) 여기 있소, 탁자 위에.

부국장 이런!

댕블발 (다가서며) 도둑이다!

뤼팽 배은망덕하시군!

부국장 봐! 보라구! 인상착의가 붉은 수염 난 놈과 비슷한 것 같군. 아! 그자야!

뤼팽 (가짜 수염을 내보이며) 이 수염 말이오?

부국장 바로 저거야. 내가 보초 서게 한 경찰관은 어디 갔소?

뤼팽 오! 그 친구 너무 피곤해서 한숨 자라고 내가 들여보냈소.

부국장 아! 대체 당신 누구야?

뤼팽 (또 다른 명함 한 장을 그에게 건네며) 자, 받으시게, 경찰 양반.

댕블발과 부국장 (명함을 읽는다) 아르센 뤼팽!

뤼팽 세상에나, 그렇지! 자, 할 수 있는 걸 해보시게! (부국장은 현관문까지 내달린다. 뤼팽은 마르셀린 앞으로 가 허리를 숙이고는 쾌활한 목소리로 말한다) 아가씨, 이곳에서 다소 거친 일들이 일어날 겁니다. 어쩌면 피가 튈지도 몰라요…. 퍽 유쾌하지는 않을 겁니다…. (방문을 열면서) 자, 들어가시죠.

댕블발 (딸을 밀며) 들어가!

(여자는 문턱 위에 잠시 멈춰 서고는 잠깐 주저하다 슬그머니 뤼팽을 바라보고는 걸어간다. 뤼팽은 그런 모습을 눈으로 쫓는다. 여자는 퇴장한다)

뤼팽 (댕블발을 느닷없이 불러 세우며) 당신, 정말 저 아가씨의 아버지 맞아?

댕블발 뭐! 뭔 소리요?

뤼팽 내 말은, 당신 같은 사람이 저런 아가씨의 아버지라는 게
도저히 믿기지가 않아서 하는 말이야. (그리고 느닷없이 부국
장을 향해 몸을 돌려서) 자, 장난 한번 해보자고. 이런, 지원군
없이 당신 혼자뿐인 상황이 아니길 바라네.

(뤼팽은 탁자 위에 앉아 담배 한 대를 준비한다)

부국장 지붕 위에 지원군이 있어. 저기 계단 아래쪽에도 몇 명
더 있고. 물론 충분하지 않겠지, 자네가 뤼팽이라면…. 하지
만 경찰서에 이미 지원 요청을 해놨으니 항복하게.

뤼팽 (담배를 입에 물고) 보초병은 죽을 거야…. 내가 예의 바른
사람이라 이것도 귀띔해주는 거야.

부국장 (권총을 들이대며) 항복하라고 했다!

뤼팽 (권총을 정면으로 바라보며 손동작을 한다) 오른쪽으로 조금
더… 조금만 더… 좀 더 위로!

부국장 농지거리 그만해! 항복할 텐가?

뤼팽 그럼, 당연한 말씀을!

부국장 무기를 내놔. (뤼팽은 권총 모양의 향수 분무기를 그에게 건
네고 부국장은 자세히 살펴보지도 않고 그걸 급히 호주머니 속에
넣는다)

뤼팽 조심하시오, 장전되어 있으니까!

부국장 자, 나를 따라와.

뤼팽 (성냥을 칙 그으며) 세상 끝까지 따라가 드리지.

   (부국장이 위협적인 자세로 다가선다)

뤼팽 (불이 붙은 성냥을 들어 보이며) 먼저 나서는 놈의 머리통을
   그을려주지.

부국장 너만 손해야! 발포한다.

뤼팽 감히 그렇게 못할걸.

부국장 하나… 둘….

뤼팽 휴전!

부국장 (어리둥절한 얼굴로) 뭐?

뤼팽 (몸을 일으키며) 휴전이오… 잠시 휴전하자고요…. 그러니
   까… (엄숙한 어조로) 잔인한 운명이 나를 죽음으로 내몰았으
   니… 자요, 목걸이가 아직 여기, 이 탁자 위에 있다는 사실을
   주목해주셨으면 하는 바요.

댕블발 내 목걸이….

부국장 아, 저런! 뭐하는 거야….

뤼팽 미안하오만, 난 휴전하자고 말했소. (댕블발에게) 이 목걸
   이, 내가 알았던 것과 달리 당신 것인 듯한데….

댕블발 내가 브레브 공작부인에게서 산 거요.

뤼팽 그러게요! 근데 나도 들은 바가 있어서. 그리 정확한 이야
   기는 아니오만… 이쨌든, 나는 이 목걸이에 대해 책임질 일
   이 없는 듯하군요. 다른 이들을 추궁해보심이….

부국장 (결심한 듯) 역시 뒤끝이 안 좋은 놈이야! (뤼팽에게 다시

총을 겨눈다)

뤼팽 (큐피드 상 뒤로 몸을 날린다) 무기 내리지. 아니면 조각상이
상할 거야.

댕블발 (놀라서 부국장에게 달려든다) 미쳤소! 내 조각상이오!

뤼팽 (조각상을 흔들면서) 어디 한번 해보시지!

댕블발 잠깐만! 이봐요, 마레스코. 저놈을 그냥 둡시다. 목걸이
는 돌려줬잖소.

뤼팽 (어느새 모델 전용 출입문까지 물러났다) 그래야지, 마레스
코. 그리고 당신, 너무 바보야. 나로 하여금 가면을 벗게 만들
었으면, 이미 성공한 거나 다름없는 데 말이야. (누군가 문을
두드린다. 아니나 다를까, 모델 전용 출입문을 두드리는 소리다)
자… 누가 문을 두드리는군. 지원군이라도 오셨나? 그럴 리
없지, 자넨 공화국 근위대를 소환했으니…. 내가 좀 도와줄
까? 우리 셋이라면 아마 성공할 거요.

(뤼팽은 손을 뒤로 가져간다. 그 손에 열쇠가 들려 있는 게 보인다.
무대 앞쪽, 모델 전용 출입문을 등지고 선다)

부국장 그만 입 다물어… 수갑 채우겠어!

뤼팽 아! 안 돼, 그럼 너무 우스꽝스럽잖아!

부국장 그럼, 뭐? 뭘 원하는데?

뤼팽 경의!

부국장 그리고 또?

뤼팽 (열쇠 구멍에 열쇠를 꽂았다) 당신과 나 사이의 적당한 거리.

부국장 안 되겠다면?

뤼팽 안 되겠다면, 내가 내빼는 거지 뭐. (뤼팽은 몸을 돌리고는 재빨리 문을 연다. 두 명의 정복 경찰관이 길을 가로막고 선다) 멍청이들, 비켜서! (경찰관들을 떼어놓으려는 순간, 부국장이 도착한다. 경찰관들은 문을 밀어 닫고, 뤼팽은 몸을 빼어 벽에 등을 붙인다)

부국장 (웃음을 터뜨리며) 끝났다, 뤼팽! 이번에야말로….

뤼팽 (운명을 받아들이듯) 그런 것 같군… 난 체포되었네….

부국장 (우쭐한 모습으로) 아하하!

뤼팽 어이, 다만 감정 상하지 않게 행동 좀 조심스럽게 해줬으면 하는데? 최소한의 예의라도 차려주란 말이오.

부국장 (경찰관들을 향해) 수고가 많네, 친구들. 자, 각자 자리는 미리 통고받았지?

경찰관 1 네, 동료들이 대로 순찰을 마쳤습니다. 부국장님께서 인솔하신 형사들이 경찰들을 지휘하고 있습니다.

부국장 (댕블발을 향해) 그럼 문을 엽시다.

댕블발 갑니다. 가요…. (그가 나가자 두 명의 경찰관이 뤼팽을 둘러싼다)

부국장 (뤼팽에게) 썩 나쁘진 않잖소. 그렇지, 뤼팽?

뤼팽 친절하시군, 하지만 더 나은 게 있소.

부국장 뭐? 아직 안 끝났소?

뤼팽 끝났지, 끝났다마다…. 어쨌든 감옥살이라는 것도 일정 시간 시간을 보내는 것일 뿐. 들어갔다가 다시 나오는 정도요.

부국장 그럼 일단 들어가는 걸로 시작해보자고, 어때?

뤼팽 (웃으며) 그리 안심하지는 말게!

부국장 (경찰관 중 한 명에게) 달려가서 삯마차 한 대 불러오게. 우린 곧 뒤따를 테니.

뤼팽 괜한 고생 말게. 나에게 자동차가 한 대 있으니. 대로 언저리에 있을 걸세. 운전기사는 바티뇰가의 에르네스트지.

부국장 (뤼팽에게 다가서며) 자, 출발! (등을 돌리는 순간, 뤼팽을 둘러쌌던 두 명의 경찰관이 부국장의 팔을 움켜쥔다. 놀란 부국장이 몸부림을 친다) 뭐야? 이건 또 뭐야? (잠시 두 명의 경찰관과 뤼팽을 번갈아 바라보다가 큰 소리로 외친다) 세상에나, 한패였어! (그들을 거칠게 밀어내며 무대 안쪽 문으로 내달린다) 이봐들, 날 좀 도와줘! (문을 열자, 현관에 건장한 체구의 정복 경찰관 여섯이 있다. 댕블발과 치안국 경찰들이 그들 옆에서 재갈이 물리고 결박된 채로 의자에 꽁꽁 묶여 있다. 부국장은 중얼거리듯 말을 내뱉는다) 아! 악당 놈들!

뤼팽 (소개하는 제스처로) 나의 개인 경호원들이오… 반反치안국 서비스를 제공하지…. 멋진 사내들 아니오? (뤼팽의 신호에 처음 두 경찰관 중 하나가 낡은 천으로 부국장을 꼼짝 못 하게 묶는다. 뤼팽은 다른 하나에게 묻는다) 좀 전에는 나를 못 알아본 겐가?

경찰관 1 네, 두목. 제가 신참인 데다 밖이 깜깜해서요…. 게다가 카롤린 말로는 기다리고 있는 분이….

뤼팽 붉은 수염을 하고 있다고 했겠지? 내 실수로군. (포로들을 향해 돌아보며) 자, 이제 퇴각! 매혹적인 장면이야! 이 광경을 스케치라도 해놓고 싶군! (호주머니에서 작은 사진기와 마그네슘 램프를 꺼내고는 사진기를 들이대며 파인더 위로 머리를 기울인다) 멋진 단체 사진이 되겠어… 거의 다 됐군…. 마레스코, 인상 좀 펴… 그래, 자네. 생각에 잠긴 듯한 모습을 하고 있군…. 댕블발, 미소 좀 짓게…. 좋아, 더 이상 움직이지 말고…. 찰칵! 이제 됐소! 신문에 실릴 스냅사진이 완성됐네!

(문이 성급히 열리고는 또 다른 정복 경찰관이 소리친다)

경찰관 2 경찰이다…! (무질서하고 질겁한 모습이다)

뤼팽 (매우 침착하게) 뒤로 돌아! 모델 전용 출입문 쪽으로 질서 정연하게 움직인다! (경찰관들은 황급히 물러난다. 현관의 초인종이 울린다) 가서 문 열어, 마레스코…! (문 쪽으로 소리친다) 들어오지 마! 내 개인 소지품들은 어디 있지? 마레스코, 내 분장용 옷가지들 다 어떻게 한 거야? (초인종이 또 울린다) 잠시만 기다려, 이런 젠장, 내가 모자도 없이 밖에 나가는 걸 원치는 않겠지! 옳거니, 작은 망토가 하나 있군. (망토 하나를 찾아낸다) 아! 자! 고맙네! 번거로운데 그냥 있게나….

(모델 전용 출입구에서 정복 경찰관 모습의 공범 하나가 들어온다)

공범 두목, 자동차가 준비됐습니다!

뤼팽 간다. (뤼팽은 인사를 하고 나간다. 포로들은 결박을 풀기 위해 필사적으로 노력한다. 뤼팽이 뭔가를 잊은 듯 다시 들어와서는 댕블발의 호주머니에서 가만히 목걸이를 꺼내 챙긴다) 당신 것이 아니라는 것을 안 이상, 나도 양심의 가책을 느끼지 않네. 보게나, 부정하게 얻은 것은 이롭지 못하다네…. 물론 내게는 이롭지만 말이야.

(다시 나서려는데, 부국장이 자신의 팔 한쪽을 간신히 빼내어 아까 뤼팽이 그에게 건넨 권총 모양의 향수 분무기를 겨누고는 이렇게 소리치며 방아쇠를 당긴다)

부국장 이런, 너절한 놈!
뤼팽 아! 고맙네! 좀 더 쏴주게! 난 이 향수 참 좋아. 카롤린의 향수거든. 그럼 또 보세나! 피차 지난 일은 잊고 말이지, 알았나? 난 마음 깊이 자네를 좋아하고 있단 말일세.

(뤼팽은 나가고 부국장과 댕블발은 결박이 반쯤 풀리고 재갈이 반쯤 벗겨진 상태에서 겨우 몸을 일으킨다. 둘이 고함을 지르며 난리를 피우는 와중에 그만 큐피드 상이 넘어진다)

댕블발 (부국장의 멱살을 움켜쥐며) 내 조각상! 큐피드 상! 멍청한 인간! 이런 얼간이!

막幕

아르센 뤼팽, 세계를 상대하는 유희의 왕

― **장경현**(추리소설 평론가)

모리스 르블랑,
창조자인가 전기 작가인가

추리소설의 선구자 에드거 앨런 포가 작가 자신을 '나'로 지칭하여 사건 기술자로 내세운 이후 수많은 작가들이 탐정의 친구이자 기술자로 자기 자신을 작품에 등장시켜왔다. 이는 전지전능한 탐정의 활약상을 독자와 비슷한 제한된 시점에서 기술하여 독자가 작품에 더욱 몰입할 수 있게 만드는 효과적인 기법이다.

그런데 의외로 〈아르센 뤼팽 시리즈〉 또한 그러하다는 사실은 그다지 언급되지 않는다. 모리스 르블랑Maurice Marie Émile Leblanc은 그 어떤 작가들보다 소설 속 서술자와 실제 자신 사이에서 힘들어했는데도 말이다.

1864년 프랑스 루앙의

모리스 르블랑

유복한 집안에서 출생한 르블랑은 일찍부터 문학가로서의 꿈을 품었다. 《보바리 부인》의 작가 귀스타브 플로베르와 먼 친척 관계였기에 그를 동경하고 기 드 모파상과 에밀 졸라 등을 숭배하며 따라다녔으며, 1889년 파리에 정착하여 첫 작품인 콩트집 《커플들》을 발표했다. 1893년 첫 장편 《어떤 여자》를 발표하여 쥘 르나르, 알퐁스 도데 등의 찬사를 받았으나 상업적으로는 성공하지 못했다. 심리주의적 성향이 짙은 소설들과 자신의 취미인 자전거를 소재로 한 작품들을 발표했고 정치 시사 문제에도 관심을 기울였으나 이렇다 할 성과는 거두지 못하던 차, 1905년 즉 41세가 되던 해에 새로 창간된 〈주 세 투Je sais tout〉지의 편집장 피에르 라피트가 〈셜록 홈즈 시리즈〉와 같은 작품을 쓰라고 종용했다. 경제적 이유로 대중소설에 손을 대고 있던 르블랑은 같은 잡지에 〈아르센 뤼팽, 체포되다〉를 발표하여 큰 반향을 일으켰다. 본래 한 편의 단편 작품으로 끝날 예정이었지만 열광적인 반응에 아르센 뤼팽이 탈옥하는 이야기로 이어지며, 결국 30여 년간 지속된 거대한 시리즈가 되었다.

〈아르센 뤼팽, 체포되다〉가 실린 〈주 세 투〉지 1905년 7월 호

　대중적으로 큰 성공을

거두고 추리 문학사에 길이 남는 시리즈를 탄생시켰음에도 불구하고 르블랑은 그다지 만족스러웠던 것 같지 않다. 그 자신은 플로베르나 모파상 같은 문호로서 기억되고 싶어 했기에 프랑스 문인 협회에서도 열심히 활동하고 심리주의 소설들을 발표하곤 했으나, 빛을 보지 못하고 오로지 〈아르센 뤼팽 시리즈〉의 작가로서만 알려졌던 것이다. 순문학과 대중문학의 괴리가 컸던 당시로서는 그런 갈등이 작가에게 큰 부담을 안겨 주었고, 자신이 창조한 셜록 홈즈를 부담스러워했던 아서 코난 도일이 홈즈를 한 번 죽게 만들었던 것처럼 르블랑도 여러 차례 뤼팽이 자살하거나 은퇴하는 결말을 썼다가 번복했다. 르블랑은 종종 자신이 뤼팽의 그림자라고 고백하는 등 번민에 휩싸였고 심지어 '뤼팽이 지켜보고 있다'며 경찰에 신고할 정도로 자신의 피조물에게 사로잡혀 있었다.

르블랑은 〈아르센 뤼팽 시리즈〉 외에도 다른 작품들을 발표했으나, 이 작품들 중에도 뤼팽의 세계관에 속한 작품들이 있어 그가 쉽게 뤼팽에게서 빠져나오지 못했음을 알 수 있다. 예를 들어 《줄 타는 무희 도로테》라는 작품은 〈아르센 뤼팽 시리즈〉가 아니지만 《칼리오스트로 백작부인》에서 소개된 네 가지 비밀과 연관된다. 그래서인지 이러한 르블랑의 고뇌가 어느 정도 반영된 후기 작품들에는 뤼팽의 정체성에 대한 번민과 자신의 삶에 대한 후회 등이 나타나며 뤼팽의 인간적인 모습이 두드러지는 것을 볼 수 있다. 1912년 르블랑은 프랑스의 최고 수훈 훈장인 레지옹 도뇌르 훈장을 받았으니, 그래도 그의 이런 고뇌는 어느 정도 보상을 받았다고 할 수 있겠다.

르블랑 생전에 출간된 〈아르센 뤼팽 시리즈〉는 1939년에 나온 《아르센 뤼팽의 수십억 달러 외》가 마지막 작품으로 알려져 있었다. 그러나 르블랑 연구가 자크 드루아르 교수가 1996년 르블랑 일가의 서류철에서 미발표 〈아르센 뤼팽 시리즈〉 원고를 발견했고, 이 원고는 유족 외에는 보지 못한 비공개 상태로 있었다. 2005년 성귀수 선생이 직접 프랑스에 가서 4년간의 노력 끝에 원고를 입수하여 2012년 한국과 프랑스에서 동시에 최초 출간을 했다. 이것이 《아르센 뤼팽의 마지막 사랑》이다. 여기에는 50대의 뤼팽이 등장하여, 코코리코 대위라는 이름으로 가난한 아이들을 가르치는 동시에 앙드레 드 사브리라는 이름으로 파리 내무성 소속 고고학자로서 활동한다. 그리고 마지막에 파리 사교계의 스타인 여주인공 코라 드 레른과 사랑을 이룬다.

작가로서 르블랑의 능력은 새로이 평가받을 만하다. 뤼팽은 언뜻 보면 만화적인 캐릭터이지만 의외로 복잡한 심리를 보이고 있고, 당대 현실을 사실적으로 그리며 사회 비판까지 하고 있다. 물론 제1차 세계대전 때는 상당히 국수주의적인 면모를 보이나 이는 시대적 한계와 당시 르블랑의 콤플렉스가 반영된 것으로 받아들여야 할 것이다. 또한 순문학을 추구했던 르블랑은 뤼팽이 종횡무진 뛰어다녔던 프랑스의 자연과 문화를 아름다운 문체로 그려내어 찬사를 받았다. 무엇보다 수많은 등장인물들이 전형성에서 탈피하여 저마다 독특한 성격과 심리를 보여준다는 점에서 르블랑의 뛰어난 필력을 인정해야 한다. 《813》의 살인마와 같은 중요한 등장인물뿐 아니라 전쟁으로 한쪽 팔과 언어능력을 잃었지만 괴력과 강한 충성심으로 뚜렷한 인상을 남긴 《황금 삼각형》의 야봉 같은 조연까지도 생생한 개성을 보이고 있지 않은가.

더욱이 〈아르센 뤼팽 시리즈〉는 1930년대까지 이어졌는데, 이 시기는 이미 애거사 크리스티, S. S. 반 다인, 엘러리 퀸, 존 딕슨 카 등의 걸출한 추리 작가들이 왕성한 활동을 할 때였고 미국에서는 대실 해밋, 레이먼드 챈들러 등의 하드보일드 문학이 태동했을 때였다. 20세기 초에 시작한, 그야말로 추리소설의 '조상'이라고 할 수 있는 르블랑이 이들과 어깨를 나란히 하고 현역으로 활동했다는 사실은 경이롭기까지 하다. 그만큼 뤼팽은 시대를 초월한 캐릭터라고 할 수 있다.

뤼팽에 의해 자신을 잃었다고 생각한 르블랑이지만 아야츠지 유키토의 《십각관의 살인》 속 인물 '모리스'라든가 김내성의 유명한 탐정 '유불란' 등 모리스 르블랑의 이름은 코난 도일과 더불어 오래도록 널리 추앙받고 있다.

아르센 뤼팽,
그는 누구인가

셜록 홈즈가 빛이라면 아르센 뤼팽은 어둠에 해당한다. 두 인물은 전혀 다른 매력으로 인류사에 영원히 각인된 아이콘이 되었다. 그러나 의외로 뤼팽에 대해 제대로 알고 있는 사람은 많지 않다.

여느 추리소설 속 탐정들과 달리 뤼팽의 생애는 출생부터 프랑스의 역사와 촘촘하게 맞물려 거대한 연대기를 형성한다. 그는 단순히 재물을 훔치는 도둑이 아니라 세상 전체와 대등한 입장에서, 누구도 상상할 수 없을 만큼의 꿈과 자유와 즐거움을 추구한 인물이다. 방대한 〈아르센 뤼팽 시리즈〉는 수십 년에 걸친 뤼팽의 행적을 매우 치밀하게 그리고 있는데, 여기에 부알로·나르스자크(피에르 부알로와 토마 나르스자크의 공동 필명이다), 앤서니 바우처 등이 창작한 뤼팽 소설이 추가되어 그 삶은 허구의 인물이라고 믿기지 않을 만큼의 근현대사로 구축된 것이다. 한정된 지면에서 이를 상세하게 소개하기는 불가능하다. 그리고 국내 최고의 뤼팽 전문가인 성귀수 선생의 홈페이지(http://www.arsenelupin.co.kr)에 프랑스의 뤼팽

연구가이자 작가인 앙드레 프랑수아 뤼오가 빠짐없이 자료를 조사한 끝에 완성한 뤼팽 연대기가 자세히 소개되어 있으니 더 알고 싶은 독자들은 이 자료를 참고하기 바란다. 여기서는 간단하게 그의 출생과 주요 이력 등을 소개하겠다. 뤼팽의 행적에 관한 부분은 뤼오의 연대기에 기반하고 있다.

아르센 라울 뤼팽은 1874년 테오프라스트 뤼팽과 앙리에트 당드레지 사이에서 태어났다. 어머니는 귀족 집안의 딸이었으나 가난한 체육 교사 뤼팽과의 결혼으로 집안에서 쫓겨났다. 2년 뒤 이혼한 후(뤼팽의 아버지는 범죄자였다) 어린 아들 라울과 함께 친척이자 기숙 학교 친구인 드뢰 수비즈 백작부인의 집에서 하녀와 다름없는 처지로 얹혀살았으나, 그나마도 목걸이 도난 사건으로 쫓겨나 6년 뒤 시골에서 병으로 사망했다. 아버지는 1882년쯤에 미국으로 건너갔지만, 그곳에서 체포된 뒤 사망했는데 그 전에 어린 뤼팽에게 각종 격투기와 여러 범죄 기술을 전수해주었다고 한다. 사실 이 부분은 다소 석연치 않은데,《괴도신사 아르센 뤼팽》중〈왕비의 목걸이〉에서는 어머니 앙리에트가 남편과 사별한 후 아들과 함께 드뢰 수비즈 백작부인의 집에 들어와 살았다고 한다.[1] 이 사건에서 뤼팽은 여섯 살이었으므로《칼리오스트로 백작부인》에서 스스로 젖먹이 때부터 권투와 체조를 배웠다고는 하지만 개연성이 떨어지는 것은 사실이다. 그리고 그 이후에 아버지를 만났

---

1) 뤼오의 연보에는 단순히 이혼한 것으로 나온다.

다고 하더라도 어린 뤼팽이 격투기를 배웠다고 하기에는 아버지와 함께한 기간이 너무 짧다. 게다가 뤼팽이 유모 빅투아르의 젖을 먹고 자랐으며 오랫동안 빅투아르가 돌보았다고 하는데 예닐곱 살 때는 어머니와 단둘이 산 것으로 나온다. 불가능한 것은 아니지만 조금 납득이 가지 않는다.[2]

뤼팽의 초기 행적에 대해서는 1권《괴도신사 아르센 뤼팽》의 단편들에서 꽤 구체적으로 언급된다. 〈아르센 뤼팽, 탈옥하다〉에서는 재판장의 설명을 통해 3년 전에 갑자기 나타나 자신을 아르센 뤼팽이라 칭했으며, 8년 전 마법사 딕슨 밑에서 일한 로스타라는 인물이 뤼팽으로 추정되며, 6년 전 생루이 병원에서 알티에 의사의 연구실을 드나들며 세균학에 관한 천재적 이론을 내고 피부병 분야에서 과감한 실험을 하여 스승을 놀라게 한 러시아 국적 학생(뤼팽의 말로는 생루이 병원에서 18개월 동안 일한 것은 완벽한 변장 기술을 익히기 위한 준비였다고 한다)이자, 유술이 알려지기 훨씬 전 파리에서 유술을 가르치던 일본 무술 강사, 만국박람회에 자전거 경주자로 출전해 그랑프리와 상금 1만 프랑을 타고 종적을 감춘 선수, 자선 바자회 화재 사고(1897년 5월, 121명의 목숨을 앗아간 대화재) 당시 바자회 건물의 작은 천창을 통해 수많은 인명을 구해놓고 물건을 몽땅 털어간 인물로 추정된다고 한다. 그런가 하면《아르센

---

2) 모순점은 더 있다. 〈앵베르 부인의 금고〉에서 아르센 뤼팽이라는 이름을 처음 사용했다고 하며 이때 즉석에서 지어낸 이름처럼 말했는데,《칼리오스트로 백작부인》에서는 태어날 때 지어진 이름이 아르센 라울 뤼팽이라고 한 것이다.

뤼팽의 고백》 중 〈결혼반지〉
에서는 당대 벨기에의 유명
마술사 피크망 밑에서 6개월
동안 일했다고 뤼팽 자신이
말하고 있다. 이런 기록에 따
르면 10대에서 20대 초반까
지 뤼팽은 자신의 목적을 달
성하기 위한 능력을 갖추고
자 수련했던 것이다. 게다가
《아르센 뤼팽 대 헐록 숌즈》
를 보면 22세 때 건축가 막심
베르몽의 신분으로 파리의

1907년에 출간된 《괴도신사 아르센 뤼팽》의 초
판 표지

주택가에 무수한 비밀 통로를 설치하여 신출귀몰한 등장과 퇴
장을 가능하게 했고, 신비롭고 견고한 조직을 구축했다.

《칼리오스트로 백작부인》에 따르면, 뤼팽은 20세에 외가
의 성을 빌려 라울 당드레지라는 이름을 사용했으며, 아직 범
죄자가 되려는 결심을 하지 않고 있었다. 그러던 중 칼리오스
트로 백작부인으로 불리는 조제핀 발사모를 만나 범죄 기술
을 전수받고 내면에 있던 범죄자로서의 기질을 증폭시켰으
나, 당드레지 자작이라는 신분으로 클라리스 데티그와 결혼하
여 6년간 행복하게 살면서 이렇다 할 사건을 일으키지는 않은
것으로 나온다. 다만 비밀리에 자금과 조직을 만들며 준비하
고 있었다가 클라리스의 죽음과 갓 태어난 아들이 납치된 일
을 계기로 본격적인 범죄의 길로 빠졌다. 뤼팽은 자신을 구속

하던 속박에서 풀려나 자신의 욕망에 충실하게 따르는 인물이 되었다고 진술하며 평생 백작부인과 아들 장을 찾아 헤매고 있었다고 한다. 그러나 뤼팽의 많은 행적이 20대 초·중반에 이루어진 것으로 볼 때 평온한 가정생활을 했다는 것은 사실과 다르다고 생각된다.

28세로 추정되는 《수정마개》 때, 뤼팽은 갓 스무 살의 부하 질베르에 대해 아버지와 같은 정을 느끼며 질베르의 어머니 클라리스 메르지를 사랑한다. 클라리스가 17세 정도에 질베르를 낳았다고 하더라도 뤼팽과 나이 차이가 10년 가까이 나니, 이런 설정은 받아들이기 힘든 것이 사실이다. 다만 이런 설명은 가능할 듯하다. 비평가들이 말하듯, 뤼팽은 어머니에 대한 애정과 집착에 사로잡혀 있었기에 여성들에게 최우선의 관심을 쏟고 모든 행동의 동인으로 삼았다는 것이다. 그런 면에서 조제핀 발사모나 클라리스 메르지와 같은 연상의 여인들에게 끌렸다는 것이 이해가 되기는 한다. 또한 뤼팽은 어린아이를 꽤 좋아하는데, 이 역시 잃어버린 아들 장과 자신이 지켜주지 못했던 딸 주느비에브에 대한 마음 때문이라고 할 수 있을 것이다.

32세 때는 짐 바르네트라는 이름으로 사설탐정 사무소를 열고 의뢰인의 문제를 해결해주는 동시에 의뢰인의 재물을 훔치는 행각을 벌이며 베슈 형사와 기묘한 친분을 쌓는다. 《바르네트 탐정 사무소》에서 베슈 형사는 뤼팽에게 전 부인(비록 이혼하긴 했지만, 베슈 형사는 아내에 대한 특별한 마음이 있었다)을 빼앗기는 수모를 겪으면서도 이후 여러 사건에 등장해 뤼팽에게 도움을 청하며 뤼팽에 대해 증오와 우정을 동시에 느낀다. 이후 《기암성》에서 뤼팽은 사랑하는 여인을 잃고 종적을 감춘다. 그러나 《813》에서 보듯, 곧바로 르노르망이라는 인물로 변신하여 파리 치안국장으로 근무한다. 이 작품에서는 뤼팽이 참담할 정도의 실패와 좌절을 맛보고 회한을 느껴 자살을 감행하기도 한다. 그러나 자살에 실패하자 외인부대에 자원입대하여 자신의 운명을 시험하는데, 이때 처음 돈 루이스 페레나라는 스페인 귀족의 신분을 사용한다. 페레나는 유명한 전쟁영웅이 되고 뤼팽으로 의심받기도 하지만 이 시기에 그는 범죄에서 손을 떼고 조국을 위해 싸우며 순수한 모험을 즐긴다.

그리고 부하들과 협조하여 모리타니 왕국의 황제가 되었다가 프랑스에 왕국을 넘기고, 《호랑이 이빨》에서는 결혼과 함께 은퇴하여 평온하고 행복한 전원생활을 즐긴다. 이때는 45세였고 40대에는 비교적 큰 사건을 많이 겪지 않고 점차 범죄에서 완전히 은퇴하는 방향으로 나아간다. 사건에 연루되더라도 주로 곤경에 빠진 이를 구원하는 입장에 선다.

50세가 되었을 때 라울 다베르니라는 이름으로 살던 뤼팽은 한 노신사의 돈을 훔치려는 계획을 세우다 조제핀 발사모의 복수극에 휘말린다. 《칼리오스트로 백작부인의 복수》로 알려진 이 작품에서 클라리스와의 사이에서 태어났다가 실종된 아들 장과 재회하나 끝내 아들에게 자신의 정체를 밝히지는 않는다.

르블랑 생전의 마지막 작품 《아르센 뤼팽의 수십억 달러외》에서는 뤼팽이 50세 가까이 되었다고 나오며 700~800개의 사건을 처리했다고 하는데, 뤼오의 연보에 따르면 뤼팽은 이때 52세였다. 이 부분에서 뤼오가 추정한 뤼팽의 나이에 혼란이 생긴다. 《칼리오스트로 백작부인》은 20세 때의 일로 명시되어 있고 사반세기가 지나 《칼리오스트로 백작부인의 복수》가 일어났다고 하니 '복수'는 대략 45세 정도에 생긴 사건으로 볼 수 있는 것이다. 그러면 《아르센 뤼팽의 수십억 달러 외》는 대략 47세 때의 일로 추정할 수 있다. 아무튼 이때 뤼팽은 젊은 시절 썼던 이름인 오라스 벨몽을 다시 사용하며 은퇴 생활을 즐기고 있었지만, 미국에서 만들어진 비밀 조직이 자신의 수십억 달러에 달하는 재산을 노린다는 사실을 알고 그 조직과 혈투를 벌인다.

르블랑의 사후 발견된 미공개 원고 《아르센 뤼팽의 마지막 사랑》은 50대의 이야기로 생각되는데, 이 외에도 르블랑의 희곡과 라디오 방송극, 그리고 다른 작가들이 쓴 뤼팽 이야기에서 노년에 접어든 뤼팽의 모험담이 공개되었다. 이 작품들에 따르면 아무래도 뤼팽은 죽기 직전까지도 모험이 가득한 생활을 즐겼던 듯하다.

르블랑의 사후에도 프랑스의 추리소설 연구가이자 작가인 부알로·나르스자크 등 여러 작가들이 뤼팽의 이야기를 썼고, 영국의 레슬리 차터리스의 〈세인트 시리즈〉는 뤼팽이 부활한 듯한 모습의 매력적이고 다재다능한 괴도 세인트를 보여주어 뤼팽의 계승자가 되었다. 그만큼 뤼팽의 매력이 오래도록 수많은 사람들을 사로잡았음을 알 수 있다. 한 가지 애석한 점은 뤼팽의 영상화가 일찍부터 시도되어 최근까지 이어졌으나 성공한 적이 없다는 것이다. 스케일이 크고 복잡한 다면성을 보이는 뤼팽의 모험담을 제대로 영상에 담기란 무척 어려운 일임을 다시금 깨닫게 된다.

아르센 뤼팽,
그리고 그의 사람들

〈아르센 뤼팽 시리즈〉를 여타 탐정이나 범죄자가 등장하는 시리즈와 차별성을 갖게 하는 것은, 이 시리즈가 상당한 일관성을 유지하며 '뤼팽 월드'를 만들고 있다는 사실이다. 물론 애거사 크리스티의 작품들도 푸아로와 마플, 그리고 그밖의 주인공들이 서로 교차하며 관계를 형성하며 비슷한 모습을 보이지만, 〈아르센 뤼팽 시리즈〉는 그보다 훨씬 복잡하면서도 빈틈이 없는 관계망이 드러난다. 무심히 읽으면 지나치기 쉽지만 주변 인물들이 여러 작품에서 다시 등장하거나 언급되는 일이 많고, 심지어 작은 조연으로 나왔던 인물이 나중에 다른 작품에서 중요 인물로 재등장하는 일도 있다.

따라서 아르센 뤼팽이 만난 사람들에 대해 알아볼 필요가 있다. 여기에서는 뤼팽 연대기에 등장하는 주요 인물을 소개하고자 한다. 다만 〈아르센 뤼팽 시리즈〉를 전부 읽지 않은 독자라면 이 장은 건너뛰기를 권한다. 인물을 설명하면서 부득이 각 권의 결말이 드러날 때가 있기 때문이다.

■ 뤼팽의 여인들

영화 〈007 시리즈〉의 여자 캐릭터를 본드걸이라 부르듯이 뤼팽이 만나는 여인들도 '뤼팽걸'이라 해야 할지 모르겠다. 아무튼 뤼오의 연보를 보면 아르센 뤼팽의 여성 편력은 경악할 만큼 복잡할 뿐 아니라 같은 해에 몇 명의 여자를 위해 목숨을 거는 등 가히 초인적이라 할 정도이다. 그러나 뤼팽의 여인들은 단순히 보조적인 역할이 아니라 뤼팽이 하는 행위의 주요한 동인이며 때로는 그의 인생에 지대한 영향을 미치기도 한다. 이들은 모두 10대에서 30대까지의 아름답고 총명한 여인들이다. 개중에는 뤼팽의 사랑을 거절하는 이도 있고 뤼팽의 적수로서 활동하는 이도 있다. 여기서는 뤼팽에게 중요한 의미를 가지는 인물을 주로 소개하겠다.

• 넬리 언더다운

첫 단편 〈아르센 뤼팽, 체포되다〉에서 뤼팽과 같은 배에 타서 사랑에 빠졌다가 뤼팽의 정체를 알고 헤어진다. 거의 유일하게 각기 다른 작품에서 두 번 등장한 인물로 〈헐록 숌즈, 한발 늦다〉에서 재회하여 뤼팽의 절도 행각을 목격한다. 뤼팽이 스스로를 부끄럽게 여기며 양심과 자존심에 상처를 입게 만든 인물이다.

• 클로틸드 데스탕주

《아르센 뤼팽 대 헐록 숌즈》에 등장하며 뤼팽의 연인이자 부하로서 활동한다. 이후 운명에 대해서는 나온 적이 없으나

《813》에서 뤼팽이 자신을 사랑했다가 죽은 여자들의 이름을 읊으며 그녀의 이름을 언급한다.

• 소냐 크리슈노프

《기암성》에서 1년 전 뤼팽과 도주한 젊은 러시아 여성으로 언급되며 그녀의 죽음으로 뤼팽이 깊은 슬픔에 빠져 있었다고 한다. 단편 〈백조 목의 에디트〉에서 뤼팽의 공범으로 잠깐 등장할 뿐 비중 있게 그려진 적이 없음에도 뤼팽이 종종 추억에 잠겨 언급하기 때문에, 신비의 여인으로 통한다.

• 레이몽드 드 생 베랑

《기암성》에서 뤼팽을 죽일 뻔한 강한 여성으로, 뤼팽이 그녀를 위해 기암성과 조직까지 버리고 새로운 삶을 살고자 했으나 헐록 숌즈의 손에 죽음으로써 뤼팽의 삶에 큰 전환을 일으킨다.

• 돌로레스 케셀바흐

《813》에서 남편이 살해당한 뒤 뤼팽의 보호를 받는 연약한 여인으로 등장하나 마지막에 뜻밖의 사실이 밝혀진다. 돌로레스가 뤼팽을 사랑했다는 사실은 사후에야 간접적으로 드러난다. 돌로레스는 매우 이중적이고 비정상적인 인물로 뤼팽의 삶을 송두리째 흔들어버리고 뤼팽을 자살로까지 몰아붙였다는 점에서 칼리오스트로 백작부인과 더불어 가장 중요한 여성이라 하겠다.

• 클라리스 메르지

《수정마개》에 등장하는 뤼팽의 부하인 질베르의 어머니로, 아들을 구하고 자신을 지켜준 뤼팽을 사랑하게 된다. 그러나 도덕성 때문에 뤼팽의 사랑을 끝내 받아들이지 않은 여인 중 한 명이다.

• 앙젤리크 드 사르조 방돔

단편 〈아르센 뤼팽의 결혼〉에 등장하는 여성으로, 방돔 공작의 막대한 재산을 탐낸 뤼팽의 계략으로 사기 결혼을 하게 되지만 진심으로 자신을 위하는 그녀의 순수한 마음에 뤼팽은 자신의 행동을 깊이 후회한다. 그러나 《수정마개》 마지막 부분에 뤼팽이 클라리스 메르지를 잊기 위해 그녀와 결혼했다고 하며 신나게 떠드는 장면이 나온다. 이때 앙젤리크는 이미 마리 오귀스트라는 이름으로 도미니크 수도회 수녀원의 종신 수녀가 되어 있었다.

• 플로랑스 르바셰르

《호랑이 이빨》에 나오는 여성으로, 강인하고 치밀하지만 따뜻한 마음을 가지고 있다. 45세의 돈 루이스 페레나로 활동하던 뤼팽은 막대한 유산의 상속자인 플로랑스를 구해주고 그녀와 결혼하여 전원에서 여유로운 은퇴 생활을 즐긴다. 그러나 그 후 플로랑스가 어떻게 되었는지에 대해서는 언급되지 않고 뤼팽은 또 다른 여성들과 사랑에 빠진다.

• 오르탕스 다니엘

《여덟 번의 시계 종소리》에 나오는 여인으로, 부유한 귀족 부인으로서의 삶에 환멸을 느끼고 뤼팽과 함께 탈출하여 여덟 번의 모험에 동참한 뒤 연인이 된다. 과거 뤼팽의 독자들에게 가장 잘 알려져 있던 여인으로, 단편집 전체가 그녀의 사랑을 얻기 위한 여정이라는 점에서 독특한 위상을 가진다.

• 조제핀 발사모

《칼리오스트로 백작부인》에서 '칼리오스트로 백작부인'으로 알려진 아름답고 사악한 범죄 조직의 우두머리로, 젊은 시절 뤼팽의 연인이며 범죄 스승이다. 뤼팽의 또 다른 그림자라고 할 만큼 그와 닮은 여성으로, 뤼팽과는 서로 사랑과 증오가 복잡하게 얽힌 감정으로 이어져 있다. 먼 훗날《칼리오스트로 백작부인의 복수》에까지 그 영향이 미치고 있다.

그녀와 함께 등장하는 칼리오스트로가의 네 가지 수수께끼는 뤼팽 월드 형성에 중요한 역할을 한다. 네 가지 수수께끼 중 세 가지는《서른 개의 관》과《기암성》,《칼리오스트로 백작부인》에서 해결되며 한 가지는 모리스 르블랑의 다른 작품《줄 타는 무희 도로테》에서 해결된다.

• 클라리스 데티그

《칼리오스트로 백작부인》에 등장하며 스무 살의 뤼팽, 라울 당드레지가 순수하게 사랑했던 여인이다. 라울은 그녀의 아버지 데티그 남작의 반대 때문에 귀족 가문에 대한 콤플렉스를 갖게 된다. 악을 대표하는 칼리오스트로 백작부인과 대척점에 있는 선의 상징으로 그녀의 질투 때문에 박해를 받는다. 자신을 선택한 뤼팽과 결혼한 뒤 첫째 아이를 유산하고, 6년째 되던 해 장이라는 아들을 낳지만 다음 날 분만 후유증으로 죽는다. 그 직후 칼리오스트로 백작부인이 아이를 납치해 뤼팽에 대한 복수의 수단으로 삼는다. 젊은 시절 선과 악 사이에서 갈등하던 뤼팽은 선을 선택했으나 악을 버리지 못하다가, 클라리스의 죽음과 아들의 실종으로 완전한 악의 길로 들어서게 된다.

• 포스틴 코르티나

《칼리오스트로 백작부인의 복수》에 등장하며, 고집 세고 우울하며 다혈질인 성격이지만 우아한 기품을 유지하는 여성이다. 작품의 서문에서 뤼팽이 '여자를 유혹하는 나의 능력도 안타까울 정도로 좌절을 맛보게 될 것이다'라고 말할 만큼, 그녀는 처음부터 뤼팽에게 공격적이고 적대적인 태도를 보인다. 뤼팽의 도움 없이 스스로 죽은 연인의 복수를 완수한 후 자취를 감추었다가, 15개월 뒤에 뤼팽과 재회하여 사랑에 빠진다.

이외에도 뤼팽의 과거 언급 중 등장하지만 실체가 나온 적은 없는 여인들이 있다. 예를 들어 《813》에서 뤼팽은 자신을 사랑했다가 죽은 여자들 이름을 읊조리며 클라크라는 이름을 말하지만, 이 여성이 등장하는 작품은 없다. 또한 《813》에서 딸 주느비에브를 낳은 여인도 끝내 이름이 나오지 않는다.

■ 뤼팽의 지인들

뤼팽에게는 자신을 돕는 많은 지인들이 있다. 이들은 뤼팽의 매력에 이끌려 우정을 나누며 때로는 큰 도움을 준다. 여기에서는 뤼팽과 특별한 우정이나 관계를 맺고 있는 인물을 소개하고자 한다.

• 모리스 르블랑

'나'로 표현되는 뤼팽의 연대기 작가이자 친구로, 단편 〈하트 7〉에서 처음 만났다. 〈하트 7〉이 포함된《괴도신사 아르센 뤼팽》에서는 뤼팽의 진짜 얼굴을 모른다고 했으나《기암성》에서는 유일하게 자신의 진짜 모습을 본 사람이라고 뤼팽이 말한다.

• 빅투아르

뤼팽의 유모이며 뤼팽이 절대적으로 신임하고 사랑하는 인물로, 종종 보호해야 할 여자들을 빅투아르에게 맡기며 때로는 뤼팽의 범행에 동참할 때도 있다.《기암성》이후 뤼팽과 헤어져 조용히 살며 뤼팽의 딸 주느비에브를 키우다가《813》에서 재회하고 그 이후로 뤼팽과 함께 지낸다. 뤼팽의 방탕한 삶을 못마땅하게 여겨 수시로 충고한다.

• 들라트르 박사

저명한 외과의사로,《기암성》에서 뤼팽의 부하들에게 납치당해 시골 여인숙에서 사경을 헤매던 뤼팽을 치료해준 이후

친한 사이가 된다. 뤼팽은 거처를 옮길 때마다 늘 그에게 연락을 한다고 하며,《칼리오스트로 백작부인의 복수》에서도 등장한다. 그 전의 작품들에서도 치료가 필요할 때 '의사'를 부르는 장면이 나오는데 이름이 밝혀지지 않은 이 의사가 들라트르 박사일 가능성이 있다.

• 주느비에브 에르느몽

뤼팽의 딸로《813》에서 열여덟 살이었으며 정신지체아를 위한 자선 학교를 운영하고 있었다. 어릴 때 어머니와 둘이 살다가 어머니가 별세한 후 뤼팽이 정체를 숨기고 아이를 양부모에게 맡겼으며 열네 살 때 빅투아르에게 다시 맡겼다. 빅투아르는 정직하지 못한 뤼팽보다 주느비에브를 아꼈다. 뤼팽은 자기중심적인 생각으로 주느비에브의 운명을 결정하려 했으나 결국 좌절하고, 주느비에브의 진정한 행복을 위해 떠난다.

• 파트리스 벨발

《황금 삼각형》에 등장하여 주인공 역할을 하는 젊은 사업가로 세계대전에 참전했다가 한쪽 다리를 잃고 돌아온다. 몸은 부자유하나 판단이 빠르고 행동력이 있어, 사랑하는 간호사 코랄리를 보호하기 위해 활약하다가 뤼팽을 만나 친해진다. 이후《서른 개의 관》에도 등장하여 뤼팽에게 사건을 의뢰하고 나중에는 직접 나타나 뤼팽을 도와준다.

• 펠리시앵 샤를

뤼팽과 클라리스 데티그 사이에서 태어난 아들이나 복수심에 불탄 조제핀 발사모에게 유괴되어 시골에서 자랐고, 혼자 고생하며 건축가가 되었다가 사건에 휘말린다. 《칼리오스트로 백작부인의 복수》에서 펠리시앵과 만난 뤼팽은 의외로 과감하고 열정적이며 권투와 유술 실력까지 갖춘 그를 보고 '근육, 운동신경, 의지와 용기, 대담함을 갖춘 완벽한 남자'이며 '유술과 복싱, 격투 기술 사바트만 조금 개인적으로 봐주면 아주 근사한 인물이 될 것'이라며 흐뭇해한다. 그러나 끝내 뤼팽이 아버지인 줄 모른다.

■ 뤼팽의 부하들

작품 곳곳에 뤼팽의 부하들이 많이 등장하지만, 그들이 어떤 경로로 뤼팽과 만났고, 수는 얼마나 되고, 어떻게 조직을 이뤘는지 등에 대해서 자세히 알려진 정보는 없다. 다음은 뤼팽의 부하들로, 여러 작품에서 계속 등장하는 인물들 위주로 소개한다.

• 오귀스트 델르롱

제롬 또는 오귀스트 막시맹 필리프라는 이름을 쓰기도 했다. 뤼팽이 르노르망 치안국장일 때 총리실 전속 수석 보좌관으로 앉혔던 부하로, 가장 적극적으로 활동하던 부하였다. 《813》에서 뤼팽이 치안국장으로서 제일 먼저 체포했던 인물이기도 하다. 또한 《호랑이 이빨》에서 모리타니 왕국 건립에 참여했다고 뤼팽이 언급한다. 그후《칼리오스트로 백작부인의 복수》에서는 바르텔르미라는 이름으로 아들과 함께 뤼팽을 곤경에 몰아넣는 범죄를 기획했다가 어이없는 최후를 맞이한다.

• 샤롤레 영감과 그 아들들

《기암성》,《813》 그리고 〈아르센 뤼팽 시리즈〉 내에서 자주 언급되는 '랑발 공작부인의 왕관 사건'에서 활약했던 뤼팽의 가장 충실한 부하들이다.《호랑이 이빨》에서 모리타니 왕국 건립에 참여했다고 나오기도 한다.

• 그로냐르와 르발뤼

《수정마개》에서 같은 뤼팽의 부하 보슈레이와 함께 뤼팽을 배신하려 했으나 나중에는 뤼팽의 지시에 따라 질베르를 구출한다.《호랑이 이빨》에서 뤼팽이 모리나티 왕국에서 함께 활약한 부하로 언급한다.

■ 뤼팽과 경찰

뤼팽과 경찰의 관계는 적대 관계일 수밖에 없지만 한편으로는 함께 더 사악한 악인을 추적하는 공조 관계에 서기도 하며, 오랫동안 뤼팽을 상대한 가니마르나 베슈 등은 일종의 우정을 느끼기도 한다. 여기에서는 작품 내에서 자주 등장하는 경찰들과 정치인, 경찰은 아니지만 뤼팽을 추적하는 헐록 숌즈와 이지도르 보트를레도 포함시켰다.

• 쥐스탱 가니마르 경감

뤼팽의 숙적으로 대중에게 가장 잘 알려져 있으나 실제로는 총 20권 중에 그가 등장하는 장면은 얼마 되지 않는다. 가끔 이름만 언급될 때도 있다. 키가 작고 늙은 모습으로 그려지며 첫 작품 〈아르센 뤼팽, 체포되다〉부터 《아르센 뤼팽 대 헐록 숌즈》, 《기암성》, 《아르센 뤼팽의 고백》, 《바르네트 탐정 사무소》, 그리고 《아르센 뤼팽의 수십억 달러 외》에 나오거나 언급된다. 첫 작품에서는 상당한 눈썰미와 노련한 능력을 발휘하여 단번에 변장한 뤼팽을 알아보고 체포했으나, 곧 다음 작품부터 가련할 정도로 농락당한다. 그는 명탐정에게 필요한 천재성이 없고 매우 고집스럽고 괴팍한 형사의 전형성을 보인다. 그래서 뤼팽은 가니마르에게 위협을 느낀다기보다는 오히려 친근함마저 느끼며 이용하고 골려먹기 일쑤다.

• 디외지 형사와 폴랑팡 형사

〈아르센 뤼팽, 탈옥하다〉, 《아르센 뤼팽 대 헐록 숌즈》, 《기암성》, 《813》 등에 잠깐씩 등장하는 가니마르의 부하 형사들이다. 비중은 적지만 꽤 자주 보이는 친근한 모습이다.

• 뒤두이 치안국장

《괴도신사 아르센 뤼팽》, 《아르센 뤼팽 대 헐록 숌즈》에 가니마르의 상사로 함께 등장하며 《기암성》에서도 언급된다. 《813》에서는 은퇴하고 뤼팽의 분신인 르노르망에게 치안국장의 자리를 넘긴다.

• **헐록 숌즈**

뤼팽을 싫어하는 독자들을 다수 양산한 원인이 된 셜록 홈
즈의 패러디 캐릭터로,《괴도신사 아르센 뤼팽》에 수록된 단
편 〈헐록 숌즈, 한발 늦다〉에 처음 등장한다. 50대에 강인한
체구를 지니고 수염을 바짝 깎은 얼굴로 묘사된다.《아르센 뤼
팽 대 헐록 숌즈》에서 뤼팽에게 당해 온 피해자들이 가니마르
의 동의하에 사건을 의뢰해, 프랑스에 와서 본격적으로 뤼팽
을 추적한다. 뤼팽은 그를 두려워하고 뜻밖의 만남에 당황하
며 겁을 먹기도 하는 등 그 능력을 인정하는 듯하나《기암성》
에서 결정적인 실수를 저지름으로써 우스꽝스러운 인물로 전
락한다. 잘 알려졌다시피 르블랑은 셜록 홈즈라는 이름을 그
대로 쓰려 했으나 코난 도일이 허락하지 않자 '헐록 숌즈'와
'윌슨'으로 바꾸어 등장시켰고 이것이 홈즈 팬들을 분노하게
만들었다. 더욱이 왓슨의 변형인 윌슨은 멍청하고 우스꽝스러
운 인물로 나오는 데다가 숌즈는 윌슨을 무시하고 부려먹기만
하여 홈즈 팬들의 반감이 극대화되었다.

• **이지도르 보트를레**

《기암성》에 등장하는 장송 드 사일리 고등학교 수사학급 학
생이다. 앳된 소년이나 뛰어난 두뇌와 분석력으로 뤼팽과 관
련된 수수께끼를 풀어 나간다. 국내에서도 '소년 탐정'으로 널
리 알려져 '이지돌'이라는 한국 캐릭터가 나오는 어린이용 드
라마가 만들어진 적 있을 정도다. 그러나 한 작품에만 등장했
고 이후 언급된 적도 없기 때문에 전체 〈아르센 뤼팽 시리즈〉

에서는 비중이 매우 낮은 편이다.

• 발랑글레 총리

30년간 급진당을 이끈 당수이자 현 국무총리 겸 내무부 장관으로 《813》, 《황금 삼각형》, 《호랑이 이빨》 등에 등장하여 사건을 조망한다. 현명하고 상황 판단이 빠른 인물로, 뤼팽에게 어느 정도 호감을 품고 협력한다.

• 베베르 부국장

치안국 부국장으로 《813》에서 뤼팽이 르노르망 치안국장이었을 때 부국장이었다가 뤼팽이 물러나면서 국장이 된다. 《호랑이 이빨》에서도 등장하여 무능함을 보인다. 뤼팽을 증오하면서도 르노르망을 경외했기에 모순된 감정을 품는다.

• 테오도르 베슈 형사

치안국의 형사반장이며, 짐 바르네트와 함께 사건을 수사하면서 뤼팽을 알게 되고 뤼팽과 전 부인이 함께 밀월여행을 떠나는 수모를 겪기도 한다. 그러나 오히려 뤼팽과 우정을 나누는 친구가 되어 《바르네트 탐정 사무소》, 《비밀의 저택》, 《바리바 외》, 《아르센 뤼팽의 수십억 달러 외》 등에 등장한다. 후기에 등장하는 빈도로 보면 오히려 가니마르보다 비중이 높으나 대중에게는 전혀 알려지지 않은 불운한 인물이다. 때로는 뤼팽을 잡으려는 집요함도 보이면서 때로는 살가운 친구로 지내는 기묘한 관계이다.

아르센 뤼팽의
빛과 그림자

■ 뤼팽의 정체성

박원순 서울시 시장은 책에 목마른 시골 소년이었던 어린 시절, '괴도 루팡'의 변화무쌍한 매력에 흠뻑 빠져들었고 선과 악 사이에서 오가던 그의 번뇌를 짐작하려 애썼다고 술회했다.[3] 그 말대로 아르센 뤼팽은 선악의 경계를 아슬아슬하게 넘나든다.

뤼팽은 현실적으로는 주머니가 불룩할 정도로 남의 물건을 훔치는 절도범으로서 자기 자신을 부끄러워하면서도 자신이 역사 속 영웅이나 제왕들과 어깨를 나란히 하는 위치에 서기를 갈망하여 일국의 왕이 되기까지 하는 양면성을 지닌다. 이런 양면성은 어쩌면 모리스 르블랑 자신이 갖고 있는 고뇌, 즉 통속적인 대중소설 작가로서의 현실과 위대한 문호를 꿈꾸던 자신의 이상 사이의 갈등을 반영한 것이 아닌가 한다.

---

3) 박원순, 〈박원순의 내 인생의 책 (2): 괴도 루팡〉, 경향신문, 2015년 11월 2일, A1면

또한 뤼팽은 자기 자신의 본모습을 기억하지 못한다고 스스로 말할 정도로 정체성에 혼란을 느낀다. 완벽하게 다른 인물로 변신을 하고 그에 맞는 생활을 하면서 진짜 자신이 어떤 모습인지에 대해 고민을 하게 된 것이다. 〈아르센 뤼팽 시리즈〉 전체에서 뤼팽의 본모습이 기술되는 일은 거의 없다. 아마도 《칼리오스트로 백작부인》에서의 라울이 본모습이겠지만 여기서는 라울의 외모에 대해서는 자세히 기술하지 않고 있다. 심지어 경찰에서 측정한 인체 측정 지수마저 매번 달라지기 때문에 어릴 때부터 키운 유모 빅투아르마저도 쉽게 알아보지 못한다.

무엇보다, 우리가 오랫동안 뤼팽의 모습으로 여겨왔던 이미지, 즉 실크해트과 외알 안경, 콧수염에 흰 장갑은 시리즈 전체에서 단 한 번 변장한 모습으로서만 언급되었다는 사실을 명심해야 한다. 대부분 뤼팽의 모습은 중키에 늘씬하면서도 매우 탄탄한 체격, 그리고 우아한 몸가짐과 쾌활하고 매력적인 얼굴이라는 공통점을 가지고 있다. 그 외의 머리색, 피부색, 수염 등은 캐릭터에 따라 다르다. 그러므로 뤼팽은 의외로 평범한 젊은이의 외모를 갖고 있다고 볼 수 있다. 변장을 해야 하니 수염을 길렀을 리 없고 외알 안경은 사교계 신사를 흉내 내기 위한 소품에 불과하다는 언급이 나오므로 일상적인 물건은 아닐 것이다. 우리가 알고 있는 모습은 레오 퐁탕의 삽화에서 창조된 이미지로, 셜록 홈즈의 사슴 사냥 모자 이미지와 더불어 원작자의 의도와 상관없이 만들어져 대중에게 각인된 것이라 하겠다.

뤼팽은 의학을 공부한 목적이 변장을 위해서라고 밝힌 바 있는데, 그는 단순히 가짜 수염과 가발을 이용하는 것이 아니라 약품을 써서 피부를 바꾸고 골격마저 변형시킨다. 무엇보다 뛰어난 연기력으로 성격 자체를 다른 사람으로 바꾸는 노력을 한다. 이것은 단순한 변장이 아니라 자신의 정체성을 완전히 바꾸는 행위인데, 이 때문에 자기 자신에 대해 고뇌할 수밖에 없다. 뤼팽이 정신없이 느껴질 만큼 외향적인 행동을 하는 것은 이러한 정체성을 유지하려는 발버둥이 아닐까?

■ 전지전능한 신에서 인간으로

국내 독자들이 뤼팽보다 홈즈를 선호하는 경향이 있는 것은 아마도 뤼팽이 지나치게 전지전능한 인물이며 매우 오만 방자하다는 선입견 때문이 아닐까 한다. 물론 그것도 근거 없는 판단은 아니다. 오죽하면《칼리오스트로 백작부인의 복수》의 서문에서 뤼팽 자신의 목소리를 빌려 다음과 같이 변명하고 있을까.

나 역시 내가 지닌 한계를 알고 있으며 그 한계를 느낀다는 것에 오히려 뿌듯함을 느낀다. 초인간적이고 비정상적이며 지나치게 균형에서 벗어나는 것은 매우 싫어한다. (…) 대중에게 비춰지는 나의 모습은 언제나 짜증을 불러일으킬 정도로, 지나치게 사랑에만 몰두하는 것으로 묘사되고 있다. (…) 그동안 뛰어난 능력을 갖고 승승장구하기만 하던 내 모습에 거부감을 느낀 사람들이 있다면 이번 모험담에 등장하는 나에 대해서는 좀 더 친근한 눈으로 바라볼 수 있을 것이다.

여기서 뤼팽은 자신의 전기 작가가 그에게 불리한 일들을 생략해버리는 바람에 전지전능하고 오만한 모습이 되었다고 하는데 이 작품이 19번째 작품이라는 점을 볼 때 좀 늦은 변명으로 보인다.

뤼팽은 근본적으로 범죄자다. 그러나 나름대로의 경계선이 있고 그 선을 지키는 한 그는 자신의 범죄행위를 즐길 수 있다. 살인을 하지 않는다는 등 잘 알려진 뤼팽의 원칙은 사실 어떤 윤리관과 관련된 것은 아니다. 《813》과 《수정마개》등 어쩔 수 없을 때는 살인을 저지르며 충동적으로 행동하고, 자신과 친한 사람이라 할지라도 배신하고 돈을 빼앗는다. 심지어 그의 아내까지도. 뤼팽은 결코 정의감이나 도덕관에 얽매이는 인물이 아니다. 그는 쾌락주의자이고 자신의 즐거움과 만족을 위해 행동할 뿐이다. 지나친 탐욕이 그런 즐거움에 방해가 되기 때문에 도를 넘지 않는 것이다. 이런 면에서 그는 정신적으로 아동기에 머무르는 미성숙한 인간이라 할 수 있을 것이다. 화가 나면 상대를 가리지 않고 폭력을 휘두르고 마음에 드는 여성을 납치하지만 금방 후회하기도 하고 상대의 의사를 존중해주기도 한다. 그러면서도 도덕적 갈등을 하는 일은 결코 없다. 범죄소설의 주인공치고는 매우 경박하고 충동적인 인물이다.

뤼팽이 살인을 하지 않는다는 원칙을 내세우는 것은 그가 정의로운 인물이어서가 아니다. 또한 뤼팽의 범행 대상이 사회 고위층이나 부정 축재자에 한정된 것도 아니다. 뤼팽은《아르센 뤼팽 대 헐록 숌즈》에서 딸과 단둘이 살고 있던 평범한 수학 교사의 책상과 복권을 훔치고 그를 협박하여 당첨금의 반을 갈취한다. 또《칼리오스트로 백작부인의 복수》에서는 우연히 목격한 사람을 부정 축재자라고 단정하고 집까지 따라가 절도 계획을 세우기도 한다. 재미있는 것은 뤼팽이 범행을 결심할 때 늘 그 대상자를 나쁜 사람이라고 단정하는 것인데, 이것은 명백한 자기 합리화일 뿐이다. 〈아르센 뤼팽 시리즈〉 중에서도 뤼팽은 자주 양심의 가책을 느끼고 자기혐오에 빠지지만 곧 합리화의 근거를 찾아내어 감정을 바꿔버린다.

즉, 뤼팽의 행동 원칙은 그저 '재미'이며 살인을 싫어하는 것은 살인자가 되면 더 이상 자신이 재미있는 삶을 즐길 수 없기 때문이라고 할 수 있다. 실제로 두어 번 살인을 저지른 적도 있고 상대를 죽이겠다고 생각한 적은 꽤 많다. 그는 극악무도한 범죄자는 아니지만 도덕관념보다 자기 합리화를 우선시하는 일종의 소시오패스Sociopath일지 모른다.

실제로 뤼팽은 모든 것이 자기중심적이기 때문에 감정의 기복이 상당히 심한 편이다. 스스로 우쭐해서 웃고 떠들다가도 갑작스럽게 화를 벌컥 내고 또 기쁨을 되찾는가 하면 자신의 행동을 후회하고 우울해하다가 다시금 처음의 기분으로 돌아온다. 딸과 아들이 있으나 떳떳하게 자신을 내세울 수 없고 사실상 그럴 마음도 없는데, 자식에게 부성애를 품기는 하지만 무조건적인 사랑도 아니고 늘 상반된 여러 가지 감정을 갖는다. 그는 근본적으로 자기애가 지나치게 강해서 가족을 유지

할 수 없다.

이런 면에서 뤼팽의 삶은 겉으로 보이는 것만큼 낭만적이기만 한 것은 아니다. 그 또한 좌절을 수없이 겪고 목숨을 잃을지도 모르는 위험에 빠지며 심지어는 자살 기도까지 한다. 그러나 강력한 자기애와 함께 자기 자신을 주저 없이 놓아버리는 자기 방기의 모순된 심리 때문에 절체절명의 위기에서도 곧 침착함을 되찾는다. 그에게는 지켜야 할 것도 없고 이루어야 할 것도 없기 때문이다.

뤼팽의 가치관은 매우 단순하다. 스스로 과부와 고아들의 수호자라 칭하지만 딱히 가난한 사람을 도와주었다든가 하는 이야기는 별로 없다. 위험에 빠진 이들을 자청해서 구원하기는 해도 대부분 어떤 이득을 얻을 가능성이 있다든가 아니면 그 상대가 아름다운 여성일 경우이다. 그야말로 정의감이나 도덕관념과는 거리가 멀다. 뤼팽이 유일하게 줄곧 견지하는 도덕관은 오로지 애국심이다. 이는 아마도 당시의 사회 분위기 때문이 아닐까 한다. 전쟁 전후로 프랑스에서도 국가주의가 상당히 강하게 발현되었고 아무리 무정부주의적인 뤼팽이라 할지라도 여기에서 자유롭기는 매우 어려웠을 것이다. 뤼팽은 분명 매력적인 인물이나 명백한 범죄자이기에 국가관마저 벗어나고자 하면 국민 정서가 용납하지 않았을 테니까.

이렇게 완벽해 보이면서도 어린아이와 같은 뤼팽의 모습은 오늘날 우리 자신에게서 쉽게 찾을 수 있는 것이다. 이런 면에서 뤼팽은 의외로 현대인의 복잡한 내면을 증폭해서 투영해내는 인물로 받아들여질 수 있다. 이는 모파상과 같은 심리주의 소설을 지향하던 모리스 르블랑의 노력이 투영된 결과일 것이다. 이러한 인간적인 약점과 선악의 모호함이야말로 뤼팽의 진정한 매력이 아니겠는가.